偽りの眼
上

FALSE WITNESS
BY KARIN SLAUGHTER
TRANSLATION BY MIHO SUZUKI

ハーパー
BOOKS

FALSE WITNESS
BY KARIN SLAUGHTER

Lyrics from The Music Man (written by Meredith Wislon)

Published by K.K. HarperCollins Japan, 2022

読者のみなさんに

過去は決して過去のままでいてくれない。
——キャサリン・アン・ポーター

偽りの眼 上

おもな登場人物

リー・コリアー――――――――弁護士
キャリー・デウィンター――――――リーの妹
ウォルター・コリアー――――――リーの別居中の夫。消防士組合の法律顧問
マディ・コリアー――――――――リーとウォルターの娘
アンドルー・テナント――――――テナント自動車販売の後継者
リンダ・テナント――――――――アンドルーの母親。テナント自動車販売の現経営者
シドニー・ウィンズロウ――――――アンドルーの婚約者
コール・ブラッドリー――――――リーの所属する法律事務所のトップ。テナント家の友人
ジェイコブ・ガディ――――――――同法律事務所のアソシエイト
オクタヴィア・バッカ――――――弁護士
レジー・パルツ――――――――調査員。アンドルーの友人
ニック・ウェクスラー――――――アトランタ市警の巡査部長
タミー・カールセン――――――――犯罪被害者
キーリー／ルビー・ヘイヤー――――マディの友人とその母親
フィル――――――――――――リーとキャリーの母親
ドクター・ジェリー――――――――獣医師
バディ・ワレスキー――――――――工務店の経営者

一九九八年　夏

トレヴァーが指で水槽を叩《たた》くコッコッという音が、キッチンにいるキャリーに聞こえた。クッキー生地を混ぜているスパチュラを握る手に、思わず力が入った。トレヴァーはまだ十歳だ。キャリーの見たところ、学校ではいじめられている。父親には邪険《じゃけん》にされている。猫アレルギー持ちで、犬を怖がる。かわいそうな魚をいたぶるのは振り向いてほしいという心の叫びだと精神科医なら言うだろうが、キャリーはいまにもどなりつけてしまいそうだった。

コツコツ、コツコツ。

キャリーはこめかみを指で揉《も》み、頭痛をやわらげようとした。「トレヴ、やめてって言ったのに水槽を叩いてない？」

音がやんだ。「叩いてないよ」

「ほんとに？」

沈黙。

キャリーはオーブンシートにクッキー生地を落としていった。ふたたびメトロノームのような音がはじまった。音に合わせて三拍子で生地をシートに落とす。

コツコツ・ポトン。コツコツ・ポトン。

オーブンの扉を閉めようとしたとき、まるでシリアルキラーのように、不意にトレヴァーが背後に現れた。彼はキャリーに抱きついて言った。「大好き」

キャリーは同じくらい強くトレヴァーを抱きしめた。頭をぎりぎりと締めつけていた緊張がゆるんだ。トレヴァーの頭のてっぺんにキスをした。この蒸し暑さで、しょっぱい味がした。トレヴァーはじっとしているが、ガチガチにこわばらせた体はどこか蔓巻《つるまき》バネを思わせた。「ボウル、舐《な》めたい？」

尋ね終わったときには、すでに返事がわかっていた。トレヴァーは食卓の椅子をカウンターの前へ引っぱってきて、蜂蜜の壺《つぼ》に頭を突っこむプーさんのようになった。

キャリーはひたいの汗を拭《ぬぐ》った。日が沈んで一時間ほどたつのに、家のなかはあいかわらず熱気がこもっていた。エアコンはほとんど効いていない。オーブンの熱でキッチンはサウナのようだった。どこもかしこも、それこそキャリー自身もトレヴァーも汗でべたついていた。

水道の水を出した。冷水には抗《あらが》いがたかった。まず自分の顔を洗ってから、ふざけてトレヴァーのうなじに水をかけた。

　くすくす笑いがおさまると、キャリーは水量を調節し、スパチュラを洗った。スパチュラを置いた水切りかごには、夕食に使った食器が並んでいる。皿二枚。グラス二個。フォーク二本。トレヴァーのホットドッグを小さく切り分けるのに使ったナイフ。ウスターソースとケチャップを混ぜるのに使ったティースプーン。

　トレヴァーが空《から》のボウルを差し出した。左側の口角をあげる笑い方が父親とまったく同じだ。彼はシンクの前でキャリーに腰を押しつけるようにして並んだ。

　キャリーは尋ねた。「どうして水槽を叩いてたの?」

　トレヴァーは顔をあげた。その目が一瞬ずるそうに光ったのを、キャリーは見逃さなかった。父親そっくりだ。「あいつらは水槽を立ちあげるための魚だって言ってたでしょ。たぶんすぐに死んじゃうって」

　キャリーは、いかにも自分の母親が言いそうな心ない言葉が、食いしばった歯の裏をぐいぐい押しているのを感じた――**あんたのおじいちゃんだっていつか死ぬんだよ。だからってわざわざ老人ホームへ行って、おじいちゃんの爪のあいだに針を差しこんだりする?**

　声に出してそう言っていないのに、トレヴァーのなかのバネはさらにきりきりとねじれたようだ。キャリーの気持ちに波長を合わせてくる彼の敏感さには、いつも落ち着かない気分にさせられる。

「よし」キャリーは両手の水気をショートパンツで拭い、水槽のほうへ顎をしゃくった。「あの子たちの名前を当てっこしようか」

冗談のわからないやつになることをつねに恐れているトレヴァーは、とたんに用心深い顔つきになった。「魚に名前なんかないよ」

「あるに決まってるでしょ、おばかさん。学校の初日にはじめて会った子同士で〝やあ、ぼくの名前は魚だよ〟なんて言うわけないし」キャリーはトレヴァーをリビングルームのほうへそっと押した。二匹のフタイロカエルウオが水槽内を落ち着かない様子で泳ぎまわっていた。海水の水槽を立ちあげるのは根気が必要で、トレヴァーは何度も飽きかけた。魚が入ると、彼の興味の焦点は針の先ほどに絞られた。

水槽の前にしゃがむと、膝の関節がぽきりと鳴った。ずきずきする痛みより、トレヴァーのべたべたする指紋で曇ったガラスのほうが耐えがたかった。「この小さい子は？」キャリーは小さいほうの魚を指さした。「なんて名前にする？」

トレヴァーは左側の口角をあげて作り笑いを浮かべた。「餌《ベイト》」

「ベイト？」

「サメが来て食べられちゃうからだよ！」トレヴァーは耳障《ざわ》りなほど大きな声で笑いだし、興奮のあまり床をごろごろと転がった。

キャリーは痛む膝頭をさすった。いつものように、鬱々とした気分で部屋のなかを見まわした。汚れたカーペットの毛足は八〇年代後半あたりからへたったままだ。皺《しわ》の寄ったオレンジ色と茶色のカーテンの隙間から街灯の明かりが差しこんでいる。部屋の隅にはバーカウンターがあり、背面にスモークミラーを張った棚は酒瓶でいっぱいだ。吊《つ》り戸棚の下のラックに吊《つる》したグラス、L字形のべとつく木のカウンター、その前に隙間なく並んだ四脚の革のスツール。部屋で目立つのは、キャリーより重たい巨大なテレビだ。オレンジ色のソファは、夫婦それぞれの定位置である両端がへこんでいる。黄褐色の革の安楽椅子の背は汗染みでまだらになっている。アームには煙草《たばこ》の火の焼け焦げ。キャリーの気分を感じ取った手のなかにトレヴァーの手がするりと入りこんできた。またキャリーの気分を感じ取ったのだ。

トレヴァーは言った。「もう一匹はなんにする？」

キャリーはほほえみ、トレヴァーの頭に自分の頭をあずけた。「そうねえ……」おもしろい答えを探した――アン・チョビーとか、チンギス・鯉《カープ》とか、海水《ブライン》・オースティン・グリーンとか。「ミスター・ダー・シーはどう？」

トレヴァーは鼻に皺を寄せた。ジェイン・オースティンは好きではないらしい。「パパはいつ帰ってくるの？」

バディ・ワレスキーは、帰りたいときに帰ってくる。「もうそろそろかな」

「クッキーはまだ？」

キャリーは顔をしかめて立ちあがり、トレヴァーを追ってキッチンへ戻った。オーブンの扉越しにクッキーを眺めた。「まだ焼けてないけど、お風呂からあがったころには――」トレヴァーはすぐさま廊下を駆けていった。バスルームのドアがバタンと閉まった。キュッという水栓の音がした。バスタブに当たる水しぶきの音。トレヴァーは鼻歌を歌いはじめた。

素人ならうまくいったと思いこむところだが、キャリーは素人ではない。しばらく待ってから、バスルームのドアをほんの少しあけ、トレヴァーがちゃんとバスタブに浸《つ》かっているかどうか確かめた。ほとんど同時に、彼が湯に頭まで浸かるのが見えた。

まだ勝利は決まったわけではない――石鹼《せっけん》を使っている様子がない――が、くたびれているし、腰はこわばっているし、廊下を歩けば膝がずきずきするし、どうにかこうにか痛みに耐えながらバーへ行き、マティーニグラスにスプライトとキャプテン・モルガンを半々に注《つ》いだ。

二口飲んだところで身を屈め、バーカウンターの下でライトが点滅しているのを確認した。そのデジタルビデオカメラを偶然発見したのは数カ月前、停電が起きたときのことだ。非常用の蠟燭《ろうそく》を探していたら、視界の隅で点滅する光に気づいた。

キャリーが真っ先に思ったのは――**ぎっくり腰をやって、膝を痛めて、おまけに今度は網膜剝離《はくり》か**――だったが、光は白ではなく赤かったし、バーカウンターの下に並んだ二脚の重たい革のスツールのあいだで、赤鼻のトナカイの鼻よろしくピカピカ輝いていた。キャリーはスツールをどけた。そして、バーカウンターの下部に取りつけてある真鍮《しんちゅう》の足置きに反射している赤い光を凝視した。

格好の隠し場所だ。バーカウンターの前面はカラフルなモザイク仕上げになっている。鏡の小片と、青と緑とオレンジ色の小さなタイルがぎっしり貼られた面では、裏側の棚まで貫通した直径二センチほどの穴はほとんど目立たない。ワインのコルクが詰まった紙箱の奥に、キヤノンのデジタルビデオカメラが隠してあった。バディは電源ケーブルを棚板にテープでとめて隠していたが、充電は切れかけていた。カメラが作動していたのかどうかはわからなかった。レンズはまっすぐソファのほうへ向いていた。

キャリーは自身にこう言い聞かせた。バディはほぼ毎週末、友人たちを招く。バスケットボールやフットボールや野球の試合を観《み》ながら、くだらないおしゃべりをしたり仕事や女の話をしたりするのだが、たぶん友人たちはバディが得をするようなこと、たとえばあとで取引に使えるようなことをうっかり口にするのだろう、たぶんそのためにカメラを隠してあるのだろう。

たぶん。

いい。

二杯目はスプライトで割らなかった。スパイスト・ラムが喉《のど》から鼻を焼いた。キャリーはくしゃみをし、手の甲で鼻水を受け止めた。キッチンにペーパータオルを取りに行く気力もなかった。布巾《ふきん》で手の甲を拭った。モノグラム刺繍《ししゅう》が肌を引っかいた。ロゴに目をやった。バディという男を簡潔にあらわすロゴだ。アトランタ・ファルコンズではない。ジョージア・ブルドッグスでもない。ジョージア工科大のものですらない。二部リーグのベルウッド・イーグルス、つまり昨シーズンは〇勝十敗だったハイスクール・チームを後援することが、バディ・ワレスキーの信念なのだ。

お山の大将。

キャリーがラムの残りを一気に飲み干しているところへ、トレヴァーが戻ってきた。彼はまたかぼそい両腕でキャリーに抱きついた。キャリーは彼の頭のてっぺんにキスをした。あいかわらず汗くさかったが、今日はもう充分闘った。とにかくトレヴァーにさっさとベッドに入ってもらい、体の痛みをアルコールで追い払いたかった。

ふたりで水槽の前に座り、クッキーが冷めるのを待った。キャリーは、はじめて水槽で魚を飼ったときのことをトレヴァーに話して聞かせた。数々の失敗体験。魚を健康に育てるには世話が必要であり、責任が伴うこと。トレヴァーはおとなしくなった。それは温かい風呂に浸かったせいだ、バーカウンターのなかで酒のお代わりを注いでいるあたしに気づくたびにこの子の目がふっと暗くなるのとは違う、とキャリーは思いこもうとした。

後ろめたい気持ちは、トレヴァーがベッドに入る時刻が近づくにつれて薄れていった。ふたりで食卓に座っているうちに彼がピリピリしはじめたのが、キャリーには感じ取れた。

いつものことだ。食べてもいいクッキーの枚数で一問着《ひともんちゃく》ある。ミルクをこぼす。クッキーの枚数でもう一問着。どっちのベッドで眠るか話し合う。パジャマに着替えさせるのに一苦労。読んでやる本のページ数の交渉。おやすみのキス。もう一度、おやすみのキス。水を一杯持ってきてほしいという要求。このコップじゃなくてあのコップがいい。この水じゃなくてあの水がいい。わめく。泣く。またバトル。さらなる交渉。明日の約束――ゲーム、動物園、ウォーターパークへ遠足。約束に次ぐ約束のあげく、ついについに、キャリーはふたたびカウンターのなかでひとりきりになれた。

切羽詰まった飲んだくれのようにすぐさま酒瓶の栓をあけたいのを我慢した。両手が震えていた。静まりかえった薄暗い部屋で、キャリーは自分の両手がぶるぶるとわなないているのを見つめた。この部屋はほかのなによりもバディを連想させる。重苦しい空気。何千本もの煙草の煙が染みついた低い天井。隅に張った蜘蛛《くも》の巣さえオレンジ色がかった茶色だ。キャリーはこの家のなかで靴を脱いだことがない。べたべたするカーペットに足を包まれる感触に胸がむかつくからだ。

キャリーはラムのボトルの栓をゆっくりとひねった。ふたたび香料が鼻腔《びこう》をくすぐった。期待によだれが湧いてきた。三杯目を思い浮かべただけで、感覚を麻痺《まひ》させる効果を感じることができた。これでおしまいにはならない一杯。肩の凝りと腰のこわばりをほぐし、膝の疼痛《とうつう》を止めてくれる一杯だ。

突然、裏口のドアがあいた。バディが痰《たん》の絡んだ咳《せき》をした。カウンターにブリーフケースを放り出した。トレヴァーの椅子を食卓の下へ蹴り戻した。クッキーを何枚かつかみ取った。片手に煙草を持ち、口を閉じずに咀嚼《そしゃく》した。クッキーの屑《くず》が食卓から彼のすり減った靴に跳ね返り、リノリウムの床に散らばる音、極小のシンバルを打ち鳴らすような音が、キャリーには聞こえるような気がした。なぜなら、どこだろうがバディがいるところでは騒音、騒音、騒音、騒音の連続だから。

しばらくして、バディがキャリーに目をとめた。とたんにキャリーは彼に会えてうれしくなり、彼が両腕で抱きしめてくれ、また特別な存在になった気分にさせてくれるような気がした。ところが、彼の口からはまだクッキーのかけらがぼろぼろこぼれた。「おれにも一杯くれ、お人形さん」

キャリーはグラスにスコッチを注ぎ、ソーダで割った。煙草のにおいが部屋の向こう側から漂ってきた。ブラック&マイルドというシガリロ。彼のシャツのポケットから煙草の箱が覗いていないところなど見たことがない。

バディは最後に残った二枚のクッキーを平らげてから、バーのほうへのしのしと歩いてきた。重たい足取りで床板がきしんだ。カーペットにクッキーの屑が落ちた。皺くちゃで汗が染みた作業着にもこびりついている。無精髭《ぶしょうひげ》にもこびりついている。彼の身長は背すじをのばしてまっすぐに立てば百九十センチだが、つねに猫背だ。肌は一年中、赤く焼けている。同年代の男たちにくらべて髪の量は多いが、白いものが交じりはじめている。運動はするが、ウェイトトレーニングばかりやっているので、人間というよりゴリラのように見える――短い胴体、もりもりと筋肉がついているせいで体の脇にぴったり沿わない腕。キャリーは彼の両手が拳《こぶし》に握られていないところを見たことがほとんどない。どこもかしこも荒くれ者そのものだ。通りで彼を見かけると、みんなくるりと踵《きびす》を返す。

トレヴァーが蔓巻バネなら、バディはスレッジハンマーだ。

バディは灰皿に煙草を置いてから、スコッチをすすって飲み干し、グラスをカウンターに手荒く置いた。「今日はいい一日だったか、お人形さん？」

「まあまあかな」キャリーは脇にどき、バディに二杯目を注がせた。

「おれは最高の一日だった。スチュアート沿いに新しくショッピングモールが建つのを知ってるか？　だれが建設工事をやると思う？」

「あなたでしょ」彼は返事など待っていなかったが、それでもキャリーは答えた。

「今日、頭金が入った。明日から基礎工事だ。ポケットに金があるって最高だろう？」バディはげっぷをし、胸板を叩いた。「氷を持ってきてくれないか？」

キャリーは冷蔵庫へ行こうとしたが、彼の手にドアノブよろしく尻をつかまれた。

「ほんとにちっこいなあ」

ひところは、キャリーも自分の体の小ささにバディがこだわるのをおもしろがっていた。彼は片方の腕でキャリーを抱きあげたり、手のひらを広げてキャリーの背中に当て、親指とそれ以外の指が腰骨の両端に触れそうになることに感心したりした。そして、キャリーを〝おちびさん〟とか〝お嬢さん〟とか〝お人形さん〟とか呼ぶのだが、いまではそれも……。

それも、彼の鬱陶《うっとう》しいところのひとつになった。

キャリーはアイスバケツをおなかの前に抱えてキッチンへ向かった。水槽に目をやった。魚たちは落ち着いていた。フィルターが吐き出す泡のあいだを縫うように泳いでいる。キャリーは、アーム&ハンマーの重曹と冷凍焼けした肉のにおいがする氷をバケツいっぱいに入れた。

スツールの上でくるりと振り返ったバディのほうへ戻っていった。彼は言った。「うーっ、お嬢さん、その腰つきを眺めてるとたまらなくなる。くるっとまわってみせてくれ」キャリーは両目が上を向くのを感じた――バディではなく自分にあきれたのだ。なぜなら、自分のなかの愚かでちっぽけなさびしがり屋は、いまでも彼のお世辞を心地よく感じているから。バディは正真正銘、心から愛されていると生まれてはじめて思わせてくれた人だ。それまでずっと、自分は選ばれた特別な存在だ、だれかにとって大事な存在だと思えたことは一度もなかった。バディはキャリーに、守られている、かわいがられていると感じさせてくれた。

けれど、最近の彼はキャリーとファックすることしか考えていない。

バディはブラック&マイルドの箱をポケットに戻した。ぼってりした手をアイスバケツに突っこんだ。キャリーはその手の爪が三日月形に黒く汚れていることに気づいた。

「あいつはどうしてる？」バディが尋ねた。

「眠ってる」

バディの片手に脚のあいだをすくうように持ちあげられたとたん、キャリーは彼の目の光に気づいた。両膝がぎこちなく曲がった。スコップの土をすくう部分に座らされているようだった。

「バディ――」

彼のもう片方の手に尻をつかまれ、筋肉が盛りあがった両腕のあいだに封じこめられた。

「なんてちっこいんだ。おまえをポケットに突っこんでいても、だれにも気づかれないだろうな」

バディの舌が口にすべりこんできて、クッキーとスコッチと煙草の味がした。キャリーはキスを返したが、それは彼を押しのけてプライドを傷つけてしまえば、あとあと面倒なことになり、あげくの果てにまた同じことの繰り返しになるのが目に見えているからだ。

がさつで怒りっぽいわりには、バディは精神的に弱々しいところがあった。まばたきひとつせずに大の男を叩きのめすことができるのに、キャリーに対してはひどく無防備で、それはときにぞっとするほどだった。キャリーは何時間もかけてバディをなだめたりすかしたり励ましたり、砂浜を削る波のように押し寄せる不安にさいなまれる彼の話を聞いてやったりした。

なぜこんな人とつきあっているのだろう？　ほかの相手を見つけたほうがいいのに。自分はこの人にはもったいない。きれいだし。若いし。頭もいい。レベルが違う。なぜこんなつまらない男にかまってやるのだろう？　こんな人のどこがいいのか——いや、彼のどこが好きなのか、いますぐ細かくあげてみようか？　具体的に。

きれいだとしょっちゅう言ってくれる。高級なレストランや一流ホテルに連れていってくれる。アクセサリーや高価な服を買ってくれて、キャリーの母親が困っていればお金をくれる。ほかの男がキャリーをいやらしい目で見ようとしただけでぶん殴ってくれる。傍《はた》目《め》にはキャリーがぬくぬくと幸せに浸っているように見えるかもしれないが、実のところキャリー本人は、みんなと同じように邪険にされたほうがましかもしれないと思っていた。邪険にされれば、とりあえず彼を憎む理由ができる。彼の涙でシャツをべしょべしょに濡らされるのがいやだとか、ひざまずいて許しを請う姿がみっともないとか、そんなことよりもたしかな根拠になる。

「パパ？」

トレヴァーの声に、キャリーはびくりとした。トレヴァーは毛布をつかんで廊下に立っていた。

バディの両手に押さえつけられ、キャリーは動けなかった。「ベッドに戻れ」

「ママは？」

キャリーはトレヴァーの顔を見たくなくて目をつぶった。

「言われたとおりにしろ」バディはすごんだ。「早く」

のろのろと廊下を引き返していくトレヴァーの足音が聞こえはじめ、キャリーは止めていた息を吐き出した。彼の寝室のドアの蝶番《ちょうつがい》がきしんだ。掛け金がカチャッとかかった。

キャリーはバディから離れた。バーカウンターの内側に入り、酒瓶のラベルの向きをそろえたり、カウンターを拭いたり、とにかくバディとのあいだに障壁を作ろうとしているわけではないように見せかけた。

みすぼらしい室内はうだるような暑さなのに、バディは両腕をさすり、ハッと笑い声をあげた。「なんで急に寒くなったんだろうな？」

キャリーは言った。「あの子の様子を見てこなくちゃ」

「いいや」バディはカウンターをまわってきて、出口をふさいだ。「それより先におれの様子を見るんだ」

バディは自分の股間のふくらみにキャリーの手を持っていった。その手を一度上下に動かした彼の手つきに、キャリーは芝刈り機のエンジンをかける紐《ひも》を引くのを見ているような気がした。

「こんなふうにな」バディは同じ動きを繰り返した。

キャリーは抵抗をやめた。いつもそうだ。

「それでいい」

キャリーは目を閉じた。バディが吸っていた煙草の先端がいまだに灰皿でくすぶっているのがにおいでわかった。部屋の向こう側で水槽がボコボコと音をたてている。明日、トレヴァーに提案する魚の名前を考えた。

ジェームズ・池《ポンド》。ダース・餌《ベイター》で釣る者。水槽《タンク》・シナトラ。

「ああ、なんてちっこい手なんだ」バディはズボンのファスナーをおろした。キャリーの両肩を押しさげた。バーカウンターの内側のカーペットはじっとりと濡れていた。キャリーの両膝は毛羽《けば》のなかに沈んだ。「おまえはおれの小さなバレリーナだ」

キャリーは彼を口に含んだ。

「ああ」キャリーの肩をつかんだバディの両手に力が入った。「それでいい。つづけろ」

キャリーはきつく目をつぶった。

ツナ・ターナー。レオナルド・ディ鯉《カープ》リオ。メアリー・ケイト&アシュレー・オーシャン。

バディはキャリーの肩をぽんと叩いた。「よし、ベイビー。あとはソファでやろう」

キャリーはソファへ行きたくなかった。さっさと終わらせたかった。ここを出ていきたかった。ひとりになりたかった。ひとりになって深く息を吸い、この男ではないもので肺を満たしたかった。

「ったく、なんなんだ！」

キャリーはぎくりとした。

バディがどなりつけたのは自分ではなかった。

トレヴァーが廊下にまた出てきたのが、空気の変化でわかった。キャリーはトレヴァーが見ているものを想像してみた。カウンターをつかむバディのぼってりした手の片方、カウンターの内側でなにかに向かって突き出された腰。

「パパ？」トレヴァーが尋ねた。「ママは――」

「おれはなんて言ったか？」バディが声を荒らげた。

「僕、眠くないよ」

「だったら薬を飲め。早くしろ」

キャリーはバディの顔を見あげた。彼は太い人差し指でキッチンのほうを指さしていた。

トレヴァーの椅子の脚がリノリウムの床をこする音がした。椅子の背がカウンターにぶつかった。戸棚の扉がきしみながら開いた。風邪薬のナイキルのチャイルドプルーフ仕様になった蓋をトレヴァーがあけるカチカチという音が聞こえた。バディはナイキルを眠くなる薬と呼ぶ。配合されている抗ヒスタミン剤が朝までトレヴァーを眠らせるはずだ。

「飲め」バディが命じた。

キャリーは、仰向《あおむ》いてミルクを飲み干すトレヴァーの喉が小さく動くところを思い浮かべた。

「そいつはカウンターに置いておけ」バディが言った。「部屋に戻れ」

「でも――」

「尻をひっぱたかれないうちに、さっさと部屋に戻って、朝まで出てくるな」

今度もまた、キャリーはトレヴァーの寝室のドアが閉まるカチャッという音が聞こえるまで息を止めていた。

「くそガキめ」

「バディ、あたし――」

キャリーが立ちあがろうとしたと同時に、バディがさっと振り向いた。偶然、彼の肘がキャリーの鼻を直撃した。不意に骨がひび割れた衝撃が稲妻のようにキャリーを切り裂いた。キャリーは驚きのあまりまばたきすら忘れた。

バディもぎょっとしていた。「お人形さん？　大丈夫か？　すまん――」

ふたたび感覚のスイッチがひとつずつ入っていった。音が耳に流れこんできた。痛みが神経を伝わった。視界はぼやけていた。口のなかに血があふれた。

キャリーはあえいだ。血が喉の奥へ吸いこまれた。膝が折れた。倒れないよう、手近なものをやみくもにつかんだ。棚から紙箱が転がり落ちた。頭の後ろが床にぶつかった。顔と胸にワインのコルクが雨粒のように降ってきた。まばたきして天井を見あげた。目の前で、二色の魚が暴れまわっていた。もう一度まばたきした。魚はさっと消えた。肺のなかで息が渦巻いていた。心臓の鼓動に合わせて頭がずきずきした。なにかを胸から払い落とした。バディのシャツのポケットからブラック&マイルドの箱が落ち、体の上に煙草が散らばっていた。首をのばして彼を捜した。

キャリーは、バディがいつもどおり反省した子犬のような顔をしているものと思っていたが、彼はキャリーのほうを見てもいなかった。両手にビデオカメラを持っていた。はからずもキャリーは紙箱と一緒にビデオカメラを棚から引きずり落としてしまったのだ。プラスチックの本体カバーの角が欠けている。

バディは低い声で吐き捨てた。「くそっ」

そしてようやくキャリーに目を向けた。その目がトレヴァーそっくりにきょときょとと動いた。現行犯で見つかったときの目。逃げ場を探している目。

キャリーの頭がふたたびカーペットの上に落ちた。まだ頭がくらくらしていた。目に見えるものすべてが、ずきずきする頭の痛みと同期して点滅した。ラックに吊されたグラスも。天井の茶色い雨漏りの染みも。キャリーは咳《せ》きこみ、口に手を当てた。手のひらに血が点々とついた。バディが動きまわる音が聞こえた。

もう一度、キャリーは彼を見あげた。「バディ、それ――」

バディはいきなりキャリーの腕をつかんで引っぱりあげた。針飛びするキャリーの両脚は必死に踏ん張ろうとした。彼の肘は思ったより強く当たったらしい。キャリーはまた咳きこみ、前によろめいた。顔全体が世界がプツプツと途切れはじめた。

粉々に割れてしまったかのように感じた。喉にどんどん血が流れこんでくる。部屋全体が球体となってぐるぐるまわっている。脳震盪《のうしんとう》を起こしたのだろうか。そんな気がする。

「バディ、あたしたぶん――」

「黙れ」バディの手がキャリーのうなじをぎゅっとつかんだ。キャリーは行儀の悪い犬のように無理やりリビングルームからキッチンへ連れていかれた。不意をつかれて抵抗もできなかった。バディの怒りはいつも突発的な火事と同じで、前触れなく一気に広がる。ただ、普段は怒りの原因がわかりやすい。

「バディ、あたし――」

彼はキャリーをテーブルのほうへ突き飛ばした。「黙っておれの話を聞けないのか?」

キャリーは後ろに手をのばして体を支えた。キッチン全体がななめに傾いた。吐きそうだ。シンクへ行かなければ。

バディがカウンターを拳で叩いた。「動くんじゃねえ！」

キャリーは両手で耳をふさいだ。バディの顔は真っ赤だ。ひどく怒っている。なにをそんなに怒っているのだろう？

「これは真面目な話だ」バディの口調はやわらかくなったが、声は低く不穏なままだった。「ちゃんと聞け」

「聞いてる、聞いてるから。ちょっと待って」キャリーの両脚はまだ震えていた。よろよろとシンクへ向かった。蛇口をひねった。水が勢いよくほとばしり出るのを待った。冷たい流水に頭を突っこんだ。鼻が焼けつくように痛い。顔をしかめたとたん、顔じゅうに痛みが走った。

バディの手がシンクの縁をつかんだ。彼は待っている。

キャリーは顔をあげた。またもめまいがして倒れそうになった。抽斗《ひきだし》にタオルを見つけた。ごわつく生地が頰を引っかいた。それを鼻の下に当てて止血を試みた。「話って？」

バディはその場でそわそわと体を揺すった。「カメラのことはだれにも言うな、いいか？」

タオルはすでに血でぐっしょりと濡れていた。血は止まらず、鼻から口へ、そして喉へと流れこんでいく。ベッドに横たわって目を閉じたいと、いまほど真剣に願ったことはない。いつもなら、眠くなったらバディは気づいてくれる。キャリーを楽々と抱きあげて廊下を歩いていき、ベッドに横たわらせ、眠りにつくまで髪をなでてくれる。

「キャリー、約束してくれ。おれの目を見て、だれにも言わないと誓ってくれ」

バディの手がまた肩をつかんだが、今度はさほど乱暴ではなかった。彼のなかの怒りが燃えつきはじめているのだ。彼は太い指でキャリーの顎を持ちあげた。キャリーは、ポーズを取らせられているバービー人形の気分だった。

「なんてことだ、ベイビー。まずいな、その鼻。大丈夫か？」バディは新しいタオルを取った。「悪かったよ。ああ、かわいい顔が台無しだ。大丈夫か？」

キャリーはまたシンクのほうを向いた。排水口に血を吐き出した。鼻はぎりぎりと動くふたつの歯車に挟まれているかのようだった。やはり脳震盪を起こしているに違いない。なにもかも二重に見える。血溜《ちだ》まりがふたつ。蛇口がふたつ。カウンターの上の水切りかごもふたつ。

「なあ」バディの両手がキャリーの両腕をつかみ、くるりと向きを変えさせて戸棚に押しつけた。「きっと大丈夫だ、な？　おれがなんとかする。でも、カメラのことはだれにも言うな、わかったか？」

「わかった」キャリーがそう答えたのは、どんなときでもバディに合わせたほうが楽だからだ。

「大事な話なんだ、お人形さん。おれの目を見て約束してくれ」彼が心配してくれているのか怒っているのか、キャリーにはわからなかったが、いきなりぬいぐるみのように揺さぶられた。「こっちを見ろ」

キャリーはのろのろとまばたきを返すのが精一杯だった。自分と周囲のもののあいだに雲が垂れこめている。「わざとじゃないってわかってるから」

「鼻じゃない。カメラのことを言ってるんだ」バディはトカゲのようにちろりと舌を覗かせて唇を舐めた。「カメラのことで騒がないでくれ、お人形さん。おれは刑務所に行きたくないからな」

「刑務所？」いきなりそんなことを言われて、わけがわからなかった。ユニコーンの話をされたも同然だ。「どうして刑務所なんか――」

「お人形さん、頼むよ。ばかなまねはするなよ」

もう一度まばたきすると、レンズの焦点が合うようにバディの顔がはっきりと見えた。バディは心配そうではなく、怒ってもいないし、申し訳なさそうでもない。ひどく恐れているみたいだ。

なにを？

キャリーがビデオカメラのことを知ったのは数カ月前だが、なぜそんなものがそこにあるのか、考えようとしたことはいままで一度もなかった。バディと友人たちの週末のパーティーが頭に浮かんだ。缶ビールがあふれんばかりに入ったクーラーボックス。煙草の煙が充満した空気。大音量で鳴っているテレビ。酔っ払った男たちがくつくつと笑いながら背中を叩き合っている一方で、映画でも公園でも、この家から出られるならどこでもいいから出かけようとトレヴァーに身支度をさせている自分。

「あたし――」キャリーはタオルで洟《はな》をかんだ。粘つく血が白い生地に蜘蛛の巣のようにへばりついた。頭ははっきりしたが、まだ耳鳴りはつづいていた。うっかり肘をぶつけにしては、とんでもない威力だ。バディはなぜあんなに不注意だったのだろう?

「いいか」バディの指が両腕に食いこんだ。「話を聞くんだ、お人形さん」

「聞け聞けって、何度も言わないで。ちゃんと聞いてる。全部聞こえてるってば」キャリーは激しく咳きこみ、思わず体をふたつに折った。口元を拭った。バディの顔を見あげた。

「友達を撮影してたんでしょう? そのためのカメラじゃないの?」

「カメラのことは忘れろ」バディはやけにうろたえていた。「頭をぶつけただろ、お人形さん。自分がなにを言ってるのかわかってないんだ」

あたしはなにを見落としてるのだろう?

バディは工務店の社長だと自称しているが、事務所はない。一日中、コルベットを乗りまわして仕事をしている。スポーツ賭博の元締めをやっていることは知っている。それから、腕っ節を買われて用心棒のようなこともしている。いつも多額の現金を持っている。それから、顔が広い。彼は友人が自分に頼みごとをするところをこっそり撮影していたのだろうか?

友人たちはバディに金を払ってだれかの膝を折ってもらったり、建物を燃やしてもらったり、取引相手を脅すネタを見つけてもらったり、敵に仕返しをしてもらったりしているのだろうか？

キャリーは、頭のなかできちんとはまらないパズルのピースがばらばらにならないように押さえつけようとした。「なにをしてるの、バディ？　友達を脅迫してるの？」バディは上下の歯で舌先を挟んだ。沈黙がわずかに長くなりすぎた。「そうだ。そうなんだよ、ベイビー。友達を脅迫してる。だから金が入るんだ。ばれたらまずい。脅迫は重罪だからな。一生、刑務所にぶちこまれることになる」

キャリーはリビングルームをじっと眺め、バディの友人たちが集まっているところを思い浮かべた――いつも同じ顔ぶれだ。キャリーの知らない人もいるが、ほとんどはなじみのある人々なので、バディの違法行為の恩恵を多少なりとも受けていることに後ろめたさを覚えた。校長のドクター・パターソン。ベルウッド・イーグルスのホルト監督。中古車販売業者のミスター・ハンフリー。スーパーマーケットの惣菜《そうざい》コーナー担当のミスター・ガンザ。キャリーのかかりつけの歯科医院に勤務しているミスター・エメット。

あの人たちがそんなに悪いことをしたのだろうか？　スポーツチームの監督や車のセールスマンや、やたらとなれなれしいジジイが、どんなひどいことをしたのだろう？　しかも、愚かにもそれをバディ・ワレスキーに打ち明けるとは。

そのばかな人たちが、バディに脅迫されているのに、週末ごとに集まってフットボールだのバスケットボールだの野球だのサッカーだのを観戦するのはなぜだろう？　どうしてあの人たちはバディの葉巻をふかすのか？　バディのビールをがぶ飲みするのか？　椅子に焼け焦げを作るのか？　バディのテレビを見て大騒ぎするのか？

あとはソファでやろう。

キャリーの視線は、バーカウンターの前面にあいている小さな穴から、その真向かいにあるソファへ、そして自分の体重より重たいテレビへと、三角形を描いた。

テレビの下にガラス板をわたした棚がある。

ケーブルボックス。分岐ケーブル。ビデオデッキ。

キャリーは、ビデオデッキの正面のジャックにつねに差しこんである三分岐のＲＣＡ端子を見慣れて、もはや気にもとめなくなっていた。赤い端子は右の音声チャンネル。白は左の音声。黄色は映像。三本のケーブルは一本の長いケーブルにまとまり、テレビの下のカーペットの上でとぐろを巻いている。キャリーは、そちら側の先端がなにに差しこまれるのか、考えてみたこともなかった。

い、い、い、い、い、い、

あとはソファでやろう。

「お嬢さん」バディの全身の毛穴から冷や汗が噴き出ていた。「もう家に帰ったらどうだ？　小遣いをやろう。さっき言ったように、仕事の頭金が入ったんだ。ぱーっと使うのは楽しいだろ、な？」

いま、キャリーはバディを見ている。

まじまじと見ている。

バディはポケットに手を入れ、札束を取り出した。キャリーを支配する方法を数えるかのように紙幣を数えた。「新しいシャツを買うといい。シャツに合うパンツとか靴とか、なんでも買っていいぞ。ネックレスもどうだ？　このまえ買ってやったやつは気に入ってるだろう？　もうひとつ買え。あと四つでも。ミスター・Tみたいにじゃらじゃらつけるんだ」

「あたしたちを撮影してるの？」キャリーはその質問の回答がどんな地獄をもたらすか考える前に尋ねていた。いまではバディとベッドですることはない。いつもソファだ。バディがベッドへ抱いて連れていってくれるのは？　決まってソファで終わらせたあとだ。

「そうなんでしょ、バディ？　あたしをファックしているところを撮影して、友達に見せてるの？」

「ばかを言うな」水槽のガラスを叩いていないと言い張るトレヴァーと同じ口調だった。

「おれがそんなことをするわけがないだろう？　愛してるのに」

「あんたなんか最低の変態だ」

「口のきき方に気をつけろ」バディは本気で威嚇《いかく》していた。キャリーはいまなにが起きているのか理解した――半年かそれ以上前からなにが起きていたのか。

スポーツチームの激励会で、スタンド席からキャリーに手を振ったパターソン校長。フットボールの試合中にサイドラインからキャリーにウィンクしたホルト監督。惣菜コーナーのカウンター越しに、キャリーの母親にチーズを渡しながらキャリーに笑いかけたミスター・ガンザ。

「あんた――」喉が詰まった。服を脱いだ姿をあいつらに見られていたのだ。ソファでバディにしたことを。バディにされたことを。「あたし――」

「キャリー、落ち着け。取り乱すんじゃない」

「取り乱すに決まってるでしょ！」キャリーは叫んだ。「あいつらに見られたんだよ、バディ。あたしは見世物にされた。みんな、あたしが――あたしたちが――」

「やめるんだ、お人形さん」

キャリーは恥ずかしさのあまりうつむいて両手で顔を覆った。

パターソン校長。ホルト監督。ミスター・ガンザ。彼らは指導者ではなく、父親のような存在でも無害な老人でもなかった。キャリーが犯されるのを見物して興奮する変質者だったのだ。

「まあ落ち着け」バディが言った。「そんなに大騒ぎすることじゃない」

涙がだらだらと頬を伝い落ちた。声も出なかった。バディを愛していたのに。なんでもやってあげたのに。「よくもこんなことを」

「こんなこと?」バディの声はうわずっていた。視線が札束へ動いた。「そっちが望んだことだろう」

キャリーはかぶりを振った。こんなことは望んでいなかった。安心したかっただけだ。守られていると感じたかった。自分の考えに、夢見ていることに、自分という存在に興味を持ってくれる相手がほしかった。

「そうだろう、お嬢さん。おかげでユニフォーム代も払えたし、チアリーディングの合宿の費用も、お袋さんの――」

「あたし、母さんに話す」キャリーはきっぱりと言った。「あんたのしたことを全部ばらしてやる」

「あの女が怒るもんか」バディが心の底からおかしそうに笑ったのは、そのとおりだとふたりとも知っているからだ。「おまえのお袋は、金が入ってくるかぎり見て見ぬふりだ」

キャリーは喉に詰まったガラスの破片を吞《の》みくだすように訊いた。「でも、リンダは?」

バディは鱒《ます》のように口をぱくぱくさせた。

「あんたが二年前から十四歳のベビーシッターをファックしてたなんて知ったら、奥さんはどう思うかしらね?」

バディの食いしばった歯のあいだから空気が漏れる音がした。

性的な関係になってからというもの、キャリーのちっこい手やほそっこいウエストやちんまりした口がどうのこうのというのはほとんどバディの口癖になっていたが、ふたりのあいだに三十歳以上の年齢差があることについて彼がなにか言ったことは一度もなかった。

　彼が犯罪者であることについて。

「リンダはまだ病院にいるよね？」キャリーは裏口のそばにある電話のほうへ歩いていった。壁にテープで貼った緊急連絡先を指先でなぞった。そうしながらも、ほんとうに電話をかけることができるのかどうか、自信がなかった。リンダはいつも親切にしてくれる。こんな話をすれば、ひどくショックを受けるだろう。バディがそんなことを許すはずがない。

　それでもキャリーは、バディが大げさに泣きながら許しを請い、愛しているだのおまえしかいないだのと言い張るのを期待しつつ受話器を取った。

　バディはそのようなことをなにひとつしなかった。あいかわらず口をぱくぱくさせている。体の両脇に太い両腕を生やして突っ立っているさまが、まるで凍結したゴリラだ。

　キャリーは彼に背を向けた。受話器を肩にのせた。くるくるとねじれたコードを邪魔にならないようにのばした。八のボタンを押した。

　一瞬、すべてがスローモーションになったのちに、キャリーの脳はようやく事態を把握した。

腎臓のあたりに食らったパンチは、加速する車に後ろから横殴りにぶつかられたような衝撃だった。受話器が肩からすべり落ちた。両腕が急にあがった。両足が床を離れた。肌に風を感じながら、キャリーは宙を飛んでいた。

胸から壁に衝突した。鼻が平らにつぶれた。歯が石膏《せっこう》ボードに食いこんだ。

「このくそあまが」バディは片手でキャリーの後頭部をつかみ、ふたたび壁に顔を叩きつけた。さらにもう一度。三度目はキャリーの頭をつかんで立ちあがった。

キャリーは無理やり膝を折った。髪が引っこ抜かれるのを感じながら、床の上で体を丸めた。殴られたのはこれがはじめてではなかった。ましな殴られ方は心得ている。だが、いままでの相手は、体格も体力も自分とだいたい同等だった。人を叩きのめすのを生業《なりわい》にしてなどいなかった。人を殺したことなどなかった。

「おれを脅迫しやがるのか!」バディの足が建物解体用の鉄球のようにキャリーの腹部を直撃した。

キャリーの体は宙に浮いた。肺から空気が残らず出ていった。肋骨《ろっこつ》が一本折れたのが鋭い痛みでわかった。

バディは両膝をついた。キャリーは彼の顔を見あげた。目つきがおかしい。口角に泡がたまっている。彼は片手でキャリーの喉をつかんだ。キャリーは逃れようとしたが、仰向けになってしまった。その上にバディがまたがった。彼の重みは耐えがたかった。ぐいぐいと喉を締めつけてくる。気管が脊椎《せきつい》にくっつきそうだ。バディはキャリーの息の根を止めようとしている。キャリーは拳を振りあげ、彼の股間を狙った。一度。二度。横殴りになってしまったが、それでも喉を締めつける手がゆるんだ。すかさず横に転がり、なんとか立ちあがって逃げようとした。助かろうとした。

正体のわからない音とともに、空気にひびが入った。

背中に火がついた。肌にぴしりと鞭《むち》が当たったような気がした。バディに電話機のコードで打擲《ちょうちゃく》されたのだ。背中で血が酸のようにぶくぶくと泡立った。キャリーは片手をあげ、裂けた腕の皮膚と手首に巻きついたコードを見つめた。

思わずさっと腕を引いた。バディの手からコードがするりと離れた。面食らった彼の顔を見て、キャリーは尻をついたまま壁際へあとずさった。そして、バディに向かってがむしゃらにパンチとキックを繰り出し、コードを振りまわしながら叫んだ。「このくそ野郎！殺してやる！」

キッチンにその声が響き渡った。

思いがけないことに、なぜかすべてが静止していた。

キャリーはいつのまにか立ちあがっていた。片手を振りかぶり、コードでバディを鞭打つチャンスを待った。ふたりは至近距離でにらみ合った。

バディが意外そうに笑い声をあげ、おもしろがるように言った。「たいしたあまだ」

バディの頬は裂けていた。彼は傷口の血を指で拭った。その指を口に入れた。わざとらしく音をたてて血を吸った。

キャリーは胃がぎゅっとねじれるのを感じた。

暴力の味がバディの闇の部分を呼び覚ましてしまったのを悟った。

「かかってこい、猫ちゃん」バディはKOを狙うボクサーのように拳を構えた。「ほら、もう一度」

「バディ、やめて」キャリーは心のなかで筋肉に油断するな、関節に固まるな、できるかぎり反撃に備えろと命じた。バディがいま冷静なふりをしているのは、殺しを楽しもうと腹を決めたからにほかならないのだから。「こんなことになるなんて」

「お人形さん、こうなることはずっと前から決まってたんだ」

キャリーは頭に染みこんできたその事実を受け入れた。彼の言うとおりだ。自分はどうしようもなく愚かだった。「だれにも言わない。約束する」

「もう手遅れだ、お人形さん。わかるな」バディの拳はあいかわらず顔の前に構えてあった。彼はキャリーを手招きした。

「かかってこい、嬢ちゃん。闘わずしてあきらめるな」

バディはキャリーより六十センチ近く背が高く、六十五キロ以上重い。人間ひとり分、大きな図体なのだ。

引っかいてやる？　噛《か》みつく？　髪を引っぱる？　口をこいつの血にまみれさせて死ぬ？

「さあどうする、おちびさん？」バディは拳を構えたままだ。「チャンスをやると言ってるんだ。かかってくるのか、降参するのか、どっちだ？」

廊下は？

バディをトレヴァーに近づけるわけにはいかない。

玄関は？

遠すぎる。

裏口は？

視界の隅に金色のドアノブが見える。

鈍く光って。待っている。施錠はされていない。

頭のなかで予行演習した――体の向きを変えて、左足、右足、ノブをつかんでまわす、カーポートを駆け抜けて通りに出る、声をかぎりに叫びながら。

ばかじゃないの？

裏口のほうを向こうものなら、その瞬間に捕まってしまう。彼は敏捷《びんしょう》ではないけれど、すばやさは必要ない。大股で一歩踏み出すだけで、またキャリーの首を片手でつかめる。

キャリーはありったけの憎しみをこめてバディをにらんだ。

バディが肩をすくめたのは、痛くも痒《かゆ》くもないからだ。

「なぜこんなことをしたの？」キャリーは尋ねた。「なぜあたしたちのプライベートな映像をあの人たちに見せたの？」

「金のためだ」おまえはそこまでばかだったのかと落胆しているような口ぶりだった。

「ほかに理由があるか？」

どんなときもなにがあっても守ってやると約束してくれた男としたくもないことをしている自分の姿を、あの大人の男たちが見ているところなど、いま想像している場合ではない。

「さあ来い」バディは右フックで軽く宙を殴り、ゆっくりとしたアッパーカットを繰り出した。「ほら、ロッキー。おれを殴ってみろ」

キャリーはキッチンのあちこちに視線を走らせた。

冷蔵庫。オーブン。戸棚。抽斗。クッキーの皿。ナイキル。水切りかご。

バディが頬をゆるめた。「フライパンで殴ろうってか、ダフィー・ダック？」

キャリーは銃口から発射された弾丸のようにいきなりバディに突進した。バディの両手は顔の前あたりにある。キャリーは低く身を屈め、バディがあわてて拳をおろしたときには、すでに横をすり抜けていた。

勢い余ってキッチンのシンクにぶつかった。

水切りかごからナイフをつかみ取った。

振り向きざま、ナイフをさっと大きく一振りした。

バディはステーキナイフを見て嗤《わら》った。リンダが雑貨店で買ってきた台湾製の六本セットのなかの一本だ。木の柄《え》はひび割れている。鋸歯《きょし》状の刃は薄すぎて、二カ所でゆがんでいる。トレヴァーがホットドッグを一口で詰めこもうとしてむせるので、切り分けてやるために使ったナイフだ。

ケチャップをきちんと洗い流していなかったようだ。

刃にうっすらと赤いものがついている。

「そんな」バディは驚いたような声をあげた。「そんな。まさか」

ふたり同時に目を落とした。

ナイフはバディのズボンを切り裂いていた。股間から数センチ下、左太腿《ふともも》の上部を。

カーキ色の生地がじわじわと赤く染まっていくのを、キャリーは見ていた。

キャリーは五歳のころから体操競技をやっている。どこをどうすれば怪我《けが》をするのかよく知っている。体を下手にひねれば、腰の靱帯《じんたい》を損傷しかねない。着地に失敗すれば膝の腱《けん》が断裂するかもしれない。金属片で――たとえ安物のナイフだろうが――太腿の内側を切られたら、下半身に血液を供給する大事なルートである大腿《だいたい》動脈も切られている可能性がある。

「キャル」バディの片手が脚をきつく握った。固く曲がった指のあいだから血が漏れ出た。「タオル――ああ、キャリー。タオルを――」

バディは立っていられなくなり、広い肩を戸棚にぶつけ、頭をカウンターの縁で強打した。彼が倒れた衝撃で部屋が揺れた。

「キャル?」バディの喉がひくひくと動いた。汗が顔を流れ落ちた。「キャリー?」

キャリーの体はいまだにこわばっていた。手はあいかわらずナイフを握りしめている。自身の影のなかへあとずさりしたかのように、冷たい闇に全身をすっぽりと覆われた。

「キャリー。ベイビー――」バディの唇は色を失っていた。キャリーの感じている寒気が彼にも浸透したのか、歯をカチカチと鳴らしはじめた。「きゅ、救急車を呼んでくれ。救急車を――」

キャリーはのろのろと首を巡らせた。壁の電話機を見た。受話器がフックからはずれていた。バディがコードを引きちぎった部分から、さまざまな色の電線が飛び出ている。ちぎれたコードの端を見つけ、手がかりをたどるように視線でなぞると、受話器は食卓の下に落ちていた。

「キャリー、それじゃない――それはほっとけ。救急車を――」

キャリーは両膝をついた。食卓の下へ手をのばした。受話器を拾った。耳に当てた。まだナイフを握っていた。どうしてナイフを手放さないのだろう?

「そいつはこ、壊れている」バディが言った。「寝室へ行くんだ。きゅ、救急車を呼べ」

キャリーはプラスチックの塊《かたまり》を耳にきつく押し当てた。受話器がフックから長時間はずれたままになっていると流れだす警告音を記憶のなかから呼び出した。

ブブブブブ、、、

「寝室だ。し、寝室へ行って――」

、、、、、
ブブブブブブ……

「キャリー」

寝室の電話の受話器を取れば、この音が聞こえるはずだ。執拗《しつよう》な警告音、やがてその音に代わり、オペレーターの機械的な声が繰り返されるようになる――。

電話をかけたい場合は……

「キャリー、ベイビー、おまえを傷つけるつもりはなかったんだ。おれがおまえを傷つけるはずが――」

いったん電話を切り、おかけなおしください。

「ベイビー、頼む、救急車を――」

緊急の場合は……

「助けてくれないか、ベイビー。た、頼む、廊下をまっすぐ行って――」

電話を切り、九一一番にかけてください。

「キャリー？」

キャリーはナイフを床に置いた。かかとの上に尻をおろした。膝に痛みは感じない。腰も痛くない。バディに絞められた喉もひりひりしていない。彼に蹴られた脇腹にも、刺されたような痛みはない。

電話をかけたい場合は……

「このくそあま」バディがしわがれた声をあげた。「しょ、性悪《しょうわる》なくそあまが」

いったん電話を切り、おかけなおしください。

1

二〇二一年　春
日曜日

七年生の女子生徒が逃げ場のない観客に向かって《ヤ・ゴット・トラブル》を威勢よく歌うあいだ、リー・コリアーは唇を噛んでいた。十三歳児の一団がステージ上をスキップで横切り、ヒル教授が町民たちに、よそ者があなたがたのご子息を競馬に誘っていると告げた。

安全な繋駕速歩《けいがそくほ》競走ではありませんよ！　馬そのものに乗るんです！

リーとしては、カーディ・Bの《WAP》とオオスズメバチと新型コロナウイルスと激変する社会にはびこる不安とともに育ち、鬱屈して昼間から酒を飲む連中にホームスクーリングを強いられている世代には、玉突き場は危険だと言われてもピンとこないだろうと思うが、このジェンダー・ニュートラル版の『ザ・ミュージック・マン』、つまり中学校の学芸会史上屈指の無害かつ退屈なミュージカルをプロデュースした演劇の教師には感心せざるを得なかった。

娘のマディは十六歳になったばかりだ。リーは、鼻をほじる子やマザコン坊やや目立ちたがり屋たちの歌を聞かされる時代はとうに終わったと思っていたが、ここに来てマディが振り付けを教えることに興味を持ってしまい、そんなわけでリーたちは〝最大級のトラブルのT、TはPと韻を踏む、Pは玉突き《プール》のP〟が響く穴蔵に閉じこめられるはめになった。

リーはウォルターを捜した。ウォルターは二列むこう、通路に近いほうに座っていた。ステージを見ているような、前列の空席の背を見ているような、中途半端な角度で首が傾いている。携帯電話で〈ファンタジー・フットボール〉をプレーしていることは、手元を見なくてもわかる。

リーもバッグから携帯電話を取り出し、メッセージを送信した——**あとでマディに感想を訊《き》かれるよ。**

ウォルターは顔をあげなかったが、振り向かなかったのは返信を打っているからだと、リーにはわかっていた——**僕はいっぺんにふたつのことができるから。**

リーは返信した——**それがほんとうなら、わたしたち別れてなかったよね。**

ウォルターが振り向いた。目尻に皺が寄っているので、マスクの下は笑顔であることがわかる。

リーは胸がどきりとしたのを苦々しく思った。ウォルターとはマディが十二歳のときに別居をはじめたが、昨年のロックダウン中はなんだかんだでまた三人で彼の家に暮らしていた。そのときなんだかんだでリーは彼とベッドをともにしてしまい、そもそもなぜ結婚生活がうまくいかなかったのか思い知った。そして、ウォルターはすばらしい父親だが、リーは自分が善良な男にはふさわしくない女だと、遅まきながら認めるに至った。

ステージ上ではセットが変わっていた。スポットライトが当たっているのは、マリアン・パルー役のオランダ人交換留学生だ。彼は母親役に、スーツケースを持った男に家まであとをつけられたと話している。現代ならSWAT出動という展開になりそうなシナリオだ。

リーは観客席に視線をさまよわせた。今夜は五週連続で日曜日夜に催された学芸会の最終日だ。保護者全員がわが子の出演する劇を参観できるようにするには、否《いや》が応でもこの方法しかなかった。観客席は四分の一ほど埋まっているだけで、無人の席にはテープが張られ、客同士の距離を確保している。マスクは必須だ。消毒液がプロムのピーチシュナップス並みに消費される。だれもが長い綿棒を鼻に突っこまれる夜《ナイト・オブ・ザ・ロング・ネイズル・スワブ》は二度とごめんなのだ。

ウォルターには理想《ファンタジー》のフットボールチームがある。リーも、世界の終末期における理想のファイトクラブを考えてみた。チームを構成するメンバーとして十名を選抜しよう。ひとり目は、もちろんジェイニー・プリングルだ。ジェイニーは、トイレットペーパーと除菌シートと手指用除菌ローションを転売して息子に新品のＭａｃＢｏｏｋＰｒｏを買ってやった。ジリアン・ノーランは段取り上手だ。リサ・リーガンは度を超したアウトドア派だから、火の熾《おこ》し方だのなんだのを知っている。デニーン・ミルナーは、息子に襲いかかったピットブルの顔を殴りつけた。ロニー・コープランドはバッグにタンポンを常備している。ジンジャー・ヴィシュヌは飛び級クラスの物理の教師を泣かせたことがある。トミ・アダムズは脈打つものならなんでも食らいつく。

リーの目は右へそれ、ダリル・ワシントンの広くたくましい肩を見つけた。彼は仕事をやめて子どもたちの世話をしていて、妻は企業に勤めて高給を稼いでいる。いい話ではあるが、ウォルターのがっしりバージョンとファックしてまで終末期を生き延びたいとは思わない。

この空想のゲームでは、男は邪魔だ。チームに一名、せいぜい二名までなら男を入れてもいいが、三名以上になれば、おそらく女たちはひとり残らず地下壕《ごう》のベッドに鎖でつながれることになる。

客席の照明が点灯した。青と金色の幕がするすると閉まった。いつのまにか居眠りしていたのか、意識が飛んでいたのか、どちらにしてもやっと休憩時間が来て、リーは心からほっとした。

すぐに席を立つ者はいなかった。みんな座ったまま体をもぞもぞさせ、手洗いに行こうかどうしようかと迷っている。以前はだれもがわれ先にとドアから出ていき、ロビーでカップケーキを食べ、小さな紙コップに入ったパンチを飲んで噂《うわさ》話にいそしんだものだったが、もはやそんな光景は見られない。講堂の入口には、ビニール袋をひとつ取ってお入りくださいという指示が掲げてあった。ビニール袋には、プログラムとミネラルウォーターのミニボトル、紙のマスク、手を洗ってアメリカ疾病予防管理センター《CDC》のガイドラインに従ってくださいと書いてある紙が入っていた。自分勝手な——いや、学校いわく非協力的な保護者には、自宅のリビングルームでマスクをせずにさわやかな気分で子どもの劇を観ることができるように、オンラインミーティング・サービス〈Ｚｏｏｍ〉のパスワードを事前に知らせてあった。

リーは携帯電話を取り出し、マディに手早くメッセージを送った——**ダンス最高だった！　司書の子がすごくかわいかった。あなたを誇りに思うよ！**

即座に返信が届いた——**ママあたし仕事中**

句読点なし。絵文字もスタンプもなし。ＳＮＳがなければ、リーは娘がいまでも笑うことがあるのかどうかすら知り得なかっただろう。

千回斬られる痛みとはこういうものだ。

リーはふたたびウォルターのほうを見た。客席に彼の姿はなかった。彼を捜すと、出口のそばで別の肩幅の広い父親としゃべっていた。その父親はリーに背中を向けていたが、ウォルターの腕の振りまわし方から、ふたりがフットボールの話をしているのが見て取れた。

リーは客席のあちこちに目をやった。保護者のほとんどは、若く健康でワクチン接種を急ぐ必要がないグループと、金を積んでとうに接種をすませたけれど、そのことを黙っている程度には抜け目ない裕福なグループのどちらかに属している。別々のグループに属する者同士が、求められている距離を保ちながら低い声でぼそぼそと話していた。去年の〝たまたまクリスマスのころだが特定の宗教には関係のない祝賀パーティー〟で見苦しい喧嘩《けんか》が勃発して以来、だれもが政治の話題を避けた。かわりにスポーツの話や、以前のようにバザーができなくて残念だという話はもちろん、だれとだれが同じ〝バブル〟のなかにいるとか、あの子の親はコロナばか《コヴィディオット》だとかマスクをしないばか《マスクホール》だとか、鼻出しマスクの男はコンドームの装着がまるで人権侵害であるかのように振る舞う連中と同類だとか、そんな会話がちらほら聞こえた。

幕のおりたステージへ目を転じ、耳を澄ますと、子どもたちがセットを替えているらしく、床を擦る音や足音、真剣そうなささやき声が聞こえた。またさっきのように胸がどきりとした——今度はウォルターのせいではなく、娘が恋しくてたまらなかったからだ。キッチンの散らかった家に帰りたかった。宿題をしたのか、いつまで動画を観ているのかと、叱り飛ばしたかった。娘のクローゼットから〝ちょっと借りただけ〟の服を取り返し、べッドの下に無造作に蹴りこまれた靴を探したかった。いやがって抵抗する娘を抱きしめたかった。一緒にソファに寝そべり、くだらない映画を観たかった。娘が電話の相手とおかしそうにくすくす笑っているところを見つけたかった。なにがそんなにおかしいのと尋ね、返ってくる軽蔑のまなざしを受け止めたかった。

このごろマディと交わすやり取りは口論ばかり、それもほとんどは朝のテキストメッセージか夜の電話だ。リーにほんのわずかでも知性があれば干渉しなかったかもしれないが、干渉しないのはあきらめるも同然のように思えた。マディにボーイフレンドかガールフレンドがいるのか、それともいくつもの傷心をあとに残しているのか、あるいは芸術と心の集中《フルネス》を追求するために恋愛はしないことにしたのか、そういうことをなにも知らずにいるのは、リーには耐えられなかった。ひとつだけわかっているのは、リー自身が母親《マインド》にぶつけていた意地悪な言動のすべてが、いま現在、高波のように際限なく自分に襲いかかっているということだ。

ただし、リーの母親の場合は自業自得だったけれど。

リーは、離れているおかげでマディが守られているのだとあらためて思い出した。いまリーはマディと暮らしていた都心のコンドミニアムにひとりで住んでいる。マディは郊外のウォルターの家に残った。三人で話し合ってそうすることに決めたのだ。

ウォルターはアトランタ消防士組合の法律顧問なので、〈マイクロソフト・チームズ〉

と電話さえあれば、安全な自宅で仕事ができる。一方、リーはおもに刑事事件を担当している。オンラインでできる業務もあるが、やはりオフィスでクライアントに直接会わねばならない。裁判所へ行き、陪審選任手続きに立ち会い、審理に臨まなければならない。リーは昨年の第一波で早くもコロナウイルスに感染した。九日間、胸のなかをラバに蹴りつけられているような苦しみを体験した。子どもの感染リスクはきわめて低いと言われていた――学校はウェブサイトで感染率は一パーセント未満だと報じた――が、リーは娘のいる自宅に疫病を持ちこむ張本人には絶対になりたくなかった。

「あら、リー・コリアーじゃない？」

ルビー・ヘイヤーが鼻の下までマスクをずりさげ、すぐさま引っぱりあげた。すばやくやれば安全だと思っているのだろうか。

「ルビー。こんばんは」リーは、ルビーとのあいだに百八十センチの距離があるのをありがたく思った。ルビーはママ友、つまり子どもたちがまだ幼く、一緒に遊ぶ約束でもしなければ、リビングルームで自分の頭を撃ち抜くことになりかねないころには必要な仲間だった。「キーリーは元気？」

「元気よ、それよりほんとに久しぶりじゃない？」ルビーの赤い縁の眼鏡が、笑みで盛りあがった頬に触れた。ポーカーフェイスの下手な女なのだ。「マディがここに入学するなんて意外ねえ。あなた、娘は公立校の教育を受けさせたいって言ってなかった？」

リーは軽く苛立《いらだ》っていただけだったのが、完全に〝このクソ女の鼻をへし折ってやれ〟モードになり、マスクがヒュッと口のなかに吸いこまれるのを感じた。

「やあ。子どもたちはがんばってるね」通路にウォルターがパンツのポケットに両手を突っこんで立っていた。「ルビー、会えてよかったよ」

ルビーは箒《ほうき》にまたがって逃げる準備をした。「こちらこそうれしいわ、ウ、ウ、ウォルター」

リーは、会えてうれしい相手にあんたは入っていないという言外のメッセージを受け取ったが、ウォルターが〝短気を起こすなよ〟と目顔で牽制《けんせい》している。お返しに〝ほっといて〟とにらんでやった。

彼との結婚生活はずっとこの調子だった。

ウォルターが言った。「僕たち、彼女と3Pしなくて正解だったな」

リーは笑った。彼が3Pを提案するような男だったらこんなことにはなっていない。

「ここ、親さえいなければすばらしい学校なのに」

「きみは熊と鉢合わせするたびに尖《とが》った棒でつつかないと気がすまないのか?」

リーはかぶりを振り、金箔《きんぱく》を貼った天井とほとんどプロ仕様の音響設備と照明器具を見あげた。「ブロードウェイの劇場みたい」

「だね」

「マディの前の学校は――」

「段ボールのセットにスポットライトは懐中電灯、音響は家庭用カラオケマイクだった。そしてマディはそれが当たり前だと思っていた」

リーは前列の青いベルベットの座席の背をなでた。ホリス・アカデミーのロゴがてっぺんに金糸で刺繍されているのは、金はありあまるほど持っているがセンスはない保護者の意向だろう。リーもウォルターも特定の宗教を信仰せず、公立学校支持者で、人権派のリベラルだったが、それもパンデミックで変わった。いまではふたりして金をかき集められるだけかき集め、保護者の車はそろいもそろってBMW、生徒は特別扱いされて当然だと勘違いしているくそガキばかりの、耐えがたいまでに上流ぶった私立校にマディを通わせている。

学校はクラスの人数を減らした。子どもたちは十人のグループに分かれ、交替で登校する。臨時職員が教室を消毒する。マスク着用は義務だ。感染対策マニュアルに従わない者はひとりもいない。郊外の町はロックダウン中でものどかなものだ。保護者の大多数は在宅勤務という贅沢《ぜいたく》を享受している。

「スイートハート」ウォルターのなだめるような口調が癪《しゃく》に障った。「わが子をここに通わせられるのなら、みんなそうするさ」

「みんながそうする必要はないでしょ」

バッグのなかで仕事用の携帯電話が鳴った。リーは肩がこわばるのを感じた。一年前の自分は、労多くして功少なしの忙しすぎる開業弁護士で、セックスワーカーや薬物依存症者や小物のこそ泥が法制度下で損をしないように手助けしていた。いまの自分は巨大な機械の歯車の歯になり、以前のクライアントと犯す罪こそ同じだが罪を免れる金を持っている銀行家や中小企業経営者の弁護をしている。

ウォルターが言った。「日曜日の夜に仕事の電話なんておかしいだろ」

リーは彼の素朴さに鼻を鳴らした。自分のライバルは多額の学生ローンを抱えてオフィスに寝泊まりしているような二十代の若者たち、それも十人や二十人ではないのだ。リーは携帯電話を探しながら言った。「生死に関わる案件でなければ電話しないでってリズには言っておいたのに」

「どこかの金持ちが妻を殺したんだろ」

リーは〝ほっといて〟の顔で彼をひとにらみし、携帯電話のロックを解除した。「オクタヴィア・バッカからメッセージが届いてる」

「なにか問題でも？」

「ううん、でも……」オクタヴィアから連絡が来たのは数週間ぶりだ。近いうちに植物園で会おうと約束していたのだが、しばらく音信が途絶えていたので、リーはオクタヴィアが忙しくなったのだろうと思っていた。

先月末にオクタヴィアに送ったメッセージはこうだ――植物園の約束まだ生きてる？

そのメッセージへの返信が、たったいま届いていた――もう最悪。わたしを嫌いにならないで。

メッセージの下にニュース記事のリンクがあった。写真に写っているのは三十代前半の好青年で、ほかの三十代前半の好青年とどこも変わらないように見えた。

レイプ事件の被告人がスピード審理を要求

ウォルターが尋ねた。「でも?」

「この事件はオクタヴィアが担当してたはずだけど」リーは記事をスクロールして内容を抜き出した。「被害者とは当日まで面識がなく、デートレイプではないって、めずらしいな。被告人は無罪を主張――ハッ。陪審裁判を要求」

「そりゃ判事がいやがりそうだ」

「陪審員もね」強姦《ごうかん》事件の被告人がおれはやっ、て、いないと訴えるのを聞くために感染の危険を冒したがる者などいない。たとえやっ、て、い、たとしても、強姦事件は検察と取引しやすい。ほとんどの検事が強姦事件で争うことに消極的だ。関係者が知り合い同士であるケースが多く、そのため同意の有無の立証が難しいからだ。被告側弁護人の仕事は、クライアントが刑務所行きを免れ、性犯罪者として登録されずにすむよう、不当な拘束などに罪名を軽減するよう求めて交渉することで、その後は家に帰ってできるだけ熱いシャワーを長々と浴び、自分についた悪臭を洗い流す。

ウォルターが尋ねた。「保釈されたのか？」

「コロナだからね」コロナウイルスのせいで、判事の多くが被告人を勾留したがらなくなった。勾留するよりも、被告人の足首にモニターを装着させ、規則を破れるものなら破ってみろとばかりに保釈する。連邦刑務所も郡刑務所も、老人ホームよりひどい状況なのだ。もちろんリーにもわかっている。リー自身、アトランタ拘置所でウイルスをもらったのだから。

ウォルターが尋ねた。「検察は取引を持ちかけてこなかったのか？」

「そりゃ持ちかけてきたんだろうけど、被告人に応じる気がないのなら関係ないよね。オクタヴィアが音信不通になったのも当然ね」リーは携帯電話から目をあげた。「ねえ、雨が降らなければ、マディにお小遣いをあげるから、あなたんちの裏のポーチでゆっくり話そうって言ってもいいよね？」

「スイートハート、うちにも傘はあるよ。でもあの子は仲間と打ち上げパーティーに出るんじゃないかな」

涙が湧きあがった。蚊帳《かや》の外に置かれていることにはうんざりだった。リーが月に一度はあるじのいないマディの部屋に入り、めそめそ泣くようになってからほぼ一年がたつ。

「あの子がわたしと暮らしていたころ、あなたもこんなにつらい思いをしてたの？」

「十二歳の子をよろこばせるのは、十六歳の子に振り向いてもらおうとするよりずっと簡単だよ」またウォルターの目尻に皺が寄った。「あの子はきみを愛してるよ、スイートハート。あの子にとって、きみはこれ以上は望めないくらい、最高の母親だ」

とうとう涙があふれだした。「あなたっていい人ね、ウォルター」

「いい人すぎるよな」

彼は冗談でそう言っているのではなかった。

照明が暗くなった。休憩時間が終わったのだ。リーは着席しようとしたが、また携帯電話が鳴った。

「きみは運がいい」ウォルターが声をひそめて言った。「仕事だ」

リーはこそこそと通路を歩いて出口へ向かった。数人の保護者からマスク越しににらまれた。中座しようとしているのが気に入らないのか、去年のクリスマス前の大喧嘩のせいなのか、よくわからなかった。リーは携帯電話に気を取られているふりをして無視した。

発信者名は〝ブラッドリー〟になっている。変だ。助手から電話がかかってくるときはいつも〝ブラッドリー・キャンフィールド&マークス〟の文字が表示されるのだが。

ばかばかしいほど贅沢なロビーの中央に突っ立った。壁に取りつけられた金の燭台《しょくだい》はきっと墓地から奪ってきたものだ。ウォルターには、きみは金持ちアピールに嚙みつきすぎだと言われるが、彼がロースクールの一年目に車で生活していたのは、家賃を払えなかったからではない。

リーは電話に応答した。「リズ？」

「いや、ミズ・コリアー。コール・ブラッドリーだ。いま話せるかな？」

リーは舌を呑みこみそうになった。リー・コリアーと、弁護士事務所の設立者その人とのあいだには、二十階とおそらく四千万ドル分の距離がある。リーは一度だけ彼の姿を見かけたことがある。エレベーターホールで順番待ちをしていたとき、コール・ブラッドリーは最上階まで直通のプライベート用エレベーターを専用キーで呼んだ。アンソニー・ホプキンスをもっと長身にして細くしたような感じだったが、アンソニー・ホプキンスはジョージア大学のロースクールを卒業した直後に弁護報酬として美容整形手術を受けたりしていない。

「はい――いま――」リーは落ち着きを取り戻そうとした。「すみません。いま娘の学芸会に来ているんです」

ブラッドリーはいきなり切り出した。「いささか難しい案件があって、いますぐきみに来てもらいたい」

リーは口がぽかんと開くのを感じた。ブラッドリー・キャンフィールド＆マークス弁護士事務所で、自分は大成功しているわけではない。屋根のあるところに住み、娘を私立校に通わせるのが精一杯だ。コール・ブラッドリーは、この電話を取るためならリーの顔を刺しかねない新人弁護士を百人以上抱えている。

「ミズ・コリアー？」

「すみません。あの——ミスター・ブラッドリー、正直に申しあげて、ご希望にお応えしたいのはやまやまですが、わたしでいいんでしょうか」

「ミズ・コリアー、率直に言えば、わたしはさっきまできみの存在すら知らなかったのだが、クライアントがきみを指名しているんだ。いまもわたしのオフィスで待っている」

ますますわけがわからない。リーが担当したなかでもっとも注目された事件は、大型ペット用品店のオーナーが別れた妻の家に侵入して下着の抽斗に小便をした件だ。アトランタのカルチャー誌に笑える事件として取りあげられたが、ブラッドリーが『アトランタ・インタウン』を読んでいるとは思えない。

「名前はアンドルー・テナント」ブラッドリーが言った。「きみも知っているだろう」

「ええ、知ってます」リーがその名前を知っているのは、先ほどオクタヴィア・バッカが送ってきた記事に載っていたからだ。

もう最悪。わたしを嫌いにならないで。

オクタヴィアは年老いた両親と、重度の喘息《ぜんそく》持ちの夫と暮らしている。彼女が自分の案件をほかのだれかにまわす理由は、リーにはふたつしか思い浮かばない。ウイルス感染のリスクがある陪審裁判を避けたいのか、レイプ犯とされているクライアントに我慢できないのか、そのどちらかだ。ただ、いまはどちらだろうが関係ない。リーに選択肢はないから。

リーはブラッドリーに言った。「三十分以内にそちらへ行きます」

アトランタ空港に着陸する飛行機の乗客は窓の下を眺め、バックヘッドのあたりがビジネスの中心地区だと思うだろうが、ピーチツリー・ストリートの都心部側の端にそびえ立つ高層ビル群は、大規模な会議だの行政サービスだの金融機関だののために建設されたのではない。どのビルも、高額報酬の弁護士やデイトレーダーや、このアメリカ南東部でも有数の高所得者集中地域に住む人々を顧客に抱える資産運用管理者でフロアが埋まっている。

ブラッドリー・キャンフィールド＆マークス弁護士事務所の本社はバックヘッドの商業地区に屹立《きつりつ》するガラス張りの巨獣で、最上部が波頭のようにうねっている。リーは気づいたらその巨獣のはらわたのなか、地下駐車場の階段をのろのろとのぼっていた。訪問者用の駐車場のゲートは閉まっていた。なんとか見つけた駐車スペースは地下三階にあった。コンクリートの階段は殺人事件が起きてもおかしくなさそうだったが、エレベーターは動いていないし、警備員も見つからなかった。階段をのぼる時間を活用して、ここまで車を飛ばしてくるあいだに電話でオクタヴィア・バッカから聞いたことを頭のなかで繰り返した。

いや、オクタヴィアが話せなかったことを。

オクタヴィアは二日前にアンドルー・テナントから解任された。いいえ、その理由は教えてくれなかった。そう、その時点までは彼が満足していると思っていた。いいえ、なぜテナントが担当を代えたのかわからないけれど、二時間前にこの件をBC&Mのリー・コリアーに引き継ぐように指示された。〝もう最悪〟のテキストメッセージは、陪審裁判の開始まであと一週間しかないのに、なにもかもリーに丸投げしてしまうことに対する謝罪のつもりだった。クライアントが人生のかかった窮地になぜアトランタ屈指の刑事弁護士をクビにするのか、リーには見当もつかないが、よほどの間抜けなのだろうと考えるしかない。

なによりも大きな謎は、アンドルー・テナントが自分の名前を知っていることだ。リーはウォルターにテキストメッセージを送ったが、彼もやはり頼りにならず、過去から情報を掘り起こす手立てはそこで尽きてしまった。現在、ロースクールを卒業する前のリーを知っている人物はウォルターのほかにいないからだ。

階段のいちばん上で足を止めたときには、背中を汗が伝い落ちていた。自分の格好をすばやく検《あらた》めた。今夜の学芸会にふさわしい身なりとは言えない。髪はお婆《ばあ》さんのような髷《まげ》にまとめ、観客席のバーキン女たちに対抗するためだけに、二日目のジーンズに色あせたエアロスミスの〝バッド・ボーイズ・フロム・ボストン〟のロゴ入りTシャツを選んだ。最上階へ行く前に自分のオフィスへ寄ったほうがよさそうだ。同僚たちと同様に、法廷用化粧ポーチもデスクの抽斗に入っている。家族と過ごしているはずだった日曜日の夜に、強姦犯とされているやつのために顔を塗らなければならないとは、むかつきのレベルがどんどんあがってきた。こんなビル、大嫌いだ。仕事も大嫌い。人生が大嫌い。

娘は大好きだ。

リーはバッグのなかにマスクがないか探した。ウォルターに飼い葉袋と呼ばれているこのバッグは、リーのブリーフケースであり、一年前からはパンデミック用品のミニ倉庫になっている。手指用除菌ローション、除菌シート、マスク、それからいざというときのためにゴム手袋。事務所では週に一度ウイルス検査を実施しているし、リーはすでに感染しているが、変異株が広がっていることを考えれば、あとで悔やむより用心するほうがいい。

マスクのゴムを耳にかけながら、時刻を確認した。ほんの少しなら娘のために時間を割けそうだ。二個の携帯電話のうち、プライベートで使っている青と金のホリス・アカデミー色のケースをつけたほうを探した。待ち受け画面は家族の飼い犬、ティム・タムだ。最近はこのチョコレート色のラブラドール・レトリーバーのほうが実の娘よりもはるかに愛情を示してくれる。

スクリーンを見て、リーはため息をついた。途中で出ていかなければならなかったことを何度も謝罪するメッセージに返信は届いていなかった。インスタグラムを覗くと、キーリー・ヘイヤーの家の地下室らしき場所を会場にした少人数のパーティーで友人たちと踊っている娘の写真がアップされていた。片隅のビーンバッグ・チェアでティム・タムが眠っている。揺るぎない愛情もせいぜいこんなものだ。

リーの指はスクリーン上をすべり、またマディにテキストメッセージを打った――**最後までいられなくてごめんね、ベイビー。愛してる。**

愚かにも返信を待ち、しばらくしてようやくドアをあけた。

エアコンの効きすぎたロビーで、リーは冷たい鋼《はがね》と大理石に囲まれた。防弾ガラスのブースにいる警備員のロレンゾに会釈した。彼は両肩を耳にくっつけるようにして背中を丸め、スープボウルを口に近づけていた。リーは、母親がキッチンの窓辺に置いていた多肉植物を思い出した。

「ミズ・コリアー」

エレベーターホールに立っているコール・ブラッドリーの姿に、リーはひそかにうろたえた。思わずうなじに手をやった。つぶれたタコの足のように飛び出ている後《おく》れ毛に触れた。くたびれたTシャツの〝バッド・ボーイズ〟のロゴは、ブラッドリーのイタリア製特注スーツに対する冒瀆《ぼうとく》に見えた。

「まずいところを見られたな」ブラッドリーは煙草のパックを胸ポケットにしまった。

「煙草を吸いに出ていたんだ」

リーは眉がひょいとあがるのを感じた。ブラッドリーは事実上このビルの所有者だ。なにをしてもとがめられることはあるまい。

彼はほほえんだ。いや、ほほえんだようにリーには見えた。彼は八十歳を超えているが、肌はピンと張りつめていて、耳の端がかすかに動いただけだ。

「こういうご時世だから、ルールに従っているように見せたほうがいい」

ベルの音がパートナー専用エレベーターの到着を告げた。チリンという音はごく軽く、アフタヌーンティーを所望する貴婦人が執事を呼ぶベルを思わせた。

ブラッドリーは胸ポケットからマスクを取り出した。これもたんなる身だしなみだろうと、リーは思った。彼は年齢だけでもワクチン接種を最優先されるグループに入る。もっとも、ほぼすべての人が接種を終えるまでは、ワクチンはマスクの免罪符にはならない。

「ミズ・コリアー?」ブラッドリーがエレベーターのひらいたドアの前で待っていた。

リーはためらった。下っ端が幹部専用エレベーターに乗ってもいいとは思えなかった。

「オフィスに寄って、まともな服に着替えようと思っていたんですが」

「そのままで結構。こんな時間だ、先方も承知している」彼は先に乗りなさいとリーを促した。

　許可を得たとはいえ、豪華なエレベーターに乗りこむのは侵入者のような気分だった。リーは奥の壁際の赤く細長いベンチにふくらはぎを押し当てた。このパートナー専用エレベーターの内部は一度だけ垣間見たことがあったが、間近で見ると、黒い壁のパネルはオーストリッチの革張りであることがわかった。床は大きな黒い大理石の一枚板だ。天井も階数ボタンも赤と黒で統一されているのは、ジョージア大学を卒業した者にとって人生で最大のできごとは、まさにジョージア大学を卒業したことだからだ。

　鏡張りのドアがするすると閉まった。ブラッドリーの背すじはまっすぐだった。マスクは黒に赤いパイピングがあしらわれている。ラペルのピンはジョージア・ブルドッグスのマスコット、ウーガだ。ブラッドリーがパネルの〝ＵＰ〟ボタンを押すと、エレベーターは最上階へ上昇しはじめた。

　リーはいまだにマナーがわからず、まっすぐ前を見つめていた。下っ端用のエレベーターには、おたがい距離を保って会話を控えるように促す注意書きが掲示してある。こちらのエレベーターにはそのような注意書きはもちろん、定期点検のお知らせもない。ブラッドリーのアフターシェーブローションと煙草の煙が混じったにおいに、リーの鼻はむずむずした。リーは煙草を吸う男が嫌いだった。マスクの裏で口をあけて呼吸した。

　ブラッドリーが咳払いした。「ミズ・コリアー、きみのようにレイク・ポイント・ハイスクールからノースウェスタン大に進んで優秀な成績で卒業する人は何人くらいいるのかな?」

リーが超音速でここへ向かっているあいだに、ブラッドリーは下調べをすませたらしい。リーが治安の悪い地区で育ったことを知っている。一流のロースクールを卒業したことも知っている。

「UGAは補欠合格でした」

ボトックスが許せば片方の眉をあげるところだろうと、リーは思った。コール・ブラッドリーは部下にも人格があることに慣れていない。

彼は言った。「きみはカブリーニ・グリーンの貧困地区の法律事務所でインターンとして働いた。ノースウェスタンを卒業後、アトランタに戻ってリーガル・エイドに勤務。五年後に刑事事件の弁護を専門に開業した。きわめて順調だったが、パンデミックで裁判所が閉鎖された。今月末で、BC&Mに入職して一周年だ」

リーは質問を待った。

「わたしには、きみの選択はかなり因習打破的に映る」ブラッドリーは言葉を切り、リーに応答する隙をたっぷり与えた。「察するところ、奨学金をもらっていたおかげで、経済的な問題に縛られずにキャリアを選べたんだろう」

リーはさらに待った。

「ところがいま、きみはわたしの事務所にいる」ブラッドリーはふたたび黙った。今度も応答はなかった。「きみはほかの一年目たちの年齢をとうに過ぎて四十歳くらいではないかと指摘したら失礼かな？」

リーはブラッドリーと目を合わせた。「事実ではありますね」

彼はリーをじろじろと観察した。「アンドルー・テナントとはどういう知り合いなんだ？」

「知り合いではありませんし、どうしてその人がわたしのことを知っているのかもわかりません」

ブラッドリーはいったん深呼吸してから話しはじめた。「アンドルーはわたしがこの仕事をはじめたころからのクライアント、グレゴリー・テナントの後胤《こういん》だ。グレゴリーとは、イエス・キリストその人に紹介してもらったほど古いつきあいなんだ。彼もUGAの補欠合格者だった」

「イエスがですか、それともグレゴリーが？」

リーは、ブラッドリーの耳がわずかに動いたのを彼の笑顔とみなした。

ブラッドリーは言った。「テナント自動車販売グループは一九七〇年代、一軒のフォード代理店からはじまった。きみは子どもだったから覚えていないだろうが、コマーシャルソングは記憶に残るものだった。グレゴリー・テナント・シニアは大学の友愛会以来の友人だ。彼が亡くなると、グレッグ・ジュニアが家業を継ぎ、南東部に三十八の支店を展開する一大チェーンに成長させた。そして去年、非常に進行の早い癌《がん》で亡くなった。妹が日常業務を引き継いだ」

リーは〝後胤〟という言葉をつかう人がいることにまだ驚いていた。

エレベーターのベルが鳴った。ドアがひらいた。最上階に到着したのだ。冷たい空気が外の熱気の傘に対抗しているのが感じられた。航空機の格納庫めいたがらんとした空間が広がっていた。頭上の照明は点灯していない。閉ざされたオフィスのドアが並び、それぞれのドアの脇に歩哨《ほしょう》のように立っているコンソールテーブルの上でランプがともっているだけだ。

ブラッドリーはその空間を歩いていき、途中で足を止めた。「いつ見ても息が止まるな」

眺望のことだと、リーにもわかった。ふたりが立っているのはビル最上部の巨大な波の底だ。波の頂まで十メートル以上あり、壁は一面ガラス張りになっている。光害も届かない高層階なので、夜空に点々と散らばる小さな星が見える。はるか下のピーチツリー・ストリートには車の赤と白のライトが連なり、その先に繁華街のぼんやりとした光の塊が見える。

「スノードームみたいですね」

ブラッドリーが振り返った。マスクはとうにはずしていた。「きみはレイプについてどう思う？」

「絶対に許せません」

彼の表情は、きみが人格を持つのを許されるのもここまでだと告げていた。

リーは言った。「暴行事件は十数件ほど経験があります。起訴の具体的な内容は重要ではない。クライアントの大半は事実上、罪を犯している。検察は、合理的な疑いの余地が残らないようにその事実を証明しなければならない。その疑いを見つけることで、わたしはばか高い報酬をもらっているんです」

ブラッドリーはリーの回答に満足したしるしにうなずいた。「今週木曜日が陪審選任手続きで、来週月曜日が第一回公判だ。弁護人の交替を理由に公判の延期を求めても、まず認められないだろう。きみには専任のアソシエイトを二名提供する。厳しいスケジュールだが、大丈夫か？」

「かなり厳しいですね」リーは言った。「でも、大丈夫です」

「検察は、一年間の電子監視付き保護観察処分と引き換えに軽い罪を認めろと持ちかけてきた」

リーはマスクを顎までおろした。「そうすれば、性犯罪者リストに入れられずにすむと？」

「そうだ。そして、三年間おとなしくしていれば犯罪歴そのものが消える」

この仕事をそこそこ長くやっているリーも、この世が裕福な白人男性に都合よくできていることにはいつも驚かされる。「素敵な取引ですね。だけど、話はそこで終わりではないのでしょう?」

ブラッドリーの頬がぴくついたのは、顔をしかめたからだ。「前任の事務所が調査員に調べさせた。どうやら、検察の提示したとおりに軽罪を認めれば、余罪の告発に発展しそうだ」

オクタヴィアはそんなことはひとことも言っていなかった。状況を知らされずに担当をはずされたのかもしれないし、負け戦《いくさ》を見込んでそそくさと逃げ出したのかもしれない。調査員の報告が事実ならば、検察はアンドルー・テナントに一件の強姦罪を認めさせ、ほかの暴行事件につながる行動パターンであることを証明しようとしている。

リーは尋ねた。「余罪は何件ですか?」

「二件、あるいは三件」

女性が、とリーは思った。さらにふたり、あるいは三人の女性が、レイプされたのだ。

「いずれの事件でも、DNAは検出されなかった」ブラッドリーはつづけた。「状況証拠はあるが、くつがえせないものではないと思う」

「アリバイは?」

「婚約者が証言しているが――」陪審員なら一笑に付すだろうが、ブラッドリーもそうした。「きみの見解は？」

ふたつあった。テナントはほんとうに連続レイプ犯である。そして検察は、そのレッテルを彼に彼自身の手で貼らせようとしている。リーは開業弁護士だったころから似たような検察のやり口を見てきたが、アンドルー・テナントは、軍資金がないために有罪答弁をする皿洗い係ではない。

リーは、ブラッドリーがまだなにかを隠しているような気がした。慎重に言葉を選んだ。

「アンドルーは裕福な一族の後胤とのことですが。あなたは失敗を覚悟のうえで王に矢を放ったりしないと、地区検事もわかっていますよね」

ブラッドリーは返事をしなかったが、ますます顔つきが硬くなった。リーの頭のなかでは、先ほどウォルターに言われたことが響いていた。つついてはいけない熊を棒でつついてしまったのだろうか？　コール・ブラッドリーは、レイプについてどう思うかと尋ねた。クライアントが罪を犯していないケースについてどう思うかとは尋ねなかった。本人が認めているとおり、ブラッドリーは半ズボンをはいていたころからテナント家と親しくしていた。ひょっとしたら、アンドルー・テナントの名付け親かもしれない。

明らかに、ブラッドリーはみずからの見解を明らかにするつもりがないようだった。右側奥の閉じたドアのほうを示した。「わたしの会議室でアンドルーが母親と婚約者と待っている」

リーはマスクを引きあげながらボスを追い越した。ウォルターの妻でマディの母親で、幹部専用エレベーターのなかで骸骨人間をからかった威勢のいい女の自分から距離を置くべく、もう一度気持ちを調整した。アンドルー・テナントに名指しされたのは、転職する前の評判、つまりハチドリとハイエナの中間のような人物だという評価がいまだに生きているからだろう。その人物になりきらなければ、クライアントを失うばかりか、職までなくしてしまいかねない。

ブラッドリーが背後から手をのばしてドアをあけた。

下の階の会議室はホリデイ・インのトイレより狭く、予約はできず早い者勝ちだ。リーはこの会議室も少し広い程度だろうと思っていたが、コール・ブラッドリー専用のミーイングルームはむしろウォルドーフ・アストリア・ホテルのスイートルームのほうが近く、暖炉からバーまでそろっていた。花を生けた大きなガラスの花瓶が一本脚のテーブルに飾ってある。奥の壁には、UGAのマスコット、ブルドッグのウーガのさまざまなイラストが年代順に並んでいる。暖炉の上の肖像画はヴィンス・ドゥーリーだろう。黒い大理石の棚にはリーガルパッドとペンの予備。ミネラルウォーターのボトルと一緒に法曹関係の賞のトロフィーがぎっしり詰まっている。会議用のテーブルは長さ三メートル半、幅二メートル弱ほどで、素材はレッドウッド。椅子は黒い革張りだ。

テーブルのむこう端にマスクを着けていない人たちが座っていた。アンドルー・テナントは、リーが見た記事の写真より実物のほうがハンサムだった。彼の右腕を握っている女は二十代後半で、タトゥーだらけの腕と〝くそ食らえ〟と言いたそうな仏頂面は、いかにも世の母親から息子には近づかないでほしいと思われそうだ。

当の母親はこわばった表情で、両腕を胸の下で組んでいた。白髪がわずかに交じった短いブロンドの髪。日焼けした首に、華奢《きやしや》な金のチョーカーをつけている。淡い黄色のポロシャツは胸に小さなワニがついた正真正銘のアイゾッドだ。立てた襟が、ゴルフコースをまわり終えてプールサイドでブラディマリーを飲んでいる人を思わせる。

言い換えれば、リーにとっては娘と一緒にハマった『ゴシップガール』の再放送以外ではついぞ見かけないタイプの女だ。

「お待たせして申し訳ない」ブラッドリーは分厚いファイルをテーブルの端に置き、そこがリーの席であることを示した。「こちらはアンドルーの婚約者、シドニー・ウィンズロウだ」

「シドで」若い女が言った。

女がシドかパンキーかカットニスと自称することは、いくつものピアスとダマになったマスカラとシャギーカットの真っ黒い髪を目にした瞬間から、リーにはわかっていた。

それでも、クライアントの婚約者には感じよく接した。「こんな状況で残念ですが、どうぞよろしく」

「なにからなにまで災難って感じで悪夢みたい」案の定、ハスキーな声だった。シドニーが髪をかきあげると、黒に近いブルーのマニキュアと尖ったメタルのスタッズがついた革のブレスレットが目を引いた。「アンディは拘置所で殺されかけたんだよ、それもたった二日のあいだに。アンディはなんの罪も犯してないのに。言うまでもないけど。近頃はだれになにがあってもおかしくないね。どこかのいかれた女に言いがかりをつけられて――」

「シドニー、この方にまず状況を把握させてあげなさい」母親の口調にはなんとかこらえている苛立ちがにじみ、リー自身が人前でマディを叱るときの話し方を思い出させた。

「リー、どうぞじっくり確認して」

「少しお待ちください」この三人がいったいだれなのか、細かい情報が記憶を呼び起こしてくれるだろうと思いながら、リーはファイルをひらいた。一ページ目は、アンドルー・テナントを逮捕した際の初回尋問用紙だった。三十三歳。自動車販売業。高級住宅地の住所。容疑は拉致、性的暴行。聴取の日付は二〇二〇年三月十三日、ちょうど新型コロナウイルスのパンデミック第一波がはじまったころだ。

先入観を持たないように、リーは詳しい内容までは目を通さなかった。まずはアンドルーから見た事件の経緯を聞き取らなければならない。いまのところたしかなのは、アンドルー・テナントは最悪のタイミングで陪審裁判を要求したということだ。ウイルス禍のため、原則として六十五歳以上は陪審員の候補からはずされる。目の前にいるクリーンカットのハンサムな若者が連続レイプ犯のはずがないと考えるのは、六十五歳以上の人間ばかりだ。

リーはファイルから目をあげた。どのように切り出すべきか黙って考えた。どう見ても、この親子はリーを知っていると思っている。どう考えても、リーはこのふたりを知らない。アンドルー・テナントに弁護を希望されているのなら、初対面で嘘をつくのはまさに不誠実なやり方だろう。

正直に告げるつもりで深呼吸したとき、ブラッドリーにさえぎられた。

「リンダ、ミズ・コリアーとはどんないきさつで知り合ったのか、教えていただけるかな?」

リ、リンダ。

その名前のなにかに、リーは頭の奥がむずむずしたような気がした。むず痒い部分を掻《か》き出せるわけではないが、実際に手が頭へのびた。ただ、記憶を呼び覚まそうとしているのは、この母親ではなかった。リーの目は、初老の女性を跳び越えて息子のほうを向いた。

アンドルー・テナントはリーにほほえみかけた。左の口角があがった。「久しぶりだね」

「二十五年ぶりくらいよ」リンダがブラッドリーに言った。「わたしよりアンドルーのほうが姉妹のことをよく知ってるわ。当時、わたしは看護師として働いていたの。夜勤が多くてね。信頼できるベビーシッターはリーと妹さんだけだった」

リーの胃袋がぎゅっと縮こまり、ゆっくりと喉元にせりあがってきた。

アンドルーがリーに尋ねた。「キャリーはどうしてる？　元気かな？」

キャリー。

「リー？」アンドルーの口調で、リーは挙動不審になっているのを自覚した。「キャリーはいまどこに住んでるの？」

「あの子は――」冷や汗が噴き出ていた。手が震えている。テーブルの下で両手をきつく握り合わせた。「アイオワで農場暮らしをしてる。子どももいるの。連れ合いは牛を飼っていて――酪農家なの」

「キャリーらしいな」アンドルーが言った。「動物が大好きだったよね。僕がアクアリウムに興味を持ったきっかけはキャリーなんだ」

最後の部分はシドニーに向けられ、はじめて飼った海水魚の話がつづいた。

「例の人ね」シドニーが言った。「チアリーダーだったんでしょ」

リーは聞いているふりをするのが精一杯で、叫びださないように歯を食いしばっていた。

こんなことがあるはずがない。絶対にありえない。

ファイルのラベルに目を落とした。

テナント、アンドルー・トレヴァー。

この二十三年、ずっと抑えつけていた恐ろしい記憶のひとつひとつに息が詰まりそうになり、握りしめた拳が喉へ動いた。

キャリーからの驚愕《きょうがく》の電話。あわてふためき、妹のもとへ車を飛ばしたこと。キッチンの惨状。じめじめしたあの家の嗅ぎ慣れたにおい、煙草とスコッチと血の——大量の血のにおい。

確かめなければならない。はっきりとした言葉を聞く必要がある。訊き返したリーの口から出たのは、ティーンエイジのころの声だった。「トレヴァー?」

左の口角をあげるアンドルーの笑い方は、ぞっとするほど見覚えがあった。リーは肌がぞわぞわと粟立《あわだ》つのを感じた。リーは一時期アンドルーのベビーシッターをしていたが、やがてもっと稼ぎのいいアルバイトができる年齢になると、妹にその仕事を譲った。

「いまはアンドルーと呼ばれてる」彼は言った。「テナントは母さんの旧姓だ。父さんがあんなことになって、母さんといろいろ考えて変えようってことになったんだ」

いい、いい、いい、いい。

父さんがあんなことになって。

バディ・ワレスキーは失踪した。妻子を捨てた。書き置きもなく。謝罪の言葉もなく。リーとキャリーがそのように見せかけたのだ。警察にそのように話したのだ。バディはさまざまな悪事に手を染めていた。いかがわしい連中に多額の借金をしていた。失踪してもおかしくない。あの当時はなにもおかしくないとみなされた。

リーが少しずつ思い出しているのを、アンドルーは見て取ったらしい。口元がゆるみ、あがっていた口角がゆっくりとおりた。

「久しぶりだね、ハーリー」

ハーリー。

いまでもその名前でリーを呼ぶ身近な人物はひとりしかいない。

アンドルーは言った。「僕のことなんかすっかり忘れてたんだろう」

リーはかぶりを振った。彼を忘れたことなどない。トレヴァー・ワレスキーはかわいらしい子どもだった。少しばかり不器用で。ひどく甘えん坊で。最後に会ったとき、彼は薬でぐっすり眠らされていた。妹が彼の頭のてっぺんにそっとキスをするのを、リーは見ていた。

そのあと、リーとキャリーはキッチンへ戻り、彼の父親にとどめを刺したのだ。

2

月曜日

リーはアンドルー・テナントの案件を担当している調査会社、レジナルド・パルツ&アソシエイツの外にアウディA4をとめた。小規模な事務所用の二階建ての建物は、コロニアル様式の住宅のように見えた。いかにも一九八〇年代的な、新しいのか古くさいのか、よくわからないような雰囲気だ。金色の装飾。プラスチックの窓枠。煉瓦《れんが》を模したタイルを貼った壁。ひびの入ったコンクリートの階段の上に、両開きのガラス扉がある。アーチ天井の玄関ロビーの奥に螺旋《らせん》階段があり、その上にぶらさがった金色のシャンデリアは傾いている。

早くも外の気温はあがる一方で、正午までに摂氏二十四度を超える見込みだった。リーはエンジンをアイドリングさせてエアコンを稼働させせつづけた。約束の時刻より二十分も早く来たのは、そのあいだにひとりきりの車内で気持ちを立てなおすためだ。リーを優秀な学生にし、次には優秀な弁護士にしたのは、つねによけいな事柄を頭から締め出して、目の前の問題にレーザーのごとく意識を集中させる性質だった。頭のなかをきっちりと仕切ることができなければ、体重百キロ超の大男を切り刻んでおきながら学年トップの成績で卒業することはできない。

いまは、そのレーザー並みに精確な集中力をアンドルー・テナント本人ではなく、アンドルー・テナントの弁護に向けなければならない。リーの弁護料は高額だ。アンドルーの審理開始まであと一週間。ブラッドリーからは、明日の夕方までに徹底した戦略を立てて報告しろと指示されている。クライアントには重罪の容疑がかかっていて、担当の検事はいつもの検察ゲームですませる気がない。それでも、検察の主張に少なくとも一名の陪審員がバスで通り抜けられるくらいの穴をあける方法を考えることがリーの仕事なのだ。

リーは頭を空にするため、長いため息とともに不安を吐き出した。助手席からアンドルーのファイルを取った。ページをめくり、事件の概要を見つけた。

タミー・カールセン。コンマ・カメレオン。指紋。防犯カメラ。

すべてに目を通しても理解できなかった。ひとつひとつの単語の意味はわかるが、意味のある文として読み取ることは不可能だった。最初から読みなおしてみた。文字の列がぐるぐるとまわりはじめ、そのうちリーの胃袋のなかも渦を巻くようになった。リーはファイルを閉じた。ドアハンドルに手をやったものの、引くことができなかった。大きく息を吸った。もう一度。さらにもう一度。繰り返し息を吸い、こみあげてくる酸っぱいものを呑みくだした。

いままでは、娘だけがリーの集中力を途切れさせることのできる存在だった。マディが体調を崩したり、動揺したり、正当な理由で怒ったりすると、いつもの状態に戻るまでリーはひどく気を揉む。だが、いま感じている不安はくらべものにならない。全身の神経の末端が、バディ・ワレスキーの亡霊が引きずっている鎖の音に震えているかのようだ。

リーはファイルを助手席に放った。きつく目を閉じた。ヘッドレストに頭を押しつけた。胃のむかつきがおさまらなかった。ゆうべはほとんど一晩中、吐き気をこらえていた。少しも眠れなかった。ベッドに入ることすらできなかった。暗い部屋のソファに何時間も座ったまま、アンドルーの弁護人を降りる手段を考えていた。

いい、いい、トレヴァー。

バディが死んだ夜、トレヴァーはナイキルが効いて死んだように眠っていた。それでも、リーもキャリーも確認せずにはいられなかった。リーは少しずつ声を大きくしながら繰り返し彼の名前を呼んだ。キャリーは彼の耳元で指をパチンと鳴らし、顔の前で両手を叩いた。それから、彼をそっと揺り動かし、最後にはクッキー生地をのばす麺棒のように転がした。

警察はバディの遺体を発見できなかった。彼のコルベットはさらに治安の悪い地区で見つかったが、そのときにはおもな部品をすっかり盗まれていた。バディは事務所を構えていなかったので、手がかりになるような書類はなかった。バーカウンターのなかに隠してあったキヤノンのデジタルビデオカメラは、リーとキャリーがハンマーで粉々にして、残骸を町のあちこちに捨てた。まずい写真もなかった。ほかにミニカセットがないかふたりで捜したが、一本も見つからなかった。ソファをひっくり返し、マットレスを裏返し、抽斗やクローゼットや服のポケットや本棚やバディのコルベットのなかも探り、探った痕跡を注意深く消し、なにもかも元どおりにして、リンダが帰宅する前に立ち去った。

ハーリー、どうしよう？

ふたりとも刑務所行きにならないよう、決めたとおりに話すんだよ。

リーはいままでひどい嘘をさんざんつき、それらはいまでも良心に重くのしかかっているが、バディ・ワレスキー殺しに関する嘘は羽毛ほどの重さしか感じない。あの男が死んだのは当然の報いだった。リーが唯一後悔しているのは、彼がキャリーを意のままにするようになる数年前に殺しておくべきだったということだ。完全犯罪など不可能だが、自分たちは逃げきったと、リーは確信していた。

ゆうべまでは。

両手がずきずきしはじめた。リーは視線を落とした。両手の指はハンドルを握りしめていた。指の関節が革に嚙みついた真っ白な歯のようだった。時計に目をやった。おろおろしているあいだに十分が経過していた。

「集中しろ」自分を叱りつけた。

アンドルー・トレヴァー・テナント。

彼のファイルはあいかわらず助手席にのっていた。リーはつかのま目を閉じ、庭を駆けまわるのが好きで、時折クッキー生地をつまみ食いしていた、かわいらしいお調子者のトレヴァーを思い出そうとした。リンダとアンドルーが弁護を依頼してきた理由はこれだ。ふたりとも、バディの突然の失踪にリーが関与しているのを知らない。ふたりが求めているのは、いまでもアンドルーを二十三年前の無害な子どものままだと思っている弁護士だ。アンドルーがやったとされている非道な行為の数々など、彼にできるわけがないと信じてくれそうな弁護士。

リーはファイルを取った。その非道な行為とはなにか、いつまでも目をそむけているわけにはいかない。

もう一度深呼吸し、気持ちを立てなおした。腐ったリンゴは木のそばに落ちていると考える人々がいるが、リーはそう思わない。もしその言説が事実なら、リーはいまごろ口汚いアルコール依存症者で、重暴行罪の前科持ちになっていたはずだ。人は環境を乗り越えられる。悪循環を断ち切ることは不可能ではない。

アンドルー・テナントは、悪循環を断ち切ったのだろうか？

リーはファイルを開いた。はじめて罪状シートの最初から最後まで目を通した。

誘拐罪。強姦罪。加重暴行罪《アグラヴェイテッド・アサルト》。加重ソドミー罪。加重性的暴行罪《アグラヴェイテッド・セクシャル・バッテリー》。

ウィキペディアでも参照すれば、誘拐罪、強姦罪、ソドミー罪、暴行罪の一般的な定義はわかる。法律上の定義はもっと込み入っている。多くの州では性犯罪全般を包括する言葉として〝性的暴行罪《セクシャル・アサルト》〟を使い、同意なく尻をつかむことから暴力的なレイプまで含まれる。

そのほかの州では、性犯罪をその重大性によって等級付けしている。〝第一級〟がもっとも罪が重く、等級がさがるにつれて罪が軽くなる。たいていは行為の性質が基準になる――重いものから順に、性器の挿入、強制猥褻《わいせつ》、同意なしの接触、といった具合だ。凶器が使用されたり、被害者が子どもや警察官だったり、心神耗弱状態にあったりした場合には、罪が加重される。

フロリダ州では〝性的暴行罪《セクシャル・バッテリー》〟という言葉が使われ、政治家にコネのある裕福な小児性犯罪者でもないかぎり、行為の軽重にかかわらず性犯罪は重罪とみなされ、終身刑に処されることもある。カリフォルニア州では、〝軽度性的暴行罪《ミスデイミーナ・セクシャル・バッテリー》〟の量刑は、郡立刑務所における六カ月の拘禁刑。〝重度性的暴行罪《フェロニー・セクシャル・バッテリー》〟なら、郡立刑務所の一年から州立刑務所の四年までさまざまだ。

ジョージア州も、〝性的暴行罪《セクシャル・バッテリー》〟と用語こそ異なるものの、これに同意のない接触から死姦まで含まれるという点で、ほかの多くの州と共通している。〝加重《アグラヴェイテッド》〟という言葉は、より重罪であることを示す。加重ソドミー罪は、被害者の意思に反して強制的に口腔《こうくう》あるいは肛門《こうもん》性交をしたことをあらわす。加重暴行罪とは、銃やそのほかの凶器が使用されたという意味だ。被害者の同意なく性器や肛門に異物を挿入すれば、加重性的暴行罪となる。加重性的暴行罪だけでも終身刑、あるいは二十五年の拘禁刑にくわえて終生監視下に置かれることもある。どちらにしても無期限で性犯罪者リストに登録されることは免れない。つまり、初犯で収監されたとしても、出所するときには札付きの犯罪者になっているというわけだ。

リーはアンドルー・テナントの顔写真を眺めた。

いいいいトレヴァーだ。

顔の輪郭に、子どものころの面影があった。毎晩のように、彼に膝枕をして本を読んでやった。何度も彼の顔をちらちらと見やり、早く眠ってくれ、学校の課題をさせてくれと、声に出さずに懇願したものだった。

容疑者のマグショットはいままで何度となく見たことがある。顎を突き出してカメラをにらみつけるなど、タフに見せるつもりが案の定、陪審員の心証を害するだけといった愚かなことをする者がなかにはいる。アンドルーは怯《おび》えを見せないようにしているのがはっきりとわかる写り方をしているが、それも当然だろう。金持ちの御曹司とは、しょっちゅう逮捕されて警察署へ連行されるものではない。アンドルーは下唇の内側を嚙みしめているような表情をしている。鼻孔が広がっている。カメラのまぶしいフラッシュのせいで、瞳が人工物のように輝いている。

この男は暴力的なレイプ犯なのだろうか？ リーが本を読んでやり、一緒にぬりえをして、ごみだらけの裏庭を追いかけまわした、笑いすぎて洟を垂らしていたあの子は、父親と同じく唾棄すべきけだものなのだろうか？

「ハーリー？」

リーはぎくりとして資料を放り出し、短く悲鳴をあげた。

「ごめんよ」窓が閉まっているので、アンドルーの声はくぐもって聞こえた。「びっくりさせたかな？」

「そりゃびっくりするわ！」リーはばらばらになった資料を集めた。喉の奥に心臓がつっかえていた。忘れていたが、トレヴァーはよくこっそり近づいてくる子どもだった。

アンドルーはもう一度言った。「ほんとうにごめん」

リーはいつもなら家族にしか使わない顔つきで彼をにらんだ。だが、すぐさま彼はクライアントなのだと自制した。「大丈夫よ」

彼は気まずそうに顔を赤くしていた。顎にひっかけていたマスクをあげた。青地に白いメルセデスのロゴが入ったマスクだ。マスクで気まずさは払拭《ふっしょく》されなかった。彼はまるで口輪をつけられた動物のように見えた。それでも、リーがドアをあけられるように後ろへさがった。

また震えだした手でエンジンを止め、資料をファイルにしまった。マスクを取り出して顔を覆う時間がこんなにありがたいと思ったことはなかった。両脚に力が入らなかったが、車を降りた。最後に見たトレヴァーの姿が頭から消えなかった。あのとき彼はベッドに横たわって目を閉じていた。キッチンでなにが起きているのか少しも知らずに。

アンドルーは最初からやりなおそうとした。「おはよう」

リーはバッグを肩にかけた。ファイルをバッグの底へ突っこんだ。ヒールを履いていると、リーの身長はアンドルーの目の高さと同じくらいだった。彼は金髪を後ろになでつけていた。胸板も上腕も引き締まっているが、長身と逆三角形のウエストは父親似だ。リーは彼のスーツに眉をひそめた。いかにもメルセデスのセールスマンらしいスーツだ――真っ青でサイズがぴったりで洗練されている。陪審員に配管工か機械工がいたら、反感を抱かれそうだ。

「これ……」アンドルーは、車のルーフに置いた大きなダンキンドーナツのカップを指し示した。「コーヒーを買ってきたんだけど、こんなご時世にまずかったかな」

「ありがとう」リーは、いまが危険なパンデミックの真っ最中ではないかのように言った。

「さっきは驚かせてごめんよ、ハー――リー。リーと呼んだほうがいいよね。きみも僕をアンドルーと呼んでるし。僕たちふたりともあのころとは違う人間だ」

「そうね」この心許《こころもと》なさをなんとかしなければならない。リーは慣れた足場に立とうとした。「ゆうべ、わたしを弁護人にするよう求めて緊急申し立てをした。オクタヴィアはすでに登録弁護士を辞任してるから、形式的な手続きね。判事はこんなふうに土壇場で小細工するのを嫌うものよ。公判を延期してもらうわけにはいかない。ウイルス禍では、つねに準備万端にしておく必要がある。クラスターが発生したり、また人員不足になったりして拘置所がロックダウンされるかもしれないし、準備しておかなくちゃ。あとまわしにされて来週か来月まで待たされるはめになりかねないから」

「ありがとう」アンドルーは、自分がしゃべる番を待っていたと言わんばかりに一度だけうなずいた。「母さんが申し訳ないと言ってたよ。毎週月曜の午前中は全社会議があるんだ。シドニーはもうなかにいる。ふたりで少し話したかったんだけど、いいかな？」

「ええどうぞ」とたんに不安が突きあげた。アンドルーは父親のことを尋ねようとしているのだ。リーは顔をそむける口実を探して車のルーフからコーヒーを取った。紙コップ越しにコーヒーの熱を感じた。飲むのを想像しただけで、胃がむかむかしてきた。

「それ――」アンドルーは、リーがファイルを突っこんだバッグを見やった。「それ、もう読んだ？」

リーは声を出せる気がしなかったのでうなずいた。

「僕は最後まで読み通すことができなかった。タミーがされたことはほんとうにひどい。

僕は、彼女とはいい感じだと思ってたんだ。なぜ僕にやられたなんて言い張るのか、さっぱりわからない。いい子に見えたんだけどな。そもそも、モンスターじゃないかと思うような相手とは九十八分間もしゃべったりしないだろ」

そんなふうに時間を特定できるのは奇妙だが、おかげでリーはわれに返った。ファイルの概要書からさまよい出ていった単語が戻ってきた――タミー・カールセン。コンマ・カメレオン。指紋。防犯カメラ。

タミー・カールセンは被害者の氏名だ。パンデミックまでは、〈コンマ・カメレオン〉はバックヘッド地区で流行《はや》っているシングルズバーだった。警察によって、アンドルーの指紋が発見されてはまずい場所で発見された。防犯カメラにはアンドルーの挙動が捉えられていた。

リーの記憶は、そこに昨夜コール・ブラッドリーから聞いたばかりなのに、この瞬間まで忘れていた情報をつけくわえた。「犯行時刻のあなたのアリバイはシドニーが証言してるんだっけ？」

「当時、僕らはただの友達だったけど、バーから帰ってきたらシドニーが家の前で待ってたんだ」アンドルーはリーを制するように両手をあげた。「わかってる、そんな都合のいい偶然があるかって言うんだろう？　アリバイが必要な夜に、たまたまシドニーが来るなんてね。でもほんとうなんだ」

アリバイとは良《あ》きにつけ悪しきにつけ、都合のいい偶然に聞こえるものだ。とはいえ、リーはアンドルー・テナントを信じるためにここへ来たわけではない。彼を無罪にするために来たのだ。「いつ婚約したの？」

「去年の四月十日だ。シドニーとは二年ほどつきあったり別れたりを繰り返したんだけど、僕の逮捕だのパンデミックだののおかげで、かえって絆《きずな》が強まった」

「ロマンティックね」リーはパンデミック以降の最初の数カ月を数十件の〝コロナ無過失離婚〟の申請でしのいできたのだが、そんなことはみじんも匂わせないようにするのに骨が折れた。「挙式の日程は決まってるの？」

「あさっての水曜日、陪審選任手続きの前日だ。起訴を取りさげさせることができそうなら、話は変わってくるけど」

その希望に満ちた声に、たちまちリーはワレスキー家のキッチンでママはもうすぐ帰ってくるのかと尋ねるトレヴァーを思い出した。当時も彼には正直に答えていたし、当然いまも嘘はつけない。「いいえ、それは無理。むこうは絶対にあきらめない。こっちは反撃の準備をするだけよ」

アンドルーはうなずき、マスクを掻いた。「ある朝、目を覚ましたらこの悪夢が終わるなんて思ってる僕はばかなんだろうな」

リーは駐車場を見まわし、ほかにだれもいないことを確認した。「アンドルー、ゆうべはシドニーとリンダがいたから話せなかったけど、ミスター・ブラッドリーから聞いてるはずよね、罪を認めたら、さらに別の件で起訴される可能性があることは」

「聞いてるよ」

「今回の裁判で負けても、やっぱり別件で起訴されるかもしれないということも――」

「コールからは、きみは法廷では容赦ないって聞いてる」アンドルーは、それだけわかっていればいいと言わんばかりに肩をすくめた。「コールは、きみを事務所に入れたのはアトランタ屈指の刑事弁護士だからだと母さんに言っていたよ」

コール・ブラッドリーは大嘘つきだ。実際には、リーのオフィスが何階にあるのかも知らない。「おまけに、冷酷なまでに正直よ。言っておくけど、もし裁判が横道にそれたら、あなたは長期刑を免れない」

「少しも変わってないんだな、ハーリー。いつだってすべての手札をテーブルに広げて見せる。だからきみに弁護をお願いしたんだ」アンドルーはつづけた。「残念なのは、僕は#ＭｅＴｏｏ運動で目が覚めたんだよ。真剣に女性の味方であろうとしてる。僕らは女性を信じるべきだ、でも――こんなの不当だよ。事実ではないことを訴えるなんて、ほかの女性を傷つけるだけじゃないか」

リーはうなずいたが、アンドルーの言い分がもっともだとはどうにも思えなかった。レイプ事件の問題点は、有罪の人間ですら流行のカルチャーに通じていて、無実の人間と同じような発言をすることだ。アンドルーもそのうち〝法の適正手続き〟についてあれこれ主張しはじめるに違いないが、いままさにその手続きに従っているのだということはわかっていない。

「そろそろ行きましょう」リーは言った。

アンドルーは後ろにさがって、リーを先に行かせた。リーはそのあいだに頭のなかを整理しようとした。重罪犯のような振る舞いはやめなければならない。クライアントが逮捕されたのは警察の捜査が優れていたからではないと、刑事弁護士のリーは重々承知している。クライアントが法的な窮地に追いこまれるのは、本人の愚かさや罪の意識のせいだ。自慢話や内緒話をすべきではない相手に犯行の話をしたせいで、あるいは多くの場合、みずから自分の急所を踏みつけたせいで、弁護士が必要になるわけだ。

リーは、罪の意識については心配していないが、ばれるのではないかという恐れからしくじることのないように気をつけなければならないと自戒した。

コーヒーカップを反対の手に持ち替えた。気力を奮い立たせ、ひびの入ったコンクリートの玄関階段をのぼった。

アンドルーが言った。「もう何年もキャリーを捜してたんだ。アイオワのどのへんにいるの？」

リーはうなじの毛が逆立つのを感じた。嘘つきがもっとも避けなければならない失敗は、細かいところまでしゃべりすぎることだ。「北西部の端のほう。ネブラスカに近いあたり」

「住所を教えてもらってもいいかな」

くそっ。

アンドルーはリーの背後から手をのばしてロビーのドアをあけた。階段の前のカーペットは擦り切れていた。壁も傷《いた》んでいる。建物のなかのほうが、外側よりもみすぼらしくわびしい雰囲気だった。

リーは振り返った。アンドルーは片方の膝をつき、足首の監視装置からズボンの裾をひっぱり出していた。この装置はジオターゲティング技術が用いられ、被告人は自宅と職場と弁護士との面会場所に行動範囲を制限される。範囲外に出ると、装置が監視ステーションにアラームを発信する。技術的にはそういうことになっている。だが、パンデミックで打撃を受けた都市の行政資源の例に漏れず、保護観察事務所も人手不足に陥っていた。

アンドルーはリーの顔を見あげて尋ねた。「どうしてアイオワへ?」

この質問は予測していた。「好きな人ができた。妊娠した。結婚した。また妊娠した」

リーは表示板に目をやった。〈レジナルド・パルッ&アソシエイツ〉は二階だ。

アンドルーはまたリーを先に行かせた。「キャリーは最高のママだろうな。いつも優しくしてくれた。ほんとうのお姉さんみたいだったよ」

リーは歯を食いしばりながら螺旋階段の踊り場をまわった。アンドルーが根掘り葉掘りキャリーについて尋ねるのは妥当なのか、それとも図々しいことなのか、判断しかねた。子どものころの彼はたいそうわかりやすかった――年齢のわりに幼く単純で、彼が悪さをすればリーはすぐに気づいた。それがいま、ようやく覚醒したリーの直感はふたたび鈍りかけている。

アンドルーが言った。「北西部の端っこか。このあいだ暴風雨《デレーチョ》が直撃したあたり?」リーは思わず手を握りしめてしまい、そのせいでコーヒーカップの蓋がはずれそうになった。アンドルーは昨夜アイオワについて手当たり次第調べたのだろうか? 「家が水に浸かったらしいけど、大丈夫よ」

「チアリーディングはつづけてた?」

リーは階段のいちばん上で曲がった。これ以上しゃべらされる前に、話の方向転換をしなければならない。「そういえば、バディがいなくなったあと、あなたたちは引っ越したのよね」

アンドルーは踊り場で足を止めた。黙ってリーを見あげた。

リーはその表情に引っかかるものを感じたが、彼の目しか見えないので、気のせいかもしれなかった。心のなかで会話を再生し、どこかでしくじっていないか確かめようとした。ほんとうに彼の様子はおかしいのか? おかしいのは自分なのか?

「どこへ引っ越したの?」

アンドルーはマスクの位置をなおし、上端をつまんで鼻梁《びりょう》に沿わせた。「タキシード・パーク。おじのグレッグの家に厄介になったんだ」

タキシード・パークはアトランタ有数の由緒ある高級住宅地だ。「フレッシュ・プリンスを地で行くね」

「そんなことないよ」彼の笑い声はわざとらしかった。

いや、アンドルーのどこもかしこもわざとらしかった。いままで何人もの犯罪者を相手に仕事をしてきたリーには、言うなれば体内警報器が備わっている。いま、ふたたびマスクの位置をなおしたアンドルーを見て、その警報器が赤く点滅しているのを感じた。彼の表情はまったく読めなかった。こんなふうにうつろで生気のない目をした人間を見たことはなかった。

アンドルーは言った。「たぶんきみは知らないだろうけど、母さんは父さんと結婚したときかなり若かった。それで両親から最後通牒《つうちょう》を突きつけられたんだ。〝おまえが結婚したいのなら書類に署名するが、どうしても結婚するのなら親子の縁を切る〟ってね」

リーは大きく口をあけそうになり、歯をぐっと噛みしめた。両親の同意があれば結婚できると法律で定められた年齢は十六歳だ。十代のころのリーには、大人はみんな同じくらいの年齢に見えたが、いまさらながら思い返せば、バディはリンダの二倍以上年上だったのだ。

「そして、祖父母はその脅し文句を実行した。母さんを見捨てたんだ。僕たちを見捨てた」アンドルーは言った。「あのころ、祖父は店を一軒構えてるだけだったけど、経済的な余裕はあった。僕たちを援助できるくらいにはね。でも、だれもなにもしてくれなかった。それが、父さんがいなくなったとたん、グレッグおじがいきなりやってきて、赦《ゆる》しがどうのこうのとか、宗教くさいたわごとを並べ立てた。おじに言われて、僕たちはラストネームを変えたんだ。知ってた？」

リーはかぶりを振った。昨夜の話では、みずからそうしたような感じだったが。

「父さんが失踪して、僕たちの日常はぶっ壊れた。父さんを追いやったやつにも、あの気持ちをわからせてやりたいと思うよ」

リーはこみあげてきた強い不安を呑みくだした。

「それでも、とりあえずなにもかもうまくいってたんだ」アンドルーは自嘲気味に笑った。

「いままではね」

アンドルーはふたたび押し黙り、階段をのぼった。彼は一瞬だけ怒りで声をうわずらせたが、すぐさまこらえた。リーはふと、自分の罪はいまの状況に関係ないのではないだろうかと思った。アンドルーが奇妙な態度を取るのも当然かもしれない。彼は、リーに試されている、ほんとうに罪を犯したのか、それとも無実なのか見定められている、そんなふうに感じているのではないか。弁護に身を入れさせるべく、自分は善良な人間だと信じさせようとしているのではないか。

そうだとすれば、無駄なことだ。リーは、クライアントが有罪か無罪か考えたりしない。ほとんどのクライアントは、正真正銘の有罪だ。なかには好人物もいる。クソ野郎もいる。だが、そんなことは問題ではない。なぜなら正義は金が絡むと目がくらむからだ。アンドルー・テナントは家族の金で買えるかぎりの資源を手に入れるだろう――調査員、専門家、科学捜査の識者、そのほか金さえ払えば、彼に非はないと陪審員を説得してくれそうな者。ブラッドリー・キャンフィールド&マークスで仕事をするようになってリーが得た教訓のひとつは、無罪の貧乏人より有罪の金持ちのほうが有利ということだ。

アンドルーは通路のいちばん奥の閉まったドアを指した。「あそこが――」

ドアのむこうからシドニー・ウィンズロウの特徴的なかすれた笑い声が聞こえた。

「申し訳ない。彼女、ときどき声が大きくてね」マスクから覗いた頰がかすかに赤らんでいたが、アンドルーは言った。「お先にどうぞ」

リーは動かなかった。彼の父親がいなくなったほんとうの理由はばれていないはずだと、もう一度頭のなかで繰り返さずにはいられなかった。アンドルーにまた根掘り葉掘り質問させる隙さえ与えなければ大丈夫だ。体内警報器が鳴るのは、彼がレイプ犯である可能性が高いという事実のせいだろう。

しかしまた、自分は彼の弁護人でもある。

リーは、駐車場でアンドルーに言えばよかったことをいま話しはじめた。「もともとオクタヴィア・バッカの事務所がミスター・パルッに調査を依頼した。そしてブラッドリー・キャンフィールド&マークスが彼に引きつづき調査をまかせた、そうよね？」

「というか、僕がレジーに頼んだんだけど、まあそういうことだね」

リーは〝レジー〟の部分については、さしあたって突っこまないことにした。とりあえずアンドルーが知っておくべきことを伝えておかなくてはならない。「依頼人がじかに調査員を雇うのではなく、弁護士事務所がそうするのは、そうすれば戦略に関連して調査員と話した内容や調査員があげてきた報告は、わたしの仕事の成果になる、つまり部外秘情報になるからよ。したがって、検察は調査員にわたしたちが話した内容を証言させることはできない」

話が終わる前からアンドルーはうなずいていた。「ああ、わかってるよ」

リーはそのつづきを慎重に切り出したが、たまたま自分の専門分野だった。「シドニーは部外者にあたるの」

「そうだけど、僕たちは公判の前に結婚するから、彼女も部外者ではなくなるよ」

いま現在から公判までのあいだにいろいろな事態が起きうることを、リーは経験上知っていた。「でも、現時点であなたたちは結婚していないのだから、あなたがいま現在彼女に話していることは保護されない」

マスクの上でアンドルーの目の色が変わったのは、不安のせいなのか、それとも純粋な驚きのせいなのか、リーには判じかねた。

「結婚したあともややこしいの」リーは説明した。「ジョージア州の刑事訴訟手続きでは、配偶者の証言拒絶特権があって――だから、シドニーに証言を強制することはできない――さらに情報秘匿特権もあるから、あなたが夫婦のコミュニケーションとしてシドニーに言ったことを彼女に証言させるのを差し止めることができる」

アンドルーはうなずいたが、リーの見たところ、完全に理解してはいないようだった。

「たとえば、あなたとシドニーが結婚していて、ある晩ふたりきりのキッチンであなたがこう言ったとする。〝ねえ、きみに隠しごとはすべきじゃないと思うから伝えておくけど、僕はシリアルキラーなんだ〟。この場合、あなたは秘匿特権を使って、シドニーに証言させないことができる」

いまではアンドルーも真剣に耳を傾けていた。「それのどこがややこしいんだ?」

「シドニーが友達に〝アンドルーが自分はシリアルキラーだって言ってるんだけど、ヤバくない?〟と話したとすると、その友達は法廷に呼び出されて、そういう話を聞いたと証言することになるかもしれない」

アンドルーのマスクの下部が動いた。彼は唇を内側に巻きこんでいる。

リーは、シドニーの革のアクセサリーと大量のピアスを目にした瞬間からタイマーの音が聞こえていた時限爆弾を投下した。「あるいは、あなたがベッドではちょっと変わったことをすると、シドニーが友達にしゃべったとしましょうか。その変わったことが、被害者の受けた行為に似ていた。その場合、友達はその変わった行為について証言することになるかもしれない。そして検察は、あなたにそういう性癖があることを示していると主張するかもしれない」

アンドルーの喉が上下した。明らかに動揺している。「だったら、僕からシドに話して――」

「弁護人としては、わたしはあなたにどんな話をしろと指示することはできない。わたしにできるのは、法律の解説をして、それが意味することを理解してもらうだけ」リーは尋ねた。「理解した？」

「ああ、したよ」

「おはよう！」重たそうな厚底のコンバットブーツを履いたシドニーが歩いてきた。黒いマスクには銀色のスタッズがついている。今日は昨夜よりゴス度がやや低めだが、あいかわらず奔放なエネルギーを放っている。リーは同じくらいの年頃の自分を見ているような気がして、いらつくと同時にげんなりした。

アンドルーが言った。「いまリーと――」

「キャリーの話をしてたんでしょ？」シドニーはリーのほうを向いた。「この人、あなたの妹さんのことばかり考えてるの。妹さんにぞっこんだって話は聞いた？　あたしを差し置いてヤリたいんだって。知ってた？」

リーがかぶりを振ったのは、知らなかったという意味ではなく、自分の間抜けな脳を揺さぶり起こさなければならなかったからだ。アンドルーがいまだにキャリーに夢中なのはわかりきっていることではないか。しつこくキャリーの話をする理由はそれだ。

話題をキャリーからそらすため、アンドルーに尋ねた。「レジー・パルツとはどういう知り合い？」

「友達だよ……」アンドルーは肩をすくめた。もはやリーの話に興味はなく、いま知ったばかりの配偶者特権について考えているようだ。

シドニーは彼の様子がおかしいことに気づいて尋ねた。「どうしたの、ベイビー？　またなにかあったの？」

リーにはその先を聞く必要はなく、聞く気もなかった。「ふたりで話し合って、わたしはミスター・パルツと話してるから」

シドニーはくっきりとアーチ形に描いた眉の片方をあげた。思ったより冷淡な口調になってしまったことはリーも自覚していた。シドニーの不快なところをひとつひとつ検分したくなる気持ちを抑えながら、できるだけ穏やかな顔つきで脇を通り過ぎた。リーの見たところ、絶対にシドニーは友人たちにアンドルーの話をしている。若くて愚かなうちは、自慢話のネタといえばセックスくらいなものだ。

「アンディ、どうしちゃったの」シドニーはフェラチオ用の声音になった。「そんな怖い顔しちゃって、なにがあったの？」

リーは部屋に入ってドアを閉めた。

そこは狭苦しい待合室で、金属のデスクはあるが、秘書の姿も椅子もなかった。側面の壁際にキチネットが備えつけてあった。リーはコーヒーをシンクに流し、カップをゴミ箱に捨てた。お決まりのセットが並んでいる。コーヒーメーカー、湯沸かしポット、除菌ローション、使い捨てマスク。短い通路の先のドアはあいていたが、リーはレジー・パルツ本人に会う前にどんな人物かざっと想像しておきたかった。

白い壁。床に敷き詰めたダークブルーのカーペット。ポップコーン天井。壁に飾った写真はプロの作品ではなく、バカンスの写真のようだ。南国のビーチの日の出、氷原で橇《そり》を引く犬たち、雪を頂いた山の峰、マチュピチュの大階段。使いこんだラクロスのスティックが、黒革のふたり掛けソファの上の壁にかかっている。ガラスのコーヒーテーブルには、『フォーチュン』のバックナンバーが乱雑に置いてある。テーブルの下に敷いた青い絞り染めのラグは、いかにもオフィス・デポのカタログに載っていそうな代物だ。

予想よりも若い。貧困地区の学校ではラクロスをプレーする機会などないから、高等教育を受けているはずだ。元警官ではない。おそらく離婚している。子どもはいない。いれば、養育費の支払いに追われて、外国旅行をする余裕などないはずだ。過去の栄光にしがみついている元大学スポーツ選手。大学の成績証明書には、ＭＢＡ未取得の記述があるかもしれない。金には困っていない。

リーは両手に除菌ローションをつけてから、奥の部屋に入った。

大統領執務室のレゾリュートデスクを模した机のむこうに、レジー・パルツが座っていた。家具は少なく、壁際に黒革のソファ、デスクの前に二脚のふぞろいの椅子が置いてある。デスクにはお決まりの革のデスクマットをはじめ、色つきガラスの文鎮、名入りの名刺入れなど、事務所を構えた男がひとり残らず持っている小物が並んでいた。ティファニーの銀のレターオープナーは、リーが数年前のクリスマスにウォルターに贈ったものとまったく同じだ。

「ミスター・パルツですね？」リーは尋ねた。

パルツは立ちあがった。マスクをしていないので、かつては引き締まっていたのだろうが、いまや崩れの兆《きざ》しが見える顎の線が見えた。三十代半ば、きれいに整えた山羊髭《やぎ》、一昔前のヒュー・グラントを思わせる外ハネの髪型。チノパンツに、淡いグレーのボタンダウンシャツ。太い首に華奢な金のネックレスをつけている。彼はリーの全身にすばやく目を走らせた。顔と胸と脚を査定する熟練の視線は、リーが思春期以来浴びているものだ。どうやら見てくれのいいクソ野郎らしいが、リーの好きなタイプの見てくれのいいクソ野郎ではない。

「ミセス・コリアー」平常時なら握手をするところだ。パルツはポケットに入れた両手を出さなかった。「レジーと呼んでください。やっと会えてうれしいな」

〝ミセス〟と〝やっと〟のふたつの単語に、リーは全身の筋肉が残らず固まるのを感じた。いままでずっと、この不快な事件から逃げ出す方策を思案してばかりで、そもそもなぜ自分が呼び出されたのか少しも考えていなかった。

ミセス。

リーは大学を卒業後、ウォルターと結婚したときから彼のラストネームを名乗っている。あえて旧姓に戻していないのは、あえて正式に離婚していないからだ。ハーリーからリーへ正式に改名したのは、ウォルターと出会う三年前だ。

では、アンドルーはどうしてリー・コリアーを指名したのだろう？　リーがいまではハーリーではなく、母親の旧姓も使っていないことは、アンドルーは知らなかったはずだ。リーは二十年以上、いくつもの障害を越えなければ現在の自分と過去の自分をつなげることができないように、用心に用心を重ねてきたのだから。

その疑問から、アンドルーはどうしてリーが弁護士だと知ったのかという、さらに大きな疑問が湧く。テナント親子はコール・ブラッドリーを知っていた、それはたしかだが、ブラッドリーは十二時間前まではリーの存在すら知らなかったのだ。

やっと。

アンドルーはパルツにリーを捜させたに違いない。パルツは深い穴を掘り、いくつもの障害を越えたあげく、リーの人生の真ん中に着地したのだろう。ハーリーがリーになったのを知ったのなら、ウォルターとマディのことも知っているだろうし、そして——。

キャリーのことも。

「待たせてすまない」アンドルーがかぶりを振りながらオフィスに入ってきた。座面の低いソファにどすんと腰をおろした。「シドは車にいる。すっかりご機嫌ななめだ」

レジーは顔をしかめた。「いつものことだな」

リーは膝に力が入らなくなっていた。ドアに近いほうの椅子に座った。冷や汗が背中を伝い落ちた。マスクを顎までずりさげるアンドルーを見やった。彼は携帯電話でメッセージを打とうとしていた。「いつまで待たせるのかって、もう訊いてきてる」

レジーが着席し、椅子がきしんだ。「黙れって言ってやれ」

「いいアドバイスだ。彼女も静かになるだろうよ」アンドルーの親指がスクリーン上を動きはじめた。それまで表情のなかった仮面をついに感情がぶち抜いていた。彼は傍目にもわかるほど心配そうだった。「まずい。激怒してる」

「なあ、返信するのをやめろよ」レジーはノートパソコンのキーを叩いて復帰させた。

「ママのお金をばんばん燃やしてるぞ」

リーはマスクをはずした。先ほどからずっと頭のなかで〝ミセス〟と〝やっと〟が跳ねまわっていた。すぐには声が出せず、咳払いをした。「あなたたちはどういうきっかけで知り合ったの？」

レジーが進んで答えた。「アンドルーから最初のメルセデスを買ったんですよ。あれはいつだ、三年か四年前だよな？」

リーはまた咳払いをして待ったが、アンドルーはあいかわらず携帯電話に気を取られていた。

しかたなく、リーは尋ねた。「そうなの？」

「ええ、昔のアンドルーは種馬並みだったんですが、シドに婚約指輪で去勢されちまったんですよ」アンドルーの険しい視線に気づき、レジーはあわてて本題に戻り、リーに言った。「今朝、あなたのアシスタントからサーバーの暗号キーを受け取りました。今日の午後にはすべてアップロードできます」

リーはなんとかうなずいた。頭のなかで、しつこい疑念を解きほぐそうとした。〝ミセス〟は、レジーが宿題をすませたことを示しているだけだ。金持ちのクライアントが弁護人の身辺調査をするのは、別段めずらしいことではない。〝やっと〟の意味は——なんだろう？　シンプルに考えれば、〝ミセス〟と同じだろう。レジー・パルツはアンドルーの依頼でリーを調査し、経歴や家族を掘りさげ、大量の資料に目を通した末に〝やっと〟本人に会ったわけだ。

「申し訳ない」アンドルーが携帯を見つめたまま立ちあがった。「ちょっと彼女の様子を見てくる」

「金玉を返せと言ってこい」レジーはリーのためにかぶりを振った。「アンドルーは彼女といるとまるでハイスクールのころに戻ってしまうんですよ」

ノートパソコンの画面を覗きこむレジーの前で、リーは情けないことにまた両手が震えだしたのを感じた。シンプルに考えただけでは、なにより重要な疑問の答えはわからない。そもそもアンドルーはどうやってリーを見つけ出したのか？　彼は強姦の罪で起訴され、一週間後に審理開始を控えている。裁判の最中に流れを止め、二十年以上前に自分の面倒を見ていたベビーシッターを捜すなど、普通は考えられない。

だから、リーの体内警報器がいまだに赤く点滅しているのだ。

「ミセス・コリアー？」レジーの顔がリーのほうを向いた。「大丈夫ですか？」

ジェットコースターのように乱高下する感情を安定させなければならない。ウォルターは以前からリーの性格についてひとつだけ不満をこぼすのだが、リーがいままで生き延びてきたのは、まさにその性格のおかげだ。リーは相手によって人格がころころ変わる。恋人、母親、ミセス・コリアー、先生、ベイビー、クソ女、そしてまれに、ハーリーになる。みんなはそれぞれ異なるピースを見ていて、全体が見えているものはひとりもいない。

レジー・パルツが熱いタイプなら、こちらは氷のように冷たくならなければならない。リーはバッグに手を入れ、ノートとアンドルーの事件ファイルを取り出した。ペンをかちりと鳴らした。「わたしは時間がないの、ミスター・パルツ。ボスには、明日の午後には完璧な戦略を報告しろと言われてる。手短にまとめて」

「レジーでいいですよ」レジーはノートパソコンの向きを変え、リーにモニターの画像を見せた。ナイトクラブの入口、大きなコンマと〝カメレオン〟という文字のネオンサイン。「防犯カメラには、アンドルーがクソをするところ以外、全部映ってます。映像は短く編集しました。六時間もかかったけど、金を出すのはリンダだ」

リーはペン先をノートに押しつけた。「どうぞ」

レジーは動画の再生を開始した。日付は二〇二〇年二月二日、パンデミックでどこもかしこも閉鎖される二カ月ほど前だ。「カメラは4Kだから、床の砂粒のひとつひとつまで映ってます。これが入店してすぐのアンドルーです。ふたりの女性と話をしました。ひとりは屋上のウッドデッキで、もうひとりは地下のバーで。屋上の女はアンディに電話番号を渡しました。本人に会いましたが、証言台に立たせないほうがいい。おれが連絡した理由を知るや、このクソ女は例のくだらないハッシュタグの話をはじめて、手がつけられなくなった」

リーはノートを見おろした。自動操縦状態でメモを取っていた。ページをめくろうとした。手が止まった。

ミセス。

結婚指輪。ウォルターと別居するようになって四年たったが、いまだにはずしていなかった。小さく口をあけ、少しずつ緊張を吐き出した。

「ほら、ここ」レジーがモニターを指差した。「アンドルーがタミー・カールセンと出会った瞬間です。スタイル抜群だ。顔はそうでもない」

リーはさらりと発された女性蔑視《ミソジニー》を無視し、動画に目をやった。アンドルーと一緒に低いふかふかのベンチに座っている小柄な女性は、カメラに背を向けていた。肩までの長さの褐色の髪。グレーのジャケットとスカートのスーツを着ている。コーヒーテーブルの飲み物に手をのばしたときに横を向いたので、アンドルーの話に笑っているのが見てとれた。横顔は魅力的だった。小さな鼻、高い頬骨。

「身振りでわかるでしょう」レジーはキーを叩き、再生速度を二倍にした。「カールセンは話が盛りあがるにつれてアンドルーににじり寄っています。十分後には、わざとらしくアンドルーの手に触れたり、冗談に笑ったりするようになった」レジーはリーの顔を見て言った。「このころには、テナント自動車販売のテナントだと気づいていたんじゃないかな。おれだって金持ちにはにじり寄りますよ」

リーはその先を待った。

レジーは三倍速にした。「しばらくして、アンドルーはソファの背に腕をのせて、カールセンの肩をさすりだした。彼女のおっぱいを見てるのがわかるでしょう、つまりアンドルーははっきりとメッセージを送っていて、彼女も間違いなくメッセージを受け取っていた。およそ四十分後、カールセンもストリッパーのラップダンスよろしくアンドルーの太腿をなではじめました。九十八分間、ずっとそんな感じでした」

九十八分間。

リーは、駐車場でアンドルーも同じ数字を口にしたことを覚えていた。「その時間に間違いはない？」

「だれが見ても間違いはない。こんなものは知識さえあれば、メタデータまで偽造できますが、おれはバーから防犯カメラの映像を生でもらったんです、検察は通していません」

「アンドルーもこれを見たの？」

「見ていないはずです。リンダにはコピーを送りましたが、アンディはこれから例のディ・ナイル川（否認のディナイアルとかけた駄洒落）を泳いでいきますからね。すぐに片が付いて、元の生活に戻れると思ってるんですよ」レジーは次にリーに見せたい場面まで早送りした。「これを見てください、午前零時を過ぎたところです。アンドルーはカールセンと階段をおりて、駐車サービスへ向かっています。階段をおりながら、アンドルーは女の腰に手を当てています。

カールセンは、駐車サービスの受付に着くまでアンドルーの腕をつかんでいる。車を待つあいだ、カールセンはアンドルーのほうへ身を乗り出し、あいつも合図をキャッチした」

リーは、アンドルーがタミー・カールセンの唇にキスをするのを見ていた。カールセンの両手はアンドルーの肩に置かれている。ふたりのあいだの空間がなくなった。キスをしていた時間をメモするべきだったが、そのときリーはふたりの唇が合わさる直前にアンドルーが浮かべた表情に気を取られていた。

したり顔？　嘲笑？

あのうつろな、なにも映していない目をしているが、口元がかすかに動いて左の口角があがり、子どものころのアンドルーが、クッキーを全部食べたのは自分じゃないとか、リーの歴史のレポートの在処《ありか》なんて知らないとか、リーの代数Ⅱの教科書に恐竜を描いたのは自分じゃないとか言い張るときによく見せた薄ら笑いになった。

リーはあとで見なおすつもりで、タイムコードをメモした。

レジーは目の前の映像をわざわざ解説した。「駐車係がふたりの車を出してきます。アンドルーがカールセンの分のチップも払う。ほら、カールセンがアンディに名刺を渡していますよね、そしてまた頰にキスをする。カールセンがBMWに乗る。アンディはメルセデスに。ふたりともウェスリーを北へ向かいます。アンディの自宅までは遠回りになるが、その道順でも帰れないことはない」

リーは、車が曲がり角を曲がって新しい道に入るたびに通りの名前をあげるレジーの声を頭から締め出した。〝やっと会えてうれしいな〟の〝やっと〟の意味を考えた。この事件の担当になったのは昨夜だが、アンドルーがオクタヴィアをクビにしたのは三日前だ。レジー・パルツがリーの身辺を調べる時間は丸二日あったことになる。ほかには〝やっと〟わかったことはないのだろうか？　キャリーの居場所も突き止めたのだろうか？

「そしてヴォーンに入って南へ走りだすと、防犯用監視カメラも交通監視カメラもなくなる」レジーは、リーのひそかな苦悩には気づいていない様子でつづけた。「この最後の部分で、アンディのメルセデスにはディーラーナンバーがついているのがわかりますね」

リーは、レジーに反応を求められていることに気づいた。「それがなにか？」

「アンドルーはこの夜、代車に乗っていたということです。自分の車は修理中だった。クラシックカーは気難しいですからね。ときどき修理が必要になりますが、しょっちゅうではない」

リーは〝車〟という単語を四角で囲んだ。目をあげると、またレジーがこちらをじっと見ていた。話を思い返さなくても理由はわかった。アンドルーの行動がどんどん怪しくなっていく部分に差しかかっているからだ。レジーはずっとリーを試していた。クソ女だのおっぱいだのラップダンスだの、下品な言葉遣いをリーが非難すれば、アンドルーの味方にはならないと判断できる。

氷のように冷たい口調を崩さず、リーは尋ねた。「カールセンはアンドルーに自宅までついてこいと言ったの？」

「いいえ」レジーは言葉を切り、警戒をあらわにした。「カールセンの供述では、彼女はアンディによかったら連絡をくれと言った。駐車係から車を受け取ったあたりから、記憶があやふやになっている。次にはっきりと思い出せるのは、目を覚ましたら朝だったということです」

「警察はアンドルーが彼女の飲み物に薬を盛ったと言ってる？」

「まさにそう考えてますが、もしアンドルーがデートレイプドラッグを盛ったとしても、防犯カメラには映っていなかったし、薬物検査でも検出されなかった。ここだけの話、薬を盛られていたほうがよかったと思いますよ。証拠写真を見れば、おれの言いたいことがわかるはずです。あんなものは絶対に外に出してはだめだ。おれは自分のノートパソコンにすらダウンロードしていない。全部、トリプルDESで暗号化されています。クラウドはハッキングされる恐れがあるので使えません。プライマリサーバーもセカンダリサーバーも、あそこの保管庫に厳重にしまってあります」

リーが振り向くと、スチールの扉にかかった頑丈そうな南京錠《なんきんじょう》が目についた。

「この手の注目されている事件はきわめて慎重に扱うようにしてるんです。こういうクソが外に漏れたら大変だ、とくにクライアントが金持ちの場合はね。金目当ての連中がどこからともなく湧いてくる」レジーはノートパソコンを自分のほうへ向けた。二本指でキーを叩いた。「ばかにはわからないだろうが、窓ガラスに鼻を押しつけているしかないやつらよりも、なかで仕事をするほうがよほど金になる」

リーは尋ねた。「どうしてわたしのことを知ってるの？」

レジーはふたたび動きを止めた。「どうしてとは？」

「あなたはわたしに〝やっと〟会えてうれしいと言ったでしょう。それはつまり、わたしについてなにか聞いたことがあるとか、わたしに会うのを期待していたとか――」

「ああ、そういう意味ですか。ちょっと待ってください」レジーはまたパチパチと二本指でキーを叩いた。リーのほうへパソコンの向きを戻した。画面上部に『アトランタ・インタウン』のタイトルが表示されていた。そして、裁判所から出てくるリーの写真。その顔はほころんでいる。笑顔の理由は見出しに書いてあった。

おしっこに日付印は捺されていませんから、と弁護人。

レジーはにやにやと笑った。「まるでジュージュツみたいな弁護だ。あなたは検察側の専門家に、被告人が妻のパンティの抽斗に放尿したのは、離婚の前か後かわからないと証言させた」

リーは胃がむかむかしはじめるのを感じた。

「夫婦がどんなウォータースポーツをしていたのかは配偶者特権で保護されるなんて判事に言ってのけるとは、すごい度胸だ」レジーはまた笑い声をあげた。「この話を知り合いのみんなにしたんですよ？」

彼の口からはっきり言ってもらわなければならない。「アンドルーにこの記事を見せたの」

「ええ見せましたよ。オクタヴィア・バッカじゃだめだとは言いませんが、警察がほかにも三件をアンディにおっかぶせようとしていると聞いて、あいつには剃刀《かみそり》みたいに切れるチアリーダーが必要だと思ったんです」レジーは椅子の背にゆったりともたれた。「あいつがその写真を見てあなただと気づいたのはすごいですよね？」

それが事実だと信じられたらどんなにいいだろう。アリバイとは良きにつけ悪しきにつけ、都合のいい偶然に聞こえる。「いつ見せたの？」

「三日前です」

アンドルーがオクタヴィア・バッカをクビにした日だ。「彼に頼まれてわたしを調べたの？」

レジーはふたたびこれ見よがしにしばらく動きを止めた。「質問が多いですね」

「あなたへの報酬の支払いを承認するのはわたしなんだけど」

とたんにレジーがたじろいだことで、彼の腹の内がわかった。レジー・パルツは秘密の任務など負ってはいない。暗号化されたサーバーだの慎重な扱いが必要だのと大げさに言い立てたのは、リーからさらに仕事をもらうためだったのだ。

このタイプはよく知っているはずだったのにと、リーは自分を蹴りつけてやりたい気持ちでレジーの評価を修正した。奨学金で雲の上の金持ちたちの世界に這《は》いあがった貧しい青年。ラクロスのスティックも外国旅行もありきたりなオフィスの内装も高価なメルセデスも、しきりと金の話をするのも、それで説明がつく。金はセックスのようなものだ。充分に足りていれば、取り立てて話題にすることはない。

試しに言ってみた。「わたしはいろいろな事件でいろいろな調査員に仕事を頼んでる」

レジーはまた別のサメめいた笑みを見せた。抜け目なく、最初の餌には食いつかない。

「なぜ改名したんですか？　ハーリーってかっこいいじゃないですか」

「会社法の専門家らしくないから」

「あなたがダークサイドに堕《お》ちたのはパンデミック以降ですよね」レジーは身を乗り出し、声をひそめた。「おれが思っているとおりのことを心配しているのなら教えてあげますが、あいつには依頼されていませんよ。いまのところはね」

彼の思っているとおりのこととはなんなのか、リーには思い当たることが多すぎて、聞き流すふりをするのが精一杯だった。

「いいんですか？」レジーは尋ねた。「あいつは妹さんのことを考えて股間をふくらませてますよ」

リーはまた胃がむかつきはじめるのを感じた。「あの子を捜してほしいと言われてるの？」

「ここ数年ことあるごとに妹さんの話をしていたけど、あなたとこうして再会してしまったら、毎日思い出しますよね？」レジーは肩をすくめた。「そのうち依頼してきますよ」

リーは肌の下にスズメバチの群れがいるような気がした。「あなたはアンドルーの友人でしょう。彼の公判まであと一週間を切ってる。いまそういうことに気を取られていてもいいと思う？」

「はじめての夢精のネタをいまも追いかけてるなんてシドにばれたら、あいつは胸にナイフを刺されて、おれもあなたも仕事にあぶれると思いますね」

リーは待合室へつづく短い通路に目をやり、だれもいないのを確かめた。「キャリーはハイスクールを卒業してからいろいろあったけど、いまはアイオワの北部にいる。子どもがふたり。夫は農場をやってる。過去のことは過去のままにしておきたいの」

レジーはわざとらしく沈黙を長引かせ、ようやく口を開いた。「アンドルーが依頼してきたら、いま抱えている案件で手一杯だと答えてもいいですよ」

リーはさらに餌を投げこんだ。「わたしのクライアントが、浮気症で旅行好きの夫に困ってるの」

「おれの得意な案件だ」

これが暗黙の了解になることを願いながら、リーは一度だけうなずいた。

もっとも、レジー・パルツは問題の一部にすぎない。クライアントにとって非常に厳しいものになると予想される裁判までは、ほんの数日だ。リーは言った。「ほかにも検察が握ってる案件があるそうね」

「三件あって、アンディの首の真上にギロチンの刃が吊されてます。刃が落ちてきたら一巻の終わりだ」

「どうしてそのことがわかったの?」

「企業秘密です」情報源が警察関係者であることを隠したいときに調査員が使う常套句《じょうとうく》だ。

「でも、間違いありません。アンドルーをカールセンの事件から逃がすことができなければ、あいつは一生シャワー室で石鹸を取り落とさないよう注意しなければならなくなる」

刑務所のレイプをネタにしたジョークをおもしろがっていたら、自分も刑務所送りになったクライアントをリーは何人も知っている。「タミー・カールセンの事件はほかの事件とどう結びつくの?」

「類似の手口、類似の痣《あざ》、類似の傷、翌朝の症状も類似している」現実の女性が実際に加害されたのではなく、仮想の怪我の話をしているかのように、レジーはまた肩をすくめた。

「大きな問題は、アンディと被害者の姿が最後に目撃された店やその近くで、あいつのクレジットカードが利用されていることです」

「店やその近く?」リーは尋ねた。「アンドルーの自宅の近辺ってこと? それらの店は彼の行きつけなの？」

「だから、あなたに弁護してもらえってあいつに言ったんです」レジーは利口なのは自分だと言うように、人差し指でこめかみに触れた。「三件とも二〇一九年にディカーブ郡で起きていて、アンディの自宅もディカーブ郡です。ひとり目の被害者はシネビストロという映画館にいた。そこからあいつの家までは、唾を吐けば届く距離です。アンディは六月二十二日、マチネーで『メン・イン・ブラック：インターナショナル』を観たことが、クレジットカードの記録でわかっています。被害者はその三時間後にそこで『トイ・ストーリー4』を観ている」

リーは真剣にメモを取りはじめた。「ロビーに防犯カメラは？」

「あります。アンディが到着して、ポップコーンとコーラを注文したところと、エンドクレジットがはじまってすぐに出ていくところが映っていた。アンディと被害者の滞在時間は重なっていないが、徒歩で帰宅している。携帯電話の記録はない。家に置いてきたと言ってるんです」

リーはメモした日付の下に線を引いた。検察は当然、当日の天候を調べるはずだから、こちらも調べておく必要がある。アトランタの六月の平均気温は摂氏二十七度にのぼり、健康被害の警報が出るほど蒸し暑い。「マチネーの時刻は？」

「十二時十五分から、ちょうどランチタイムです」

リーはかぶりを振った。一日でもっとも気温の高い時間帯だ。アンドルーに不利な要素がまたひとつ増えた。

レジーが言った。「こんなことを言ってもしかたないかもしれませんが、被害者たちが最後に目撃された店は全部――アンドルーの行きつけです」

それがかならずしも彼に対して有利に働くとは限らない。検察にとって、彼が下調べしていたと主張する材料になる。「ふたり目の被害者は？」

「友人と夜遅くにショッピングモールで食事したんですが、そのモールにはメキシコ料理屋がありまして」

「その夜、そのメキシコ料理屋にアンドルーがいたのね？」

「常連なんです。月に二度はそこに出かける。その夜は、被害者が店に来るより三十分前にアンディがテイクアウトしています。いつものように、クレジットカードで代金を払った。このときも徒歩。携帯電話も持っていなかった。また蒸し暑いのに歩いて往復したんです」レジーが肩をすくめるしぐさはぎこちなかった。アンドルーに不利だとわかっているのだ。「ね、ギロチンでしょう」

リーのペンが止まった。ギロチンではない。周到に準備された訴訟だ。

アトランタの市域の九十パーセントはフルトン郡に属し、残り十パーセントはディカーブ郡だ。市独自の警察もあるが、ディカーブ郡の捜査はディカーブ郡警察がおこなう。暴力的な犯罪の件数ではフルトン郡がはるかに上回るが、#MeToo運動からパンデミックまでの二年間でレイプの告発はアトランタ全域で激増した。

リーは、激務のディカーブ郡の刑事が映画館とメキシコ料理屋の両方で使用された数百枚のクレジットカードを何時間もかけて調べ、暴行事件の容疑者を捜すのを想像した。警察も根拠なくアンドルーの名前を引っぱり出したわけではない。彼がしくじるのを待ち構えていたのだ。

「三人目の被害者は？」

「〈メイプルクロフト〉というバーにいました。アンドルーはちょうどそのころそのへんをぶらついていた。クレジットカードの履歴からわかります。ガムを買ったんです。あいつはいつも現金を持たない。ウーバーやリフトなどのタクシーサービスは使わない。携帯電話もよく忘れる。でも、あちこちで何人もの女性に酒をおごっていた」

被害者とのつながりを確認しなければならない。「アンドルーが事件の夜にメイプルクロフトにいたことはクレジットカードの履歴に残ってるの？」

「三人目の被害者がいなくなる二時間前にはいたことがわかっています。でも、アンドルーは週に五回は店に来ていた」レジーはつけくわえた。「三件目に関しては、防犯カメラの映像はありません。パンデミックがはじまったころに火事で全焼しました。じつに好都合でしたが、アンディも運がよかった。サーバーも焼けてしまったが、クラウドにバックアップしていなかったんです」

リーは刑事のように、三件に共通するパターンを探した。映画館。レストラン。バー。三カ所とも、蓋のないカップやグラスで飲み物が提供される。「警察はアンドルーが三人に薬を盛ったと見ているの？」

「ええ、タミー・カールセン事件と同様です。みんな、襲われたときの記憶がない」

リーはペンでノートをコツコツと叩いた。デートレイプドラッグのロヒプノールは、血液からは二十四時間後、尿からは七十二時間後には検出されなくなる。副作用に一時的な記憶障害があることは立証されているが、障害が治らない場合もある。「被害者は現場まで車を運転したの？」

「全員がそうです。ひとり目とふたり目は、車が駐車場に残っていた。翌朝、警察に発見されています。メイプルクロフトの三人目は、帰りに自損事故を起こしました。自宅まで三キロの地点で電柱に衝突したんです。交通監視カメラや防犯カメラの映像はありません。車は発見時、ドアにロックがかかっていなかった。タミー・カールセンのＢＭＷは、リトル・ナンシー・クリーク・パークから一キロ半の地点の脇道で見つかりました。バッグは車内に残っていた。ほかの三件と同様に、交通監視カメラも防犯カメラもなかった。犯人は悪魔憑《つ》きか、よほど運がいいやつだ」

あるいは、抜け目なく下調べをしていたのか。「被害者たちは翌朝どこで発見されたの？」

「それぞれ別のアトランタ市立公園ですが、すべてディカーブ郡にあります」

こういうことはもっと早く言ってほしかった。仕事のやり方を心得ている人間なら、これらの共通点を犯罪手法《モウダス・オペランディ》と呼ぶ。「全部、アンドルーの自宅から徒歩圏内？」

「一カ所を除けば」レジーは言葉を濁した。「でも、それらの公園から徒歩圏内に住んでいる人はいくらでもいます。アトランタは公園だらけですよね。正確には三百三十八カ所です。市の公園緑地課が管理しているのが二百四十八カ所。残りはボランティアグループに管理を委託しています」

ウィキペディアの記述を暗唱してもらう必要はなかった。「携帯電話の記録は？」

「とくになにも」レジーは口が重くなった。「でも、さっき話したように、アンドルーは携帯電話を携帯しないので」

リーは自分の目が険しくなるのを感じた。「仕事用とプライベート用の電話をわけてるの？」

「一台しか持っていません。四六時中、他人とつながっていたくないと言ってるくせに、一緒に出かけるとおれに携帯を借りるんです」

「カールセンと出会った夜は代車のメルセデスに乗っていたのよね」リーは言った。「なにかで読んだけど、メルセデスが車両に追跡装置を搭載しているのはプライバシーの侵害だということで、イギリスで訴訟沙汰になったんじゃなかった？」

「アメリカでも同じですよ。メルセデスミーというシステムですが、アカウントを登録して規約に同意しないと起動しない。と、ドイツ人は言うでしょうね」

公判まであと七日。そっちのドアをノックする余裕はない。検察も同じように感じていることを祈るばかりだ。昨年十二月にコロナウイルスによる死者数が激増し、年が明けて一月には合衆国議会議事堂襲撃事件が起きたため、欧米間のビジネスが中断したことは、アンドルーにとっては都合がいい。

リーは尋ねた。「ほかには？」

レジーは交通監視カメラの動画を閉じ、キーを叩いたりマウスをクリックしたりしはじめた。五つのフォルダが現れた。〈LNC_MAP〉、〈CRIME SCENE PHOTOS〉、〈VICTIM PHOTOS〉、〈CHARGING SHEET〉、〈SUPPORTING DOCS〉。

彼は〈VICTIM PHOTOS〉のフォルダを開いた。

「これがカールセンです。ピクニックテーブルの下で意識を取り戻しました。さっきも言ったように、どうして自分がそこにいるのか覚えていなかったが、前の晩に恐ろしいことがあったのはわかっていた」

リーは表示された写真にひるんだ。カールセンの顔は、元の顔立ちがわからないほど変わっていた。めちゃくちゃに殴られていた。左の頬骨の位置がおかしい。鼻も折れている。

首の周囲には痣。胸と両腕は、ところどころ赤や黒に変色している。

加重暴行罪。

レジーは〈LNC_MAP〉のフォルダを開いた。「リトル・ナンシー・クリーク・パークの地図です。午後十一時から午前六時までは閉園します。照明灯はない。防犯カメラもありません。ここがあずまやです。カールセンは翌朝ここで犬の散歩をしている人に発見されました」

リーは地図を凝視した。全長二・五キロのジョギングコース。木と鋼鉄の橋。庭園。子ども用の遊び場。屋根のないあずまや。

レジーは〈CRIME SCENE PHOTOS〉のファイルを開き、数枚のＪＰＥＧファイルをクリックした。証拠の場所に黄色い番号札が置いてある。階段に点々と落ちている血痕。泥のなかの靴跡。草の上に転がっているコカ・コーラの瓶。

リーは座面の端へ腰をずらした。「ガラスの瓶ね」

レジーは言った。「国内でもまだ製造されていますが、そいつはメキシコ産です。あっちではいまだにブドウ糖果糖液糖ではなく本物の砂糖を使ってるんですよ。飲めば違いがわかります。おれがはじめて飲んだのは、テナントのサービスセンターでメルセデスを点検してもらったときです。バーにメキシコ産コーラを常備してる。アンドルーのこだわりらしくて」

リーはこのオフィスに入ってはじめてレジーと目を合わせた。「この公園からアンドルーの家までの距離は？」

「車で三キロ、ゴルフ場を徒歩で突っ切ればもっと近い」

リーは地図に目を戻した。現地を自分の足で歩いてみる必要がある。「アンドルーはこの公園に行ったことがあるの？」

「自然愛好家なのでね。蝶を観察するのが好きなんですよ」レジーは口元をほころばせたが、それがまずいことだとわかっているのが見て取れた。「指紋も小便みたいなものでしょう？　日付印も時刻印もない。そのコーラ瓶がいつ公園に置かれたのかも、アンドルーがいつそれにさわったのかも、証明しようがない。本物の悪党なら手袋をはめていたでしょうしね」

リーはそれが示唆するところには触れなかった。「地面の靴跡は？」

「それが問題になりますか？　警察は、アンドルーのクローゼットから発見されたナイキのスニーカーが現場に靴跡をつけたものである可能性があると言っていますが、可能性があるというだけでは決定的な証拠にはならない」

レジーのペースに振りまわされることに、リーはうんざりした。ノートパソコンに手をのばし、自分で写真をクリックしていった。検察の論拠が浮き彫りになった。リーはレジーに簡潔な話し方とはどういうものか教えてやることにした。

「アンドルーの右手の人差し指の指紋とタミー・カールセンのDNAがコーラ瓶から採取された。加重性的暴行罪。これは糞便《ふんべん》のようね。加重ソドミー罪。性器の挿入と整合する太腿の挫傷。強姦罪。ひとけのない場所へ連れていかれた。誘拐罪。薬を盛られたことは証明されていない、だから起訴事実には含まれていない。凶器は？」

「ナイフだ」アンドルーの声がした。

リーは振り向いた。

アンドルーはドアの枠に寄りかかっていた。スーツのジャケットは着ていない。シャツの袖をまくりあげている。どうやらシドニーとの話し合いがうまくいかなかったらしい。くたびれているように見えた。

それでも、目はあの不穏な空虚さを失っていなかった。

リーは、その目つきについて考えるのはあとまわしにした。とりあえず残りの写真に目を通した。ほかの物的証拠は記録されていなかった。バーの映像、ほとんど証拠能力のないナイキのスニーカー、ガラスのコーラ瓶に残っていた指紋だけ。アンドルーの指紋は州のデータベースに登録されていなかったと考えるのが妥当だろう。ジョージア州では、重罪犯だけがその不名誉をこうむる。

「どうしてあなたが容疑者にされたのか知ってる？」リーは尋ねた。

「バーで会った男、つまり僕だと声でわかったと、タミーが警察に話したからだけど、勘違いだよ――あの夜会ったばかりなのに、僕の声だとわかるわけがないだろう？」

リーは口を引き結んだ。被害者の記憶は鮮明だった、とりわけ九十八分間も会話したばかりなら、と言うこともできる。現時点でアンドルーにとってなにより大きなプラスの点はロヒプノールだ。薬物による記憶障害のため、カールセンの供述は信用できないと専門家に証言させることができる。

アンドルーに尋ねた。「指紋はいつ採られたの？」

「警察が職場に来て、任意同行に応じないのならしょっぴくと脅したんだ」

レジーが言った。「その場で弁護士を呼ぶべきだったな」

アンドルーは後悔していると言わんばかりにかぶりを振った。「自力で疑いを晴らすつもりだった」

「いやいや、警察は疑いを晴らされては困るんだ。どうしても逮捕したいんだよ」

リーは椅子の上で体の向きを元に戻した。事件のファイルをめくった。アンドルーの指紋を採取するための令状があるが、署名した判事は一刻も早くゴルフコースに出られるのなら水責めすら認めかねない人物だった。とはいえ、取調室でアンドルーが飲んだミネラルウォーターのボトルから指紋を採ったりせず、きちんと令状を取ったことから、検察の本気度がうかがえる。

アンドルーが言った。「無実ならなにひとつ隠すことはないと思ってたのに。それがこのざまだ。ひとりの人間に指さされただけで人生が台無しになってしまった」

「だから、おれたちがいるんじゃないか」レジーが言った。「コリアー先生なら片手を背中に縛りつけられていようが、あのいかれたクソ女をやりこめてくれる」

「そもそもやりこめてもらう必要なんてなかったのにな」アンドルーは言った。「タミーとはうまくいってたんだ。もしシドがうちで待っていなければ、翌日タミーに連絡していたんだけど」

レジーに寄りかかられ、椅子が大きくきしんだ。「なあ、これは戦争だ。人生をかけた戦いなんだよ。反則上等のつもりでないと、むこうだってそうなんだからな。ああしていればこうしていればと、刑務所でくよくよ後悔したいのか？　先生からも言ってやってくださいよ。紳士的に振る舞ってる場合じゃないって」

リーはふたりのあいだで板挟みになる気などなかった。パソコンを引き寄せ、〈VICTIM PHOTOS〉のファイルに目を戻した。矢印のキーを押し、レイプ検査キットの報告書をめくった。どの近接写真もいままで見たことのあるものよりはるかにむごたらしかった。暴力をさんざん目《ま》の当たりにしてきたリーですら、この狭苦しい部屋で声の大きな男ふたりが女の悪口をまくしたて、その一方でモニターには残虐な性的暴行の証拠が次々と映し出されているという状況では、にわかに心細くなってきた。

タミー・カールセンの背中の皮膚はかきむしられていた。胸と肩には歯形。腕や尻、脚の裏に手形のように残る痣。彼女はコーラ瓶で切り裂かれていた。太腿から鼠蹊部にかけてえぐるような挫傷と裂傷。切れた肛門。クリトリスもちぎれかけ、ほんの小さな組織片がつなぎとめている。出血がひどく、あずまやのコンクリートの床には尻が大量の血液でべったりとくっついていた跡がある。

「うわ」アンドルーが言った。

リーは戦慄《せんりつ》をこらえた。アンドルーが背後に立っていた。パソコンのモニターには、カールセンの傷ついた胸が映っている。乳首のまわりのやわらかな肉に歯形が残っていた。

「僕がこんなことをするなんて、よくも考えるよな。監視カメラだらけなのにバーからついていった僕もばかだけど」

アンドルーがソファに戻ったので、リーはほっとした。

「納得できないよ、ハーリー」ソファに座ると、アンドルーの声は小さくなった。「僕はいつも監視カメラを意識している。バーにいるときだけじゃない。ATMでも。道端でも。うちの店でも。普通の家のドライブウェイや玄関のブザーにもカメラが設置されてるよね。カメラはどこにでもある。いつでも監視している。人の行動をすべて記録している。他人に――その他人がどんなやつだろうが、危害をくわえれば、かならずカメラに一部始終を捉えられているんだよ」

そのときリーがアンドルーの目を見てしまったのは失敗だった。アンドルーはまっすぐにリーを見据えていた。目の前で彼の表情が変わり、左側の口角があがって嘲笑が浮かんだ。一瞬のうちに、彼は不運な無実の男から、タミー・カールセンにキスをし、車を尾行して彼女が意識を失うのを待ち、誘拐してレイプした、人当たりのいい異常犯罪者に変身していた。

「ハーリー」ささやくような声で彼は言った。「僕がやったと言われていることを想像して」

誘拐罪。強姦罪。加重暴行罪。加重ソドミー罪。加重性的暴行罪。

「母さんを除けば、きみはだれよりも前から僕のことを知ってる」アンドルーはつづけた。「僕にそんなことができる？」

モニターに目をやるまでもなく、リーの網膜にはレイプ検査キットの写真が焼きついていた。ひらいた傷口、えぐられた傷、歯形、引っかき傷、どれもいま、新たな獲物を見つけたかのようにこちらを見つめているけだものの仕業だ。

「僕ならもっと賢くやれたかもと思わないか？」アンドルーが言った。「カメラを避けて。目撃者を避けて。なにひとつ手がかりを残さない」

リーは生唾を呑みこもうとしたが、喉が詰まった。

「ねえハーリー、きみがもし重大な犯罪、たとえば他人の人生をぶっ壊すような罪を犯したとして、ばれずに逃げる方法ってあると思う？」アンドルーはいま、座面の端に座っていた。体に緊張感がみなぎっている。両手は拳に握られている。「僕たちが子どものころとは時代が違う。あのころは、人を殺しても逃げおおせることができた。そうだろう、ハーリー？」

リーはするりと昔に引き戻されたような気がした。十八歳、大学に入学するまであと一カ月もあったのに、早くも荷造りをしていた自分に。実家のキッチンで電話の受話器を取る自分。バディが死んだとキャリーが言うのを聞いている自分。車に乗っている自分。トレヴァーの部屋にいる自分。あのキッチンにいる自分。そして、なにをすべきか、どうやって血痕を消すか、壊したビデオカメラの残骸をどこに捨てるか、死体をどうやって始末するか、現金をどうするか、警察になにを話すか、キャリーに指示している自分。あのときリーは、お姉ちゃんが全部考えたんだから大丈夫逃げおおせると、キャリーに言って聞かせた。

全部ではなかったのか。

リーはのろのろとレジーに向きなおった。彼はなにも気づいていない様子で、ぼんやりと携帯電話になにかを入力していた。

「犯人は――」声が喉に引っかかった。「犯人はカールセンにナイフを使用したとのことだけど。警察はそのナイフを発見したの？」

「いいえ、見つけていません」レジーは入力をつづけた。「それでも、傷口の大きさと深さから、おそらく刃渡り十二・五センチ、鋸歯状のナイフと見られています。たとえば、安物のキッチンナイフとか」

ひびの入った木の柄。ゆがんだ刃。鋸《のこぎり》のような鋭いぎざぎざの刃。

レジーは入力を終えた。「あなたのサーバーに写真のファイルを送っておきますから、あとで見てください。警察は、ほかの三人の被害者にも同じナイフが使われていると言っています。三人とも同じ場所に同じ傷を負ったそうです」

「傷？」リーは自分の声が耳のなかで響くのを聞いていた。「どんな傷？」

「左の太腿、鼠蹊部の数センチ下」レジーは肩をすくめた。「被害者たちは運がよかった。もうちょっと深かったら、大腿動脈を切られていたところです」

3

レジーのオフィスから一キロ半ほど車を走らせたところで、胃が限界に達した。何度もクラクションを鳴らされながら、車を路肩に寄せた。助手席に倒れこんだ。急いでドアをあける。口から胃液がほとばしり出た。吐くものがなくなっても、えずくのを止められなかった。下腹に何本ものナイフが刺さっている。頭が低い位置にぶらさがり、顔が地面につきそうだった。悪臭でまた吐き気がした。空えずきがはじまった。涙がこぼれた。顔に汗の粒が噴き出た。

鋸歯状のナイフと見られています。

ひどく咳きこんだせいで、まぶたの裏に星が散った。転落しないようにドアにつかまった。痙攣《けいれん》のような身震いが止まらないのが苦しかった。痛みを伴いながらも、少しずつ空えずきはおさまっていった。それでもリーはしばらく車から上体を出したまま、きつく目を閉じ、震えるのをやめてくれと自身の体に懇願した。

おそらく刃渡り十二・五センチ。

リーは目をあけた。口から細く垂れた唾液が踏みしだかれた草地に溜まっていた。必死に息を吸った。ふたたび目を閉じた。さらに待ったが、もう吐き気は戻ってこなかった。

たとえば、安物のキッチンナイフとか。

リーはそろそろと体を起こしてみた。口元を拭った。ドアを閉めた。ハンドルを見つめた。運転席と助手席のあいだのコンソールにかぶさっていた脇腹が痛かった。トラックがすぐ横を走り過ぎた瞬間、車体が揺れた。

レジー・パルツのオフィスでは、パニックを起こさなかった。自動操縦のような状態――体はそこにあるのに、どこか別の場所にいるような、魂が天井近くを漂っているような、見えているのに感じていないような状態になっていた。

そして、眼下でもうひとりの自分が腕時計に目をやり、驚くふりをするのを眺めていた。自分の分身は、事務所で打ち合わせがあるのだとアンドルーとレジーに告げた。席を立つと、ふたりも立ちあがった。バッグを肩にかけた。レジーはパソコンに目を戻した。アンドルーは彼女の一挙一動をじっと見ていた。蛍光灯が点滅してまた明るくなるように、アンドルーはふたたび穏やかな目をした無害そうな男に戻った。彼の言葉は消防ホースの水流のようにリーを襲った。**もう帰るんだ残念だな肝心な話はこれからだと思ってたんだけどあとで電話してもいいかなそれか明日の午後コールと打ち合わせするときに会えるかな？**

天井の真下にふわふわと浮かんだまま、リーはもうひとりの自分が彼になにか答えるのを見ていたが、自身の声は聞こえず、会う約束をしているのか会えない口実を話しているのかはわからなかった。やがて、もうひとりのリーはさよならと手を振った。そして待合室へ出ていった。

もうひとりのリーは、落ち着いているふりをつづけた。立ち止まり、消毒液を手につけた。ゴミ箱から取り出され、カウンターに目立つように置かれたダンキンドーナツの空のコーヒーカップに目をやった。それから、通路を歩いた。階段をおりた。ガラス扉をあけた。コンクリートの階段の上に立った。崩れかけている階段をおりた。駐車場を見渡した。シドニー・ウィンズロウが煙草を吸っていた。リーの姿を認めたとたん、口元が嫌悪にゆがんだ。親指で煙草の灰を落とし、車高の低いスポーツカーにもたれた。

アンドルーの車に。

不意に魂が体のなかに戻った衝撃でめまいがし、リーはつんのめった。ひとりの人間に戻ったのだ。嗜虐《しぎやく》的なレイプ犯に、バディ殺しに加担したことがばれている、それどころか自身も同じ手口で被害者を襲っていると告げられたひとりの女に。

もうちょっと深かったら、大腿動脈を切られていたところです。

「くそババア」シドニーは喧嘩腰で車から体を離した。「あんた、あたしの婚約者にあたしを信用するなって言ってくれたみたいね」

リーはなにも言わず、愚かな女をまっすぐ見返した。心臓が暴れていた。肌は火照《ほて》ると同時に冷たくなった。胃に大量の剃刀の刃が詰まっていた。リーを戦慄させたのはアンドルーの車だった。

黄色いコルベット。

バディが乗っていたのと同じ色、同じ車種。

突然、騒々しいクラクションの音がした。トラックが横を走り過ぎていき、アウディが大きく揺れた。リーはサイドミラーに目をやった。後輪が道路のセンターラインを踏んでいた。リーは車を動かそうともせず、走ってくる車を見つめ、だれか――だれでもいいからぶつけてくれないかと願った。またクラクション。トラック、セダン、ＳＵＶが通り過ぎたが、バディのコルベットの黄色は見えない。

アンドルーの。

彼はもうトレヴァーではない。あの三十三歳の男は、リーを驚かせようといつもソファの裏から飛び出してきたいやらしい五歳児ではない。いまでもリーは、やめなさいと叱られた小さな彼が、流れてもいない涙を拭いていたのを覚えている。アンドルーは明らかに父親の死の真相を知っているが、でもどうやって知ったのだろう？　なにが原因でばれたのだろう？　あの夜、自分が愚かなミスをしたから、ついにアンドルーはばらばらの断片をつなぎ合わせることができたのだろうか？

きみがもし重大な犯罪、たとえば他人の人生をぶっ壊すような罪を犯したとして、ばれずに逃げる方法ってあると思う？

洟をすると、どろりとしたいやなにおいの塊が喉をすべり落ちた。バッグのなかのティッシュを探した。見つからなかった。バッグを助手席に放り出した。中身が散らばった。ティッシュのパックの下に、派手なオレンジ色のピルケースがあった。

精神安定剤のバリウムだ。

だれにとっても、この一年はなにかに頼らなければ乗り切るのが難しかった。リーは酒を飲まない。自制がきかなくなるのがいやなのだが、眠れないのはもっといやだ。選挙の騒乱が長引いていたころ、リーはバリウムを処方してもらった。医師は〝全世界で流行の薬〟と呼んでいた。

眠くなる薬。

バディはアンドルーのナイキルをそう呼んでいた。バディは帰宅してアンドルーがまだ起きていると、リーに〝おい、お人形さん、今夜はあいつがぐずぐず言うのにつきあってやる気分じゃないから、帰る前に眠くなる薬を飲ませといてくれ〟といつも言った。

リーの耳には、いま車の後部座席にバディが座っているかのように、あの特徴的なバリトンが聞こえた。もぞもぞと背中を這いまわる彼の手の感触が、勝手によみがえってきた。両手がひどく震えはじめたので、リーは歯でバリウムの蓋をこじあけた。オレンジ色の錠剤が三錠、手のひらにこぼれた。全部口に入れ、飴《あめ》のように水なしで飲みこんだ。

両手をきつく握り合わせて震えを止めようとした。薬が効いてくるのを待った。ピルケースにはまだ四錠残っている。効かなければ全部飲めばいい。いまこんなことをしている余裕はない。恐怖に溺れるなどという贅沢は許されない。

アンドルー・テナントとリンダは、もはや貧しいワレスキー親子ではない。テナント自動車販売グループの経営者として、金でなんでも解決できる。リーは、弁護士事務所の仕事をやるという約束でレジー・パルツを追い払ったつもりだったが、アトランタの調査員は彼だけではない。アンドルーは一帯の調査員をひとり残らず雇い、二十三年前には一顧だにされなかった不審な点について調べさせることができる。たとえば——。

キャリーがバディを助けたかったのなら、なぜリンダに電話をかけなかったのか？　リンダの職場の番号はキッチンの電話のそばの壁に貼ってあったのに。

アンドルーが誤って電話のコードを壁から引き抜いてしまったのなら、なぜそのことを覚えていなかったのか？　それに、なぜ翌日あんなに元気がなかったのか？

あの晩、なぜキャリーはリーに車で迎えに来てくれと電話をかけたのか？　それまで何百回となく徒歩で往復していたのに。

なぜ隣人はバディのコルベットがドライブウェイで何度かエンストするのを聞いたと証言したのか？　バディはマニュアル車の運転に慣れていたはずだが。

納屋の手斧《ておの》はどうしてなくなったのか？
ガソリン缶がなくなったのはなぜか？
キャリーが鼻の骨を折り、切り傷や打ち身だらけだった原因は？
下宿先も決まっておらず余分な金もなかったのに、リーが大学の新学期開始より一カ月も前に家を出たのはなぜか？

八万六千九百四十ドル。

バディが死んだ日、彼は大きな仕事の報酬を得たばかりだった。ブリーフケースには五万ドルが詰まっていた。リーとキャリーは、家のあちこちに隠されていた残りの現金を見つけた。

その金をどうするか、リーとキャリーは何度か話し合った。キャリーは、リンダのためにいくらか残していくべきだと言い張った。リーは同じくらい強く、十セント硬貨一枚でも残せば自分たちのしたことがばれると主張した。バディ・ワレスキーがほんとうに夜逃げしたのであれば、手持ちの現金を残らず持ち逃げしたはずだ。自分のことしか考えていない男だったのだから。

ついにキャリーを納得させたきわめつけのひとことを、リーはいまでも覚えている。**自分も血を流したのなら、他人の血の代償を横取りすることにはならないよ。**

またクラクションを鳴らされた。リーは今度もぎくりとした。汗が乾いて肌がひんやりとした。エアコンの風量を弱めた。泣きたくなったが、泣いてもしかたがない。集中しなければ。法廷ではつねにほかのみんなより十歩先にいる必要があるのに、いまは気力を精一杯奮い立たせなければ、どちらの方向に一歩踏み出せばいいのかすらわからない。

リーはアンドルーの言葉を一言一句違えず、彼の口元に浮かんだ嘲笑とともに思い出した。

僕たちが子どものころとは時代が違う。あのころは、人を殺しても逃げおおせることができた。

キャリーと自分はなにを見逃していたのだろう？　ふたりとも未成年のギャンググループに属してはいなかったが、少年院に入ったことはあるし、なによりあの界隈《かいわい》で育った。証拠を消すすべは直感的に知っていた。血にまみれた服も靴もドラム缶で燃やした。ビデオカメラはばらばらに砕いた。家のなかを徹底的に掃除した。バディの車は主要な部品をはずして火をつけた。ブリーフケースは壊した。スーツケースに彼の服や靴まで詰めて運び出した。

ナイフだけは置いてきた。

リーはあのナイフも処分したかったのだが、キャリーは、一本だけなくなったらリンダが気づくと反対した。結局、キャリーはシンクで血の筋を洗い流した。それから、木の柄を漂白剤に浸けた。爪楊枝《つまようじ》で柄と中子《なかご》の境目まで掃除した。リーが中子という言葉を知っているのは、あのとき以来、万が一にも捜査の手がのびてきた場合に備えて、年に一度は細部まで念入りに見なおすようにしてきたからだ。

頭のなかで問題点をすばやく並べ、ひとつひとつ消していったが、その拠《よ》りどころになるのは、頼りない子どもの記憶と、十八年前に他界した隣家の老夫婦の証言しかない。物的証拠はない。死体は発見されなかった。凶器も見つかっていない。不審な髪の毛、歯、血液、指紋、DNAも。バディ・ワレスキーがキャリーをレイプしていたことを知っているのは同類の人でなしだけで、子どもを食いものにしたことは秘密にしておきたがるはずだ。

パターソン校長。ホルト監督。ミスター・ハンフリー。ミスター・ガンザ。ミスター・エメット。

マディ。ウォルター。キャリー。

優先すべきことから焦点をはずしてはだめだ。これ以上、恐怖に溺れていてはいけない。リーはサイドミラーに目をやった。車の流れが途切れるのを待ち、路上に出た。

車を走らせているうちに、バリウムが血流に乗って広がった。リーは、緊張がやや解けてくるのを感じた。座席にゆったりと背をあずけることができるようになった。道路の黄色いセンターラインがトレッドミルのベルトに変わった。建物や木々や大小の看板が飛ぶように過ぎていった——〈コロネード・レストラン〉、〈アップタウン・ノヴェルティ〉、

〝感染対策を！　ワクチン接種を！　アトランタの産業を守りましょう！〟

「くそっ」リーはつぶやき、ブレーキペダルを踏みこんだ。前の車が急ブレーキをかけたのだ。エアコンの風量をふたたび〝強〟に戻した。冷たい風が顔に当たった。急停止した車を追い越した。慎重に運転していると、老女になったような気がした。前方で青信号が点滅しはじめたが、スピードはあげなかった。ゆっくりと停車した。方向指示器をつけた。銀行の外に時刻と気温のデジタル表示版があった。

午前十一時五十八分。摂氏二十二度。

リーはエアコンを切った。窓をあけた。暖かい空気が全身を包んだ。いま汗ばんでいるのも当然のように思えた。バディ・ワレスキーが死んだ蒸し暑い八月の夜、リーとキャリーの服は血と汗でぐっしょり濡れていた。

バディは建設業者だった。いや、本人の話ではそういうことになっていた。コルベットの狭いトランクに、ペンチやハンマーの詰まった道具箱が入っていた。自宅裏庭の納屋には、防水布やテープやビニールシートがあったし、ドアの内側のフックには大きな手斧がかかっていた。

あのとき、リーとキャリーはまずバディの死体をビニールシートの上に転がした。そして、両手両膝をついて、死体の下に溜まった血液を拭き取った。次に、食卓と椅子を死体のまわりにうまく配置して、即席のバスタブをこしらえた。

そのあとのことは、一秒たりとも残らずリーの記憶に焼きついている。切れ味のましなナイフで死体の肉を切り取った。手斧で関節を叩き切った。歯をハンマーで砕いた。キャリーの皮膚片がこびりついているかもしれないので、爪をペンチで剝ぎ取った。指紋を消すために、剃刀で指先を削った。DNAを残さないように、使ったものすべてを漂白剤で洗った。

ふたりで交替しながら作業したのは、精神的にきついからだけではなかった。巨体を切り分け、大きな黒いビニール袋に詰めていくには、体力を振り絞らなければならなかった。リーは作業のあいだずっと歯を食いしばっていた。キャリーはずっと、あの癇に障る台詞《せりふ》を果てしなく繰り返していた――**電話をかけたい場合は、いったん電話を切り、おかけなおしください……緊急の場合は……**。

ただ、リー自身も頭のなかで同じ言葉を唱えていた――**わたしのせいだ全部わたしのせいだわたしのせいだ……**。

リーがワレスキー家でベビーシッターをはじめたのは十三歳のときで、トレヴァーは五歳だった。紹介で得たアルバイトだった。はじめての夜、リンダは信頼を裏切らないことがどんなに大切か、くどくどと説教してから、キッチンの壁に貼ってある緊急連絡先のリストをリーに読みあげさせた。中毒事故管理センター。消防署。警察署。小児科医。病院に勤めているリンダの番号。

あの陰気な家のなかをざっと案内してもらうあいだ、トレヴァーは怯えた子猿のようにリンダの腰にしがみついていた。照明をつけては消す。冷蔵庫と戸棚の扉をあけては閉める。夕食はここに。おやつはここに。トレヴァーを寝かしつける時刻はこれ。読み聞かせる本はこれ。バディは遅くても午前零時までには帰宅するけれど、それまでは絶対にトレヴァーをひとりで置いて帰らないようにと、リンダはリーに約束させた。そして、もしバディが帰ってこなかったり、酔っ払って帰ってきたら――ちょっと酔っている程度ではなく、泥酔していたら――すぐさま職場にいるリンダに電話をかけ、帰ってきてもらうことになっていた。

当時、リンダの説教は大げさだと感じた。リーはレイク・ポイントで育った。裕福な白人たちが湖《レイク》を干上がらせて出ていったあと、残った黒人が泳ぐ水は残っていなかった。何軒もの小さな空き家は麻薬依存症者の溜まり場になった。しょっちゅう銃声が聞こえた。リーの通学路に公園があったが、子どもの数より割れて捨てられた注射器の数のほうがよほど多かった。リーはそれまで二年間、別の家でベビーシッターをしていたが、身を守るすべも知らない間抜けだと思われたことはなかった。

リンダはリーの苛立ちを感じ取ったのだろう。すぐに警戒レベルをさげた。どうやらワレスキー家は無責任な連中に悩まされていたらしい。あるシッターはドアに鍵もかけずにトレヴァーをひとりで置き去りにした。別のシッターは突然来なくなった。また別の娘は電話にも出なかった。リンダには、わけがわからなかったようだ。リーも不思議に思った。

リンダが出勤して三時間後、バディが帰宅した。

バディの視線は、それまでリーが体験したことのないものだった。顔から脚へ。品定めする目。評価する目。唇の形や、色あせたデフ・レパードのTシャツを押しあげるふたつの小さなふくらみを検分する目。

バディは威圧感のある大男で、彼がバーへのしのしと歩いていくと、家が揺れた。彼は自分で酒を注いだ。だらしない口元を手の甲で拭った。口をひらけば、巧妙に質問を埋めこんだ不適切なお世辞を洪水のようにほとばしらせた――**いまいくつだお人形さんまだ十三にもなってないだろうでも一人前の大人みたいだなきっと親父《おやじ》さんは近づいてきた野郎どもを棒でぶん殴って追い払うんだろ、なんだと親父さんを知らないのかそりゃかわいそうに嬢ちゃんみたいなかわいい子には守ってくれる強い男が必要だよな。**

あのときリーは、バディはリンダと同じ理由で新しいベビーシッターを質問攻めにしているのだろうと思ったが、振り返ればあれは瀬踏みだった。法執行機関の関係者たちに〝グルーミング〟と呼ばれている手口で、小児性犯罪者はみんな似たり寄ったりのありきたりな脚本に沿って芝居をする。

バディはリーに、興味のあることはなにか、得意な教科はなにかなどと尋ね、リーの真面目さを冷やかし、きみのほうがおれより賢い、おもしろい、もっと楽しい人生を送れるだろうなどと持ちあげた。質問は止まらなかった。彼は、自分はきみの知っているおじさん連中とは違うと言いたいようだった。たしかに自分もおじさんだが、若者の悩みはよくわかるというわけだ。彼はリーにマリファナを差し出した。リーは断った。すると、飲み物が出てきた。リーは咳止めシロップのような味のする液体を舐めながら、お願いですお願いだから早く家に帰らせて勉強したいんですと心のなかで願った。

しばらくしてついに、バディは太い手首にはまったばかでかい金時計をこれ見よがしに見やった。大げさにあんぐりと口をひらいた――**しまったお人形さん、もうこんな時間だきみとなら一晩中だってしゃべれるがお袋さんが起きて待ってるだろうからなでもお袋さんはいつもなにしてんだどこ行ってたんだってうるさいだろきみはもう一人前で自分のことは自分で決められるのになそうだろ？**

リーはあきれて思わず目を天に向けた。母親が起きて待っているとすれば、リーがトレヴァーの見守りで稼いだ金を奪い取るためにほかならない。

そのことにバディは気づいたのだろうか？　とにかく、あの瞬間を境に雰囲気が変わったのはたしかだ。おそらく彼は、集めた情報をひとつに組み合わせていた。父親はいない。母親は頼りにならない。学校に友人はほとんどいない。つまり相談できるような相手がいない。

バディは、外は真っ暗だと言いだした。この近所は物騒だ。雨も降りそうだ。家まで歩いて十分かもしれないが、こんなにかわいい子が夜にひとり歩きしてはいけないとたたみかけた。**きみみたいなちっちゃな子は悪いやつにひょいとポケットに入れられて連れていかれるぞそんなの悲しすぎるじゃないかバディは二度とそのかわいい顔を見られなくなっちまうのにいいのかバディは悲しむぞほんとにそんなひどい仕打ちをするのか?**

リーはうんざりしたのと同時に申し訳なくなり、それだけならまだしも、閉じこめられたように感じた。今夜は泊まっていけとしつこく言われるのではないかと怖くなった。だが、バディは家まで車で送ってやると言った。リーはほっとするあまりその申し出を受け入れ、さっさと宿題をまとめてリュックに詰めこんだ。

思いにふけっていたリーは、信号が青に変わっているのに気づくのが遅れた。またクラクションを鳴らされた。リーは交差点を曲がった。体の動きがぎくしゃくしているのを感じながら、日陰の裏道を走った。風はなく、木々の葉擦れの音もしなかったが、ひらいた窓から吹きこむ空気の音が聞こえた。

ワレスキー家のカーポートは家の脇にあった。勝手口のそばにバディの黄色いコルベットがとまっていて、窓はあいたままになっていた。古いモデルだった。ボンネットには錆《さび》が浮いていた。塗装も褪《あ》せていた。コンクリートに消えない油染みがあり、バディがいつもそこに駐車しているのがわかった。車内は汗と煙草とおが屑のにおいがした。バディは芝居がかった手つきでドアをあけ、腕力を誇示するように力瘤《ちからこぶ》を作ってみせた。**プリン**

ス・チャーミングになんなりとお申しつけくださいお嬢さま指をパチンと鳴らせばいつでもどこでもこのバディめが飛んでいきます。

バディが運転席にまわったとき、リーは真っ先に、ピエロがおもちゃの車に無理やり乗りこもうとしているみたいだと思った。バディはうめき声だの鼻息だの騒々しく音をたて、ようやく運転席に巨体をねじこんだ。背中を丸めた。座席を後ろにさげた。リーは、彼の大きな手がシフトノブをつかむのを見ていたのを覚えている。シフトボックス全体が見えなくなった。彼は熊の前肢《まえあし》のような手をシフトノブに置いたまま、ラジオから流れる曲に合わせてコツコツと指でリズムを刻んでいた。

キャリーが取り憑かれていたのは、キッチンの壊れた電話から流れる自動音声だった。リーは、ホール＆オーツの《キッス・オン・マイ・リスト》に合わせて歌うバディの耳障りな裏声に取り憑かれている。

あの夜、二分ほど走ったとき、カーラジオが放つオレンジ色の薄明かりのなか、バディの手がのびてきた。彼はまっすぐ前を見ていたが、手はシフトノブに置かれていたときと同じようにリーの膝をとんとんと叩いた。

おれはこの曲が好きでねきみはどうだいい曲だろうでもいままで男とキスをしたことがあるかなキスってどんな感じか知ってるか？

リーは麻痺したように動くことができず、ひび割れた革に背中を汗で張りつかせ、バケットシートに囚《とら》われていた。バディの手は膝を離れず、車はゆっくりと路肩に停止した。そこはデガイル家の前だった。リーは前年の夏に何度かデガイル家の娘ハイディの子守りをしたことがあった。玄関ポーチの明かりはともっていた。

大丈夫だお嬢ちゃんバディおじさんを怖がらないでくれ絶対に痛いことはしないよでもなんてやわらかい肌なんだ桃みたいな産毛だな赤ちゃんみたいだ。

バディはあいかわらずリーを見ていなかった。目は前方に向いたままだった。唇の隙間から舌が覗いていた。ソーセージのような指がリーの膝をくすぐり、スカートの裾をじわじわとまくりあげていった。彼の手の重みはまるで金床《かなとこ》がのっているようだった。

リーはあえいだ。めまいがして、心臓が喉から飛び出さないように、リーは胸を押さえた。肌がじっとりと湿っていた。暴れるまでもリーは、車を降りる直前、バディから最後に言われたことを覚えている――。いまでもリーは、車を降りる直前、バディから最後に言われたことを覚えている――。

このことはふたりの秘密だ今夜のバイト代は上乗せしておくからなでも秘密にすると約束してくれ怒ったお袋さんがきみにお仕置きして二度と会えなくなるからな。

リーは家に入ったと同時に、バディに膝をさわられたと母親に告げた。

ばかだねえハーリーリーなにもできない赤ん坊じゃあるまいし今度やられたら手を払いのけてやめろクソ野郎って言ってやんな。

もちろん、バディはまた同じことをしようとした。だが、母親の言うとおりだった。彼の手を払いのけ、やめろクソ野郎とどなりつけたら、それで解決した。**なんだよお嬢ちゃんわかったわかったそんな大騒ぎすることじゃないってそれにしてもたいしたタマだいつかどこかのかわいそうなやつを手こずらせるぞ。**

　たとえば、男性教師に胸がどんどん大きくなるなあと言われたり、スーパーマーケットで会った老人にもうすぐ本物の女になれるぞと言われたりしたときのように、人は思い出したくもないほどおぞましいことは忘れるものだが、リーもバディの一件を同じように忘れてしまった。三年がたち、車を買う資金が貯《た》まり、遠くのショッピングモールでもっといい仕事ができるようになると、リーはベビーシッターのアルバイトをキャリーに譲って、感謝された。

　青信号に変わった。リーの足はアクセルを踏んだ。涙がだらだらと頬を流れていた。リーは手で涙を拭いかけ、いまいましいコロナウイルスのせいで思いとどまった。ティッシュを一枚取り出して丁寧に目の下を押さえた。もう一度、大きく息を吸いこんだ。胸が痛くなるまで息を止め、食いしばった歯のあいだからシューッと吐き出した。

　コルベットのなかのできごとはキャリーに話していない。バディの手など払いのけろと教えたこともなかった。キャリーに近づくなとバディを牽制したこともない。リンダにもだれにも言わなかった。頭の奥底に沈めていたあの恐ろしい記憶が、彼を殺したのがきっかけでふたたび浮かびあがってきたときには、罪の意識に溺れるほかに、なすすべがなかったからだ。

もう一度、口をあけて息を吸いこんだ。またここがどこかわからなくなりかけた。あたりを見まわして場所を確かめた。アウディのほうが先に行き先を思い出した。左へ曲がり、しばらく直進し、右に曲がってショッピングモールの駐車場に入った。

ニック・ウェクスラー巡査部長のパトカーが、いつものランチタイムと同様に、額縁店とユダヤ料理のデリのあいだのスペースにとまっていた。駐車場は半分しか埋まっていない。デリのテイクアウト用のドアまで、ソーシャルディスタンスをあけて並ぶためのラインが引いてある。

リーはしばらく車から降りなかった。化粧をなおした。数粒のミントタブレットを嚙み砕いた。真っ赤な口紅をつけた。荷物の山からノートとペンを取った。アンドルーの事件に関するメモをめくり、まっさらなページを出した。下部に文字を書いた。バリウムが効いていた。両手の震えは止まっていた。心臓の鼓動の音も聞こえなくなった。

ページの下部を破り取り、小さな四角にたたんでブラジャーのストラップに挟んだ。アウディを降りると、ニックがすでにこちらをじっと見ていた。リーはことさらに腰を振って歩いた。ふくらはぎに力をこめて一歩ずつ踏み出した。歩いているあいだに、人格をスライドさせた。ウォルターのそばにいるときの無防備な女ではなく。レジー・パルツと会ったときの冷徹な女でもなく。ニック・ウェクスラーの前では、アトランタ市警の巡査部長にスピード違反のチケットを切られているあいだに彼と軽口をたたき、三時間後にはファックする女になる。

リーが近づいていくと、ニックは指で口を拭った。リーはほほえんだが、口角をあげすぎた。バリウムのせいだ。間抜けたにやにや笑いになってしまった。パトカーの前を横切るあいだ、ニックの視線が追いかけてくるのを感じた。

窓はあいていた。

ニックが言った。「よう先生。どこに隠れてたんだ？」

リーは助手席にたまった堆積物を手で払うしぐさをした。「がらくたをどけて」

ニックはノートパソコンをのせたスタンドをはねあげ、ほかのものを腕で床に払い落とした。ドアハンドルをつかもうとしたリーの手は、一度目は失敗した。視界がかすんでいた。まばたきし、ニックにほほえみかけながらドアをあけた。彼のアトランタ市警の紺色の制服は暑さで皺くちゃだった。汗臭かろうが、やたらと色気のある男だ。真っ白な歯。豊かな黒い髪。深いブルーの瞳。たくましい腕。

リーはパトカーの助手席に乗りこんだ。靴のヒールがニックのランチバッグを踏みつけた。マスクを着けようともしなかった。バリウムの作用でいささか箍《たが》がゆるんでいるが、判断力まで失ったわけではない。現場労働者は二月にワクチンを優先的に接種している。ニックス・ウェクスラーから感染することがあるとすれば、コロナウイルスではなく梅毒だろう。

ニックが言った。「おれに証言を頼みたくて来たのか」

リーは汚れた窓ガラスの外を眺めた。デリの行列は少しずつ前に進んでいた。笑みを浮かべた頰がこわばった。脳のどこか奥のほうで不安がふつふつとたぎっている。その不安と一緒に、アンドルーが昏《くら》い場所にひそんでいる。

「おい」ニックがリーの目の前でパチンと指を鳴らした。「なにをキメたのか知らんが、わけてくれないのか？」

「バリウム」

「また今度にしておくよ。手コキで手を打とう」

「また今度にしとく。あなたがそれで手を打ったことある？」

ニックは参ったというようにククッと笑った。「久しぶりにここに来たのは理由があるんだろう、先生？　なにかやらかしたのか？」

共謀して人を殺した。死体を遺棄した。警察官に虚偽の証言をした。嘘ばかりの供述書に署名した。州外へ逃げた。

リーは答えた。「頼みがあるの」

ニックは眉をあげた。ふたりはたがいに頼みごとなどしない。たまに寝る関係であることが露見したら、それぞれ職を追われるはめになる。警察官と刑事弁護士とは、チャーチルとヒトラーのような関係だ。

リーは言った。「仕事には関係ないことなの」

ニックはあからさまに怪訝《けげん》そうな顔をした。「ほう」

「クライアントに踏み倒された。捜し出して、報酬を払ってもらいたい」

「ブタ野郎・カス野郎&間抜け野郎のシャイロックどもがうるさいのか？」

また口元がだらしなくほころんだ。「まあそんな感じ」

ニックはまだ怪しんでいた。「おたくのところでは弁護士みずから逃げた客を追いかけなきゃいけないのか？」

「ほかを当たるわ」リーはドアに手をのばした。

「待て待て。ちょっと待ってくれ、先生。まだ行くな」ニックは警官らしい口調で話したが、手はリーの肩にそっとかかっていた。親指がうなじをなでる。「なあ、どうしたんだ？」

リーは彼の手を振り払った。この男とはなだめたりなだめられたりする関係ではない。そんな顔を見せてもいいのはウォルターだけだ。

ニックはもう一度尋ねた。「なにか困ってるのか？」

リーには、その〝おれにまかせろ〟的な言い方が気に食わなかった。それもあって、ニックとはしばらく会っていなかったのだ。「困ってるように見える？」

ニックは笑い声をあげた。「先生と会ってる時間の九十九パーセントは、そのお利口な頭のなかでなにが起きてるのか、おれには見当もつかん」

「じゃあ残り一パーセントで埋め合わせて」挑発的な口調にするつもりなどなかったのに、そうなってしまった。いや、そのつもりだったのかもしれない。ニックと自分のしていることは、ある意味では自傷行為だ。その危うさが自分を生かしつづけてくれるのだと、リーにはよくわかっていた。

ニックにとってはリーの思惑などどうでもいいことだ。彼の視線はリーの体から脚へとおりていった。彼は女の眺め方のコツを心得ている。十三歳の少女を品定めしたバディのようないやらしい目はしない。レジー・パルツがオフィスでこの女はやれるかやれないかと値踏みしたような、無意識の女性蔑視がにじみ出た目でもない。〝きみのどこにどれくらい触れればいいかわかってる〟と語るたぐいの目だ。

リーは下唇を嚙んだ。

「くそ」ニックは言った。「わかったよ、そのクライアントの名前は?」

リーはここで飛びつくほどばかではない。「左のブラのストラップ」

またニックの眉があがった。周囲の様子をうかがい、だれも見ていないことを確認した。リーのブラウスの内側に手をすべりこませた。リーの肌は暑さに汗ばんでいた。彼の指が鎖骨をなぞり、胸へおりていった。彼の指が紙切れに触れた瞬間、リーは自分の呼吸が変わったのを感じた。彼は紙切れを二本指で挟んでゆっくりと取り出した。

「濡れてるぞ」

リーはまたにやついた。

「やれやれだな」ニックはノートパソコンをおろした。紙切れをひらき、膝に置いた。そこに書いてある人名を読んで笑った。「ホームガール（女友達の意。もとはアフリカ系やラテンアメリカ系コミュニティで使われていた）がどんな面倒を起こしたのか調べてみるか」

「それ、人種プロファイルじゃない？」

ニックは横目でリーを見た。「おれはファックしないでタマをつぶされたけりゃ女房のいる家に帰るぞ」

「わたしはつぶれそうなタマの持ち主とファックしたければ夫のいる家に帰る」

ニックはくっくっと笑いながら人差し指でキーボードを叩いた。

リーは深く息を吸い、ゆっくりと吐き出した。ウォルターのことをそんなふうに言ってはいけなかったのに。ニックはリーのこういう醜悪な部分を引き出す。いや、この世でただひとりウォルターだけが、リーのなけなしの善良さを引き出せるのかもしれない。

「おやまあ」ニックが眉間に皺を寄せてモニターを凝視した。「窃盗。規制薬物の不法所持。不法侵入。器物損壊。規制薬物の不法所持。規制薬物の不法所持。すごいな、どうしてこの女は刑務所に入ってないんだ？」

「最高の弁護士がついてたからよ」

ニックはかぶりを振りながらページをスクロールした。「おれたちはこういうのを有罪にするために必死こいて働いてるのに、あんたらはおれたちの努力をしゃぶって荒稼ぎしてるんだよな」

「まあね、でもほかのものもしゃぶってあげてるでしょ」

ニックはまたあの目でリーを見た。リーがことあるごとにセックスを持ち出す理由は、ふたりとも承知していた。

「先生のためにこんなことをしてるのがばれたら、おれはクビだ」

「やばいことをしてクビになった警官なんていたっけ？」

ニックはにんまりと笑った。「内勤のみじめさは知ってるか？」

「背中を撃たれるよりずっとまし」ニックににらまれ、リーは強く押しすぎたのを悟った。

そこで、さらに押した。「あなたも白人が警官を信用しなくなってるのを心配してるの？」

ニックはますます険しい顔つきになったが、それでも言った。「先生、今日はいい脚してよかったと思えよ」

リーは彼がパソコンに目を戻すのを見ていた。トラックパッドの上を彼の指がすべった。

「ほら。住む場所を転々としている――レイク・ポイント、リヴァーデイル、ジョーンズボロ」

アイオワの北端ではなく。農場でもなく。結婚もしていない。ふたりの子どももいない。

「彼女はもっと高級な住処《すみか》がお好みだ」ニックは胸ポケットからペンと螺旋綴《と》じのメモ帳を取り出した。「二週間前に信号無視で呼び出されてる。申告した住所はラブホテルだ。商売女か？」

リーは肩をすくめた。

「名前負けしてるな」ニックは笑った。「カライオピー・デウィンター」

「キャリオピーと発音するの」リーは訂正した。愚かな母親が正しい発音を知らなかったせいだ。「通称キャリー」

「少なくともひとつはまともな選択をしたんだな」

「問題はまともな選択をするかどうかってことじゃない。まともな選択肢があるかどうかよ」

「たしかに」ニックはメモ帳のページを破り取った。半分に折りたたみ、二本指で挟んだ。リーのブラジャーのストラップに挟みこもうとしなかったのは、仮にも警官であり、そこまで愚かではないからだ。「先生の相談料はいくらだ、一時間一万ドルくらいか？」

「まあそんなものね」

「どうすればそんな金額が底辺のジャンキー売春婦に払えるんだ？」

リーはいますぐニックの手からメモ用紙を奪い取りたいのを我慢した。「実家が金持ちなの」

「そんな作り話でごまかそうってつもりか?」

たったひとつの感情がバリウムの効果を突き破った。怒りだ。「どうでもいいでしょ、ニック。詮索しないで。その紙をさっさとよこして――」

ニックはメモ用紙をリーの膝に落とした。「降りてくれ、先生。そのジャンキーが見つかるといいな」

リーは車を降りなかった。メモ用紙を広げた。

〝アラメダ・モーテル スチュアート・アヴェニュー九九二一番地〟

リーはリーガル・エイドで働いていたころ、この安ホテルに暮らしているクライアントを何人も担当していた。貧しい人々が週百二十ドルの部屋代を払っていたが、敷金を貯めることさえできれば、一カ月の家賃四百八十ドルではるかに住み心地のいい部屋を借りられるはずだった。

ニックが言った。「おれは忙しいんだ。しゃべるか降りるか、どっちかにしてくれ」

リーの口がひらいた。真実を話そうかと考えた。

妹なの。一年以上会ってない。妹はジャンキーの売春婦のような暮らしをしてるけど、わたしはゲートつきのコンドミニアムに住んでいて、娘を一年間の学費が二万八千ドルの学校に通わせられるのに、妹がジャンキーの売春婦のように暮らしてるのは、わたしが妹をけだもののもとへ送りこんだうえに、自分もそいつに狙われたことがあるのを恥ずかしくて言えなかったから。

「わかった」真実のすべては無理でも、一部だけなら打ち明けてもいいだろう。「最初から正直に話せばよかった。この人は以前のクライアントなの。個人事務所を構えていたころの」

ニックは明らかにつづきを待っていた。

「小学校で本格的に体操をはじめた。そのうち、競技チアリーディングに打ちこむようになった」リーは目つきを険しくして、チアリーダーをネタにした下品なジョークを封じた。「フライヤーだったの。意味はわかる?」

ニックはかぶりを振った。

「二名ないし四名のスポッターと呼ばれる男子がいる。スポッターはフライヤーを掲げた手のひらの上に立たせて、フライヤーはポーズを取る。あるいは、スポッターはフライヤーをできるだけ高くトスする。地上四メートル、ときには六メートルの高さになることもある。空中で縦横に回転して落ちてきたフライヤーを、スポッターはたがいに腕を組んでバスケットを作って受け止める。スポッターがフライヤーを落としたり、受け止め方が悪かったりすると、フライヤーは膝を砕いたり足首を折ったり、背中を痛めたりする」リーは我慢できずに生唾を呑みこんだ。「キャリーは両手両足を開いて宙返りするXアウト・

バスケットトスっていう技で着地を失敗して、頸椎《けいつい》を二カ所折ったの」

「なんてことだ」

「彼女はとてもタフで、筋肉がなんとか首を支えていた。そのままパフォーマンスをつづけた。でも、しばらくして両脚が麻痺して、ERに運ばれて脊椎固定術を受けて、首を固定するためのハローベストっていう装具を着けて、痛みを止めるためにオキシコンチンを服用するようになって、そのうち――」

「ヘロインか」ニックの現場は街だ。薬物依存がどのように進行していくか、リアルタイムで見ている。「じつに泣ける話だ、先生。判事も信じてくれたんだろう、本来は獄中にいるはずが、外にいるんだから」

判事が信じたのは、リーが金を払って罪をかぶってもらった無実のジャンキーの自白だ。ニックは尋ねた。「注射をやってるのか、それとも吸引？」

「注射。二十年近く、断薬と再発を繰り返してる」ふたたび胸の鼓動が激しくなった。妹の人生を破壊したのは自分だという罪悪感が、バリウムのベールを破ってのしかかってきた。「調子のよい年もあるんだけどね」

「ああ、そりゃ大変な道のりだな」

「そうね」リーはその道のりが終わりのないホラー小説のようにつづくのを目の当たりにしてきた。「良心がとがめて、彼女の様子を確かめたかったの」

またニックの眉があがった。「いつから刑事弁護士が良心を持つようになったんだ?」

「去年、彼女は死にかけたの」リーはもはやニックの目を見ていられなかった。窓の外を眺めた。「わたしがコロナウイルスをうつしたせいで」

一九九八年　夏

夜の闇は真っ暗だった。ハーリーは車のヘッドライトに照らされたものにことごとく目を凝らした。郵便箱の番地。一時停止の道路標識。とまっている車のテールライト。道路をこそこそと横断する猫の目。

ハーリー、あたしバディを殺しちゃったみたい。

電話のむこうから、キャリーのかすれたささやき声がかろうじて聞き取れた。奇妙に平板な声だった。朝、チアリーディングの練習用のソックスを捜しまわっていたときのほうがよほど感情的だった。

ナイフで殺しちゃったみたい。

ハーリーはどういうことかと問い詰めたり、そんなことをした理由を尋ねたりしなかった。尋ねるまでもなくわかった。一瞬のうちに、黄色いコルベットのなかの汗臭さ、ラジオから流れる音楽、膝に置かれたバディの大きな手が、脳裏にまざまざと浮かんだからだ。

キャリー、聞いて。いますぐ行くから、そこでじっとしていて。

キャリーはじっとしていた。ハーリーは、ワレスキー夫妻の寝室の床に座りこんでいるキャリーを発見した。まだ受話器を耳に当てていた。受話器が長時間フックからはずれたままになっていると警告するブブブブという音にかぶさり、オペレーターの機械的な声が聞こえた。

いつもポニーテールにしているキャリーの髪は乱れ、顔を覆っていた。オペレーターの機械音声に合わせてつぶやく声はしわがれていた。「電話をかけたい場合は……」

「キャル！」ハーリーは両膝をついた。妹の両手から受話器をもぎ取ろうとしたが、放してくれなかった。「キャリー、しっかりして」

キャリーは顔をあげた。

ハーリーはぎょっとして尻餅をついた。

妹の白目が黒ずんでいる。鼻は折れている。口から血を垂らしている。首のまわりに指の形の痣があるのは、バディに首を絞められたからだ。

全部、ハーリーのせいだ。自分の身は守ったのに、キャリーをバディに出会わせてしまった。

「キャル、ごめん。ほんとうにごめん」

「どう――」キャリーが咳きこむと、口のまわりに細かい血飛沫《しぶき》が散った。「どうしよう?」

ハーリーはふたりしてその場にずぶずぶと沈みこんでいくような気がして、キャリーの両手を握りしめた。瞬時にいろいろなことを考えた——**大丈夫だよ。わたしがなんとかするから。一緒に乗り越えよう**——けれど、なんとかする方法が、地獄の出口がわからなかった。ハーリーは裏口から家に入ってきた。ドアの外で凍えているホームレスの人に気づかないふりをするときのように、わざとバディのほうを見ないようにしていた。

だが、バディはホームレスではない。

バディ・ワレスキーは顔が広い。警察を含め、あちこちに友人がいる。一方、キャリーは郊外の恵まれた白人家庭の子どもではなく、命懸けで守ってくれる両親もいない。治安の悪い地区で育った不良少女で、一ドルショップでピンク色の猫の首輪を万引きして少年院に入ったこともある。

「もしかして——」キャリーの目は涙で潤んでいた。喉が腫れて、しゃべりづらそうだった。「もしかして、生きてたりしない?」

ハーリーはとまどった。「え?」

「バディは生きてるかもしれないよね?」キャリーの黒ずんだ目に、テーブルランプの光が反射した。ハーリーのほうを向いているが、その目が見ているのはどこか別の場所、なんとかなる世界だ。「さっきはすごく怒ってたけど、生きてたらもう怒ってないよね?

あたしたちー──バディを助けてあげなくちゃ。リンダが帰ってくるのは──」

「キャル――」鳴咽《おえつ》で声が詰まった。「バディに――バディになにかされたの？　いままでにもそんなことを……」

キャリーの表情が恐ろしい答えを告げていた。「バディはあたしを愛してくれたんだよ、ハー。ずっとあたしを守ってくれるって言ってた」

ハーリーは痛みで文字どおりひっくり返った。汚ないカーペットにひたいが触れた。涙があふれた。体の奥からうめき声があがり、ひらいた口から漏れた。

おまえのせいだ。全部おまえのせいだ。

「大丈夫だよ」キャリーはハーリーの背中をさすり、慰めようとした。「バディはあたしを愛してるから、ハーリー。許してくれるよ」

ハーリーはかぶりを振った。ごわついたカーペットが顔を引っかいた。どうすればいい？　なんとかするって、どうすればいい？　バディは死んだ。ふたりで重たい死体を運ぶのは無理だ。ハーリーの小さな車にバディの死体は積めない。死体が腐っても大丈夫なほど深い穴を掘ることもできない。このままここを出ていくわけにもいかない。キャリーの指紋がそこらじゅうに残っているから。

キャリーが言った。「バディが守ってくれるよ、ハー。とにかく謝れば大丈夫」

おまえのせいだ。全部おまえのせいだ。

「だから――」キャリーが息をするたびに、折れた鼻がヒューヒューと鳴った。「だから、生きてるか確かめてくれる？」

ハーリーはひたすらかぶりを振った。鉤爪《かぎづめ》がハーリーのあばらをがっちりとつかみ、悪臭がぷんぷんする肥溜《こえだ》めのような人生に引きずり戻そうとしている。四週間と一日後には、大学生活に向けて家を出るはずだった。自由になれるはずだった、でもキャリーをこのまま置いていくことはできない。警察は、傷や痣をキャリーが必死に抵抗した証拠であるとは見なさない。ぴったりした服や化粧や髪型を見て、キャリーをずる賢い人殺しのロリータだと決めつけるだろう。

では、ハーリーが弁護したらどうなるか？　自分もバディに同じことをされそうになった、でも毎日生きていくのに精一杯で、妹に警告するのを忘れていた、そんなふうに話したら？

おまえのせいだ。全部おまえのせいだ。

「お願い、バディが生きてるか確かめて」キャリーが言った。「寒そうでしょう、ハーリー。バディは寒いのが嫌いなの」

未来が渦を巻いて排水口に吸いこまれていくのが見えた。計画していたことがひとつ残らず――思い描いていたシカゴでの新生活も、自分だけのアパートメントも、自分だけの家具も、ペットの猫か犬も、前科のないボーイフレンドも――消えていく。学校で補習授業を受け、ときには三つのバイトを掛け持ちして、その合間に勉強して、べたべたさわってくる上司たちやいやらしい言葉に耐え、シフトとシフトの隙間に車で仮眠し、母親に内緒でお金を貯めたのに、結局は自分もこの貧しい地区に住むほかのみじめで絶望した子どもたちと同じ場所に行き着くのだ。

「バディは――」キャリーは咳きこんだ。「バディは、あたしがカメラを見つけたせいで怒ったの。前から知ってたけど――バディがあたしたちを撮ってたことは――ハー、みんな見たの。あ、あたしたちがしてたことを、みんな知ってる」

ハーリーはいま妹が言ったことを声に出さずに繰り返した。シカゴのアパートメント。犬と猫。ボーイフレンド。全部、跡形もなく溶けてしまった。

無理やり体を起こした。頭のなかは訊くなという声でいっぱいだったが、それでも知らないままではいられなかった。「だれが見たの？」

「みんな」キャリーの歯がカチカチと鳴りはじめた。顔が真っ白だった。唇はアオカケスの鶏冠と同じ青色になっていた。「パターソン先生。ホ、ホルト監督。ミスター・ハンフリー。ミスター・ガ、ガンザ。ミスター・エメット」

ハーリーの手は腹部を押さえた。それらの名前は、この十八年の人生でいつも身近にあった。パターソン校長には、男子の気が散るからもっと慎みのある格好をしろと注意されたことがある。ホルト監督からは、相談したいことがあれば自宅は同じ通りにあるからいつでもおいでとしょっちゅう言われていた。ミスター・ハンフリーは、ハーリーに車の試乗をさせる前に自分の膝に座らせた。ミスター・ガンザは、先週スーパーマーケットでハーリーに向かって口笛を吹いた。ミスター・エメットは、歯科医院の診察室の椅子に寝ているハーリーの胸にいつも腕をこすりつける。

キャリーに尋ねた。「あいつらもあんたにさわったの？　パターソン先生とホルト監督と――」

「う、ううん。バディは……」歯が鳴って、キャリーの言葉は途切れた。「さ、撮影してたの。ビデオカメラで撮って、み、みんなで見た」

ここまで車を走らせていたときのように、周囲のものの輪郭がくっきりと見えはじめた。ただ、いまはなにもかも赤かった。目に映るものすべてが――擦り切れた壁紙も、湿ったカーペットも、染みだらけのベッドカバーも、キャリーのぼこぼこに腫れた顔も――真っ赤に見えた。

わたしのせいだ。全部わたしのせいだ。

ハーリーは指でキャリーの涙をそっと拭ってやった。手がひとりでに動くのを見ていたが、他人の手を見ているようだった。大人の男たちが妹になにをしていたのか知り、ハーリーはまっぷたつに切り裂かれた。片方のハーリーはいつものように痛みを嚙み殺そうとした。もう片方のハーリーは、できるだけひどい痛みを感じようとした。

パターソン校長。ホルト監督。ミスター・ハンフリー。ミスター・ガンザ。ミスター・エメット。

みんなめちゃくちゃにしてやる。自分が死ぬ前に、あいつらの息の根を止めてやる。

リーは妹に尋ねた。「リンダは朝何時に帰ってくるの？」

「九時」

ハーリーはベッドサイドテーブルの時計を見た。あと十三時間もないが、それまでになんとかしなければならない。

「カメラはどこ？」

「あたし――」キャリーは締めつけられた喉から答えを絞り出すように手を当てた。「バーに」

ハーリーは両手を拳に握りしめて廊下を歩いていった。客用寝室、バスルームの前を通り過ぎた。そして、トレヴァーの部屋の前を。

ふと足を止めて振り返った。トレヴァーの部屋のドアをほんの少しあけた。天井に常夜灯が投げかける星の模様が点々と映っていた。トレヴァーは熟睡している。バディに例の眠くなる薬を飲まされたことは、訊かなくてもわかった。

「ハーリー？」キャリーが入口に立っていた。顔が青ざめているせいで、暗がりに幽霊が立っているように見えた。「どうしたらいいのか、わ、わからない」

ハーリーはトレヴァーの部屋のドアを閉めた。

廊下を進み、水槽とソファと、アームに焼け焦げのついた醜悪な革の安楽椅子の前を通り過ぎた。カメラは、バーの内側で山になっているワインのコルク栓の上にのっていた。

それがキヤノンのデジタルビデオカメラの最上級機種、オプチュラであることがハーリーにわかるのは、クリスマス商戦の家電売り場で働いた経験があるからだ。プラスチックの外装は割れて角がなくなっていた。ハーリーはカメラ本体からケーブルを引き抜いた。親指の爪でミニカセットを取り出す小さなイジェクトボタンを押した。

空だ。

ハーリーは床やバーの内側の棚を探した。

ミニカセットはどこにもない。

ハーリーは立ちあがった。両端がへこんでいるソファを見た。汚らしいオレンジ色のカーテン。ケーブルが垂れた巨大なテレビ。

そのケーブルは、いまハーリーが持っているカメラにつなぐものだ。

ビデオカメラには内部記憶装置がない。名刺よりやや大きいくらいのミニカセットに録画する。カメラをケーブルでテレビやビデオデッキにつなぐことはできるが、ミニカセットがなければなにも再生できない。

ミニカセットを見つけて、警察に持っていって見せなければ——なに、を？

ハーリーは裁判を傍聴したことはないが、女が男に殴られるのを子どものころから何度となく見てきた。いかれた女が。ヒステリックな少女が。ばかなあばずれが。世の中を支配するのは男だ。警察も法廷も保護観察事務所も、福祉事務所も少年鑑別所も刑務所も、男が支配している。学校の理事会に自動車販売店、スーパーマーケットに歯科クリニックも。

パターソン校長。ホルト監督。ミスター・ハンフリー。ミスター・ガンザ、ミスター・エメット。

彼らがビデオを見たことを証明するすべはないし、映像のなかでキャリーが最初から最後まで〝やめて〟と叫んでいなければ、警察も弁護士も判事も、キャリーが望んだことではないのかと口をそろえて言うだろう。なぜなら、女がどんなにひどい目にあおうが、男はいつもいつも男同士で庇《かば》い合うからだ。

「ハーリー」キャリーはほっそりしたウエストを両腕で抱えこんでいた。がたがたと震えている。唇が白くなっている。少しずつ透明になっていく妹を見ているかのようだ。

わたしのせいだ。全部わたしのせいだ。

「お願い」キャリーが言った。「バディは――バディはまだ生きてるかもしれない。だからお願い」

ハーリーは妹を見つめた。マスカラが頬を伝っている。血と口紅が口のまわりを汚し、まるでしかめっつらのピエロだ。ハーリーと同じく、キャリーも早く大人になりたがった。男の子たちの気を惹《ひ》きたいからではなく、注目を浴びたいからでもなく、大人は自分のことを自分で決められるからだ。

ハーリーはビデオカメラをバーカウンターに叩きつけた。

ようやくこの窮地から脱出する方法を思いついた。

バディ・ワレスキーはキッチンの床に座り、シンクの下の戸棚に寄りかかっていた。力なくうなだれた頭。体の脇に垂れた両腕。広げた両脚。左太腿の切り傷からじくじくと出血しているさまが、壊れた排水管から汚水が染み出ているようだ。

「お願いだから、た、確かめて」キャリーがハーリーの背後に立ち、まばたきもせずに黒ずんだ目でバディを凝視していた。「お、お願い、ハー。バディは生きてるよ。生きてるはず」

ハーリーは彼のそばへ行ったが、助けるためではなかった。ミニカセットを捜してズボンのポケットに手を突っこんだ。左のポケットからは、数枚の紙幣、半分ほど残った胃薬のタムズ、糸屑が出てきた。右のポケットにはカメラのリモコンが入っていた。ハーリーが力まかせにリモコンを部屋のむこうに投げると、衝撃で電池カバーがはずれた。尻ポケットには、革のひび割れた財布と染みで汚れたハンカチしか入っていなかった。

ミニカセットはない。

「ハーリー?」

ハーリーは頭のなかで妹を押しやった。警察になにをどう話すか考えることに集中しなければならない――。

キャリーとワレスキーさんの家を出たときは、ワレスキーさんは生きていました。キャリーが迎えに来てほしがったのは、あの人の様子がおかしかったからです。ワレスキーさんはわたしにも、だれかに脅迫されてる、命を狙われてるって言いました。だから、早くキャリーを迎えに来いって。わたしたちが家に帰ったあと、ワレスキーさんはその脅迫者に殺されたんじゃないですか。

ハーリーはその作り話に穴がないか探した。キャリーの指紋やDNAはそこらじゅうにあるだろうが、この家にいる時間はバディより長いくらいだ。トレヴァーはぐっすり眠っているから、なにも知らない。血はバディの脚のまわりに溜まっているだけで、キャリーにつながる血の指紋や足跡はない。すべて説明できる。なかには説得力に欠けるものもあるが、胡散《うさん》臭くは見えないはずだ。

「ハー?」キャリーの両腕はあいかわらずほっそりしたウエストに巻かれていた。体が前後にゆらゆらと揺れている。

ハーリーはキャリーをじっと見つめた。黒ずんだ目。絞められた首。折れた鼻。

「それ、母さんにやられたことにしよう」

キャリーは面食らっていた。

「どうしたんだって訊かれたら、母さんに口答えして殴られたって答えるんだよ。いい？」

「あたし――」

ハーリーは片手をあげてキャリーを黙らせた。もう一度、最初から最後まで点検しなければならない。バディが帰宅した。なんだか怯えているようだった。殺すと脅されていた。だれに脅されているのかは聞いていない、とにかくふたりで早く帰れと言われた。ハーリーはキャリーを車で連れて帰った。家を出たとき、バディはぴんぴんしていた。キャリーは母親からめちゃくちゃに殴られたが、そんなことはいままでに何十回もあった。また福祉事務所が介入してくるだろうが、刑務所で一生を過ごすくらいなら、養護施設に二、三カ月入るほうがよほどましだ。

けれど、警察がミニカセットを発見したら、キャリーにはバディを殺す動機があったことを示す証拠になってしまう。

ハーリーは尋ねた。「バディがなにか小さなもの、手のひらより小さなものを隠すとしたら、どこだと思う？」

キャリーはかぶりを振った。わからないのだ。

ハーリーはカセットの隠し場所を捜してキッチンのあちこちに目をやった。戸棚や抽斗をあけ、鍋やフライパンの下を見た。不審なところはなく、もしあればすぐに気づいたはずだった。キャリーとベビーシッターを交代するまでの三年間、週に五日、つまりほとんど毎晩をワレスキー家で過ごしていたのだから。ソファで勉強し、キッチンでトレヴァーの食事を用意し、テーブルでゲームの相手をした。

そのテーブルに、バディのブリーフケースがのっている。

鍵がかかっている。

ハーリーは抽斗からナイフを取り出した。刃を留金《とめがね》の隙間に差しこみながらキャリーに命じた。「なにがあったのか話して。正確にね。なにひとつ省略しないで」

キャリーはまたかぶりを振った。「あたし――覚えてない」

ブリーフケースの鍵があいた。大量の札束が詰まっている光景に、ハーリーはつかのま魅入られた。魔術はすぐに解けた。ハーリーは札束を取り出し、ブリーフケースの内張りや小物ポケットや書類ホルダーの内側を探り、キャリーに尋ねた。「揉み合いになったのはいつ？　この家のどこで？」

キャリーの唇が動いたが、声は出てこなかった。

「キャリオピー」ハーリーは自分の口から母親と同じ声音が出てきたことにたじろいだ。「さっさと話して。どこで揉み合いになったの？」

「あたしたち……」キャリーはリビングルームのほうを振り向いた。「バーカウンターのなかにいた」

「それでどうなったの？」ハーリーはきびきびした口調で話しつづけた。「正確に話して。省略しないで」

キャリーの声は弱々しく、耳を澄まさなければ聞き取れなかった。ハーリーは妹の背後を見やり、いまそこで格闘が展開されているかのように、ふたりの動きを頭のなかで再現した。バーの内側でバディの肘の骨がキャリーの鼻にぶつかる。コルクの箱がひっくり返る。棚からカメラが落ちる。キャリーは混乱して仰向けに倒れている。キッチンへ歩いていく。水道の蛇口の下に頭を突っこむ。リンダにばらすとバディを脅す。攻撃、壁から電話のコードが引き抜かれる。バディがキャリーに馬乗りになり、キャリーは彼を殴ったり蹴ったりしたあげく――あのナイフで。

ハーリーは目をあげた。キャリーはどこかの時点で受話器をフックに戻したようだ。いまでも電話機のそばの壁に緊急連絡先のリストがテープで貼ってある。ここで異常事態が起きたことを示しているのは、ちぎれたコードだけだ。「コードをちぎったのはトレヴァーだから」

「え？」

「トレヴァーが電話のコードをちぎったって言いなさい。トレヴァーがやってないって言い張っても、叱られたくなくて嘘をついてるんだって思われるから大丈夫」

キャリーの返事は待たなかった。ハーリーはバディのブリーフケースに金を戻し、蓋を閉めた。もう一度、バディがカセットを隠しそうな場所はないかとキッチンのなかを見まわした。最後に彼の巨体に目をとめた。彼はあいかわらずうなだれている。脚の切り傷からまだ血がにじみ出ている。

ハーリーは、自分の血が一瞬で凍りついたような気がした。

出血がつづいているのは、まだ心臓が動いているからだ。

「キャリオピー」ハーリーはごくりと生唾を呑みこんだ。「トレヴァーの様子を見てきて。急いで」

キャリーは素直に従った。廊下へ出ていった。

ハーリーはバディの前にひざまずいた。髪をつかみ、大きな頭を持ちあげた。目が細くあいた。目玉がぐるりと動き、白目しか見えなくなった。

「起きろ」ハーリーは彼の顔を叩いた。「起きろ、クソ野郎」

白目がまた動いた。

ハーリーは彼のまぶたを押しあげた。「こっちを見な」

バディの唇が分かれた。安物のウィスキーと煙草のにおいが漂ってきた。よく知っているにおいに、ハーリーはたちまちコルベットの車内に引き戻された。

怯えて。どうすることもできず。どうか逃してと必死に願っていた自分。

ハーリーはバディの口から唾が飛ぶほど強くひっぱたいた。「こっちを見ろってば」

目玉がまた上を向いたが、瞳がゆっくりと中央に戻ってきた。

その瞳がかすかに輝き、ハーリーを認識し、自分の目の前にいるのは味方だと愚かな勘違いをしたのが見て取れた。

バディは壊れた電話機を見やり、ふたたびハーリーと目を合わせた。助けを呼んでくれと頼もうとしている。自分が長くはもたないのをわかっているのだ。

ハーリーは言った。「ビデオカメラのカセットはどこ?」

バディはまた電話機を見てからハーリーに目を戻した。

ハーリーは彼の顔に自分の顔を近づけた。「いますぐ言わないとぶっ殺す」

バディ・ワレスキーは平然としていた。ハーリーのことをお堅い真面目な子、善悪の区別がつく子だと思っている。左の口角がぴくついているのは、気取ったいい子ちゃんとその妹も自分と一緒に破滅するのをよろこんでいる証拠だ。

「笑ってんじゃねえ」ハーリーはさっきよりもっと強くバディの頰を張った。それから、拳で殴った。彼の頭が戸棚にぶつかった。ハーリーは彼のシャツをつかんで引き寄せ、もう一度殴りつけた。

バディのほうが先に音を聞きつけた。彼のシャツから特徴的なカチャッという音がした。

ハーリーは、バディの顔から余裕のある表情がすっと消え、狼狽《ろうばい》が浮かぶのを見ていた。

彼は目をきょときょとと動かし、ハーリーに気づかれたかどうか読み取ろうとした。

ハーリーは右の拳を振りあげ、左手でバディのシャツをつかんだまま凍りついていた。全身の感覚を奮い立たせ、自分をいまここへ引きずり戻した――銅貨に似た血のにおい、バディの弱々しい呼吸音、口のなかで饐《す》えかけている失われた自由の苦味、握りしめた拳がつかんだ汚らしいワークシャツの手触り。

その分厚いコットンのシャツ生地を、ハーリーはねじって丸めた。

カチャッという音に、ハーリーの視線は彼の胸元へおりた。

さっきはバディのズボンのポケットしか確認しなかった。バディはディッキーズの半袖のワークシャツを着ている。縫い目が補強された丈夫なものだ。両胸にフラップ付きのポケットがある。左のポケットのフラップがあがり、つねにそこに入っているブラック＆マイルドの箱が、二本の牙を思わせる形の跡をつけていた。

今日はその箱が裏表逆に入っていた。前面のセロファンの窓が、激しく上下している彼の胸のほうを向いている。

ハーリーは薄く細長いその箱をポケットから抜いた。なかに指を突っこむ。

ミニカセットだ。

ハーリーはそれをバディの顔の前に掲げ、自分の勝ちだとわからせた。バディはかすれた音をたてて長々と息を吐いた。ほんの少しがっかりしたようにしか見えなかった。彼の人生は暴力と混沌《こんとん》に満ちていたが、暴力も混沌もバディ自身が引き起こしたものだ。そんな人生にくらべれば、死は安らかだろう。

ハーリーは、薄汚れた白いラベルのついた小さな黒いプラスチックのカセットを見おろした。繰り返し録画できるように、上書き防止の爪に絶縁テープが貼ってある。

この二年ほどのあいだに妹が変わっていくのを見ていたが、変化の原因はホルモンか反抗期、あるいは単に成長に伴って性格が変わったのだろうと思っていた。キャリーは濃いメイクをして、万引きで捕まり、停学になり、夜遅くまで何時間もひそひそ声で電話するようになった。ハーリーが気づかないふりをしていたのは、自分のことで精一杯だったからだ。なにがなんでもレイク・ポイントを出ていくために、アルバイトを増やし、貯金をし、勉学に励んでいた。

だがいま、キャリーの人生は文字どおりハーリーの手のなかにあった。キャリーの青春が。キャリーの純粋さが。どんなに高く跳んでもかならず受け止めてくれるという、世界に対する信頼が。

全部、ハーリーのせいだ。

手に力がこもり、拳になった。プラスチックのミニカセットの角が手のひらに食いこんだ。ふたたび視界が赤くなり、見えるものすべてが血に染まった。バディの大きな顔。ぼってりした手。薄くなりかけた頭。もう一度、気絶するほどバディを殴りつけ、骨が砕けて命が噴き出るまでステーキナイフで胸を滅多刺しにしたかった。

だが、そうはせずにコンロのそばの抽斗をあけた。取り出したのはラップフィルムだ。バディの目が丸くなった。ついに口があいたが、声を出す余裕はなかった。

ハーリーはバディの頭にラップフィルムを六回巻きつけ、ロールから切り取った。

ひらいた口にラップフィルムが吸いこまれた。バディは両手で顔に張りついたフィルムを引っかき、穴をあけようとした。ハーリーは彼の手首をつかんだ。屈強な男が、大男が、弱って抵抗すらできなくなっていた。ハーリーは彼の目を覗きこみ、安らかな死が奪われようとしているのを悟ったバディ・ワレスキーの恐怖と絶望を味わった。

バディは震えはじめた。胸を宙に突き出した。脚をばたばたさせた。喉から甲高い泣き声が漏れた。ハーリーはバディの手首を戸棚にしっかりと押しつけた。キャリーが彼に首を絞められたときのように、ハーリーも彼に馬乗りになっていた。自分がコルベットの座席に押しつけられたときのように、彼に全体重をかけていた。パターソン校長とホルト監督とミスター・ハンフリーとミスター・ガンザとミスター・エメットが妹に向けたような目でバディを眺めていた。ハーリーとキャリーがいままでのろくでもない人生でさんざん男たちにされてきたのと同じことを、とうとう男にしてやったのだ。

終わりはあっけなかった。

突然、バディの全身から力が抜けた。抵抗しなくなった。両手がぐったりと床に落ちた。ズボンに尿が染みた。彼に魂があるのなら、いま悪魔が彼の汚れたシャツの襟をつかんで魂を地獄の底へ連れていこうとしているのではないか。

ハーリーはひたいの汗を拭った。手も腕も血まみれで、バディにまたがっていたせいでジーンズのクロッチも血で汚れていた。

「電話をかけたい場合は……」

ハーリーは振り返った。キャリーが床に座りこんでいた。膝を抱え、建物を解体する鉄球のように、ゆっくりと前後に体を揺らしていた。

「いったん電話を切り、おかけなおしください」

4

二〇二一年　春

「さて、ミスター・ピートを診てみようか」ドクター・ジェリーは猫の診察を開始し、腫れた関節にそっと触れた。十五歳のミスター・ピートは、人間の年齢に換算すればドクター・ジェリーとだいたい同い年だ。「もともと関節炎があったのかな？　かわいそうに」

キャリーは手のなかのカルテを見おろした。「サプリメントは摂《と》ってましたが、便秘が悪化してます」

「ああ、年を取るというのは理不尽なものだな」ドクター・ジェリーは、ミスター・ピートと同じくらい毛がふさふさと生えた耳に聴診器をかけた。「では――」

キャリーは身を屈めてミスター・ピートの顔に息を吹きかけ、喉を鳴らすのをやめさせようとした。猫は迷惑そうな顔をしたが、キャリーには彼を責められなかった。朝食のためベッドを飛び降りようとしたとき、フレームに足を引っかけてしまったのだ。だれにでも起きうることだ。

「いい子だ」ドクター・ジェリーはミスター・ピートの首筋をなでた。「メインクーンはすばらしい生き物だが、猫界のラインバッカーになりがちなんだ」

キャリーはカルテをめくり、メモを取りはじめた。

「ミスター・ピートは体格のいい去勢済みの雄で、ベッドから転落して右前肢をくじいた。触診したところ、やや腫れているが、骨折を示す音は聞こえないし、関節もはずれてはいない。血液検査の結果は異常なし。X線写真にも明らかな骨折は写っていない。疼痛緩和に、まずはブプレノルフィンを投与、効かなければガバペンチン。一週間後に再診だ」

「ブプレノルフィン体重一キロに対して〇・二ミリグラムを八時間おき、何日間にしますか？」

「とりあえず六日間。帰す前に一回分を投与してくれ。車の長旅が好きなやつなどいないだろう」

キャリーが注意深くカルテに指示を書きこむあいだ、ドクター・ジェリーはミスター・ピートをキャリーケースに入れた。ふたりはあいかわらずコロナウイルス感染防止のガイドラインに従っていた。ミスター・ピートのママは駐車場にとめた車で待っている。

ドクター・ジェリーが尋ねた。「薬品棚から出すものはほかにあるか？」

キャリーはカウンターに置いたカルテの束に目を通した。「アルー・フェルドマンのパパとママが、痛みがひどくなったと言っています」

「トラマドールを送ってやろう」ドクターは新しい処方箋に署名した。「いやはや。コーギーはほんとうに厄介だからな」

「そこは意見の相違があるところですけど」キャリーは別のカルテを渡した。「スプルート・マッギー。自動車と接触したグレイハウンドです、肋骨にひびが入った子」

「ああ、あのひょろりとした若いのか」眼鏡の位置をなおすドクターの両手は震えていた。キャリーが見ていると、ドクターはカルテを読むふりをしているが、瞳はほとんど動いていない。「ここへ連れてきたらメサドン。連れてくることができなければ、フェンタニル・パッチを送ろう」

残りの大型犬のチェックもすませた――膝蓋骨《しつがいこつ》骨折のグレート・ピレニーズ、ドゥ・クロード。フェンスに激突したジャーマン・シェパードのスカウト。腰に形成異常のあるアイリッシュ・ウルフハウンドのオバーキー。関節炎持ちのラブラドール・レトリーバーのロナルドは、十二歳児並みの体重だ。

キャリーが猫のカルテを読みあげはじめたころには、ドクター・ジェリーはあくびをしていた。「友よ、あとはいつもどおりで頼む。きみもわたしに負けず劣らずその子たちのことはよく知っているからな。ただし、最後の一匹には気をつけることだ。三毛猫には決して背中を向けるな」

ドクターの茶目っ気たっぷりのウィンクに、キャリーは顔をほころばせた。

「ミスター・ピートのうちの人間に電話をかけてから、わたしは重役の仕事に取りかかる」ドクターはまたウィンクした。これから昼寝をするという意味だ。「感謝するよ、天使どの」

キャリーは、ドクター・ジェリーがむこうを向くまで笑みを浮かべていた。カルテを見おろし、読むふりをした。ドクターが老人のようにとぼとぼと通路を歩いていくのを見ていたくなかった。

ドクター・ジェリーはレイク・ポイントの名物男で、この界隈で診療費のかわりに困窮者用食料切符を受け取る唯一の獣医師だ。キャリーはこのクリニックで、はじめて仕事らしい仕事についた。十七歳のときだ。ドクター・ジェリーは妻を亡くしたばかりだった。ドクオレゴンのどこかに息子がいるが、父の日とクリスマスに電話をかけてくるだけだ。ドクターに残されているのはキャリーしかいない。いや、キャリーに残されているのがドクターだけというべきか。彼はキャリーにとって父親のような存在だった。父親とはどんな存在なのか、実際には知らないが。彼はキャリーに悪い癖があるのを知っているが、だからといって罰しようとはしない。キャリーがはじめて薬物に関わる重罪判決を受けるまでは、獣医師の養成校へ進学したらどうかと熱心にすすめてくれていた。麻薬取締局はヘロイン依存症者に処方箋を扱わせることを厳しく制限している。

ドクターのオフィスのドアが閉まるのを待ってから、キャリーは通路を歩きだした。膝をのばすたびに関節がポキッと鳴った。キャリーは三十七歳だが、健康状態はミスター・ピートとたいして変わらない。オフィスのドアに耳を当てた。ドクターがミスター・ピートの飼い主に話をしている声が聞こえた。さらにしばらく待つと、古い革のソファがきしむ音がして、ドクターが体を横たえたのがわかった。

キャリーは、詰めていた息を吐いた。携帯電話を取り出し、タイマーを一時間後に設定した。

以前から、キャリーはこのクリニックをいわばジャンキーの休暇先として利用し、利用する際には仕事ができる程度に体から薬を抜いた。ドクター・ジェリーは帰ってきたキャリーをかならず迎え入れ、いままでどこにいたのか、なぜ突然いなくなったのかなどと決して尋ねなかった。断薬がもっとも長続きしたのは、何年前か忘れてしまったほど大昔だ。そのときは、丸八カ月が経過したころにジャンキーに戻った。

今回もたぶんそうなる。

キャリーはもうずいぶん前に希望を捨ててしまった。自分はジャンキーだし、この先もずっとジャンキーだ。酒をやめてもいまだアルコール依存症者であることに変わりはないと、匿名アルコール依存症者の会で語る人々とは違う意味で。かならず、間違いなく、自分はまた注射針に手を出すことになるという意味だ。こんなふうにあきらめたのはいつだったか、キャリーは覚えていない。三回目か四回目に更生施設に入ったときだったか？

断薬して八カ月目、火曜日だからという理由で薬を再開したときだったか？　いっときの効果しかないとわかっていても、心を整備する呪文があったほうが楽だからあきらめたのか？

最近は、人の役に立っていると感じられるおかげで、なんとか正道からそれずにいられた。この一年間、ドクター・ジェリーは軽い発作を繰り返しているため、クリニックの開業日を週に四日まで短縮した。調子のよい日もあれば、よくない日もあった。体調は不安定だった。短期記憶が怪しくなった。キャリーがいなければ一日たりともまともに働けないのに、ましてや週に四日なんてとても無理だと、ことあるごとに言った。

ドクター・ジェリーを利用しているのを申し訳なく思うべきだろうが、自分はジャンキーだ。生きていて申し訳なさを感じていない瞬間などない。

キャリーは二個の鍵を取り出し、薬品棚をあけた。厳密には、ドクター・ジェリーが二本目の鍵を持っていなければならないはずだが、規制薬物の在庫管理はキャリーにまかされていた。キャリーが不正をすれば、麻薬取締局が調査をはじめ、薬剤の納品書とカルテの処方量を照合することになりかねず、そうなったらドクター・ジェリーは獣医師免許を剝奪され、キャリーは刑務所行きだ。

概して依存症者というものは、麻薬取締局の仕事を楽にする。次の一発のために焦って愚行に走りがちだからだ。待合室でオーバードーズしたり、トイレで心臓発作を起こしたり、ポケットに詰めこめるだけ薬を詰めこんで、ドア目指して走りだしたりする。幸い、キャリーは思いきって試してみた方法がうまくいき、規制薬物を安定して手に入れることができるようになり、禁断症状を免れている。

吐き気や頭痛、不眠、激しい下痢に対処するほか、ヘロインの断薬による骨の痛みをやわらげるためには、一日に六十ミリグラムのメサドンあるいは十六ミリグラムのブプレノルフィンが必要だ。ただし、ひとつだけ自分に課したルールとして、動物に必要な薬は絶対に盗まない。我慢できないほど薬がほしくなったら、ドアの郵便受けに鍵を入れ、クリニックに出勤するのをやめる。動物を苦しめるくらいなら自分が死んだほうがいい。コーギーでさえ苦しめたくないのは、ドクター・ジェリーの言うとおりだからだ。たしかにコーギーには手を焼くことがある。

キャリーはしばらく棚のなかの在庫品を恨めしげに眺めてから、水薬《みずぐすり》や錠剤のボトルを取り出しはじめた。薬剤管理帳をカルテの束と並べてひらいた。ペンのノックカバーをカチッと押した。

ドクター・ジェリーのクリニックは小規模経営だ。指紋認証で薬品棚を解錠し、担当者の指紋と電子カルテ、電子カルテと処方量が一致しなければすぐにわかるシステムを導入しているクリニックなら簡単にはごまかせないが、キャリーはドクター・ジェリーのもとでときどき中断しながらも二十年近く働いている。どんなシステムだろうが、目をつぶっていても打ち負かせる。

キャリーのやり方はこうだ。アルー・フェルドマンの飼い主は追加のトラマドールを頼んでいないが、キャリーはカルテに依頼されたと書きこんでおいた。スプルート・マッギーはフェンタニル・パッチをもらえる。肋骨にひびが入っているとひどく痛むし、高慢なグレイハウンドとて安楽な生活を送る権利はある。同様に、リスを追いかけて錬鉄のフェンスに激突した間抜けなジャーマン・シェパードのスカウトも、必要な薬品を受け取る。オバーキー、ロナルド、ドゥ・クロードは実在せず、飼い主の住所は短期滞在施設のもので、電話番号は現在使用されていない。キャリーは時間をかけて彼らのバックグラウンドを練りあげた。歯のクリーニング、心糸状虫の駆除、音の鳴るおもちゃを呑みこんだ、原因不明の嘔吐《おうと》、なんとなく元気がない、など。存在しない患畜はほかにもいる――ブルマスチフ、グレートデーン、アラスカン・マラミュート、数頭のシープドッグ。鎮痛剤は体重を基準に服用量が決まるので、体重四十五キロ以上の犬種を選ぶようにした。

取締局をだますのに使えるのは、異常に体の大きなボルゾイだけではない。投与の失敗も予備を処方するもっともらしい理由になる。動物はじっとしてくれないものであり、注射器の中身の半分が飼い主の顔や床に噴射されることはよくあると、取締官も理解している。在庫管理帳に投与失敗の際の予備として記録すれば、なんの問題もない。どうしても足りない場合は、ドクター・ジェリーの前で生理食塩水を入れた小瓶を落とし、帳簿上でメサドンかブプレノルフィンの仕損品として処理してもらう。ときには、ドクターがなにをしているのか忘れてしまい、みずから帳簿を修正することもあった。

もっと簡単な方法もあった。非常勤の整形外科医が来る隔週火曜日、キャリーは一般的に進行癌の痛み以外には処方されない強い鎮痛剤のフェンタニルという合成オピオイドや、解離性麻酔薬のケタミンの注射液を用意することになっている。それらの薬を、患畜が痛みなく手術を受けられる程度の量を残してくすねるのだ。苦しんでいる動物を安楽死させるのに使うペントバルビタールやユサゾールという薬もある。多くの獣医師は、万が一にも薬が効かないことなどあってはならないので、必要とされている量の三倍から四倍を投与する。苦味があるが、ラムに混ぜて飲み、酩酊《めいてい》するのを好むユーザーがいる。

レイク・ポイントには、必要な量の薬をまかなうのに充分な頭数のセントバーナードもニューファンドランドもいないので、キャリーは手に入るものを売ったり交換したりして、メサドンを入手する。パンデミックは薬物の売買に驚くほどの影響を与えた。ハイになるためのコストが天井知らずに上昇した。キャリーは自分をドラッグの売人版ロビン・フッドだと思っている。キャリーが儲《もう》けた金の大半をクリニックに還元しているおかげで、ドクター・ジェリーはクリニックをつづけられるからだ。キャリーの給料は毎週金曜日に支払われる。ドクターは、金庫のなかに皺くちゃの小額紙幣が大量に詰まっていることにいつも驚いた。

キャリーはミスター・ピートのカルテをひらいた。六日分を八日分に改竄《かいざん》し、経口投与用にブプレノルフィンをシリンジに満たした。普段は猫から薬を掠《かす》め取ったりしない。猫は体が小さいので、たくましいロットワイラーにくらべて苦労のわりに掠め取れる量が少ないからだ。猫のことだ、そのために大きくならないようにしているのかもしれない。

シリンジをビニール袋に入れ、ラベルを印刷した。盗んだものは休憩室のリュックにしまった。ずいぶん昔、その賢さを悪いことではなくよいことに使えばいいのにと姉から言われたが、知ったことではない。姉はロースクール入試の勉強のためにコカインを濫用しておきながら、合格してしまえばコカインのことなど忘れられるたぐいのビッチなのだ。

一方、キャリーはオキシコンチンの美しい緑色の錠剤をひと目見るだけで、その後一カ月は寝ても覚めてもオキシコンチンのことばかり考えてしまう。

キャリーはまさにいまあの緑色の錠剤を思い浮かべてしまい、口元を拭った。

ミスター・ピートがキャリーケースのなかにいた。キャリーはシリンジのプランジャーを押し、ブプレノルフィンを自分の口のなかに注ぎこんだ。ミスター・ピートは二度くしゃみし、彼を車へ連れていくためにマスクを着けて白衣を着たキャリーを険しい顔でにらんだ。

キャリーはマスクを着けたままクリニックを掃除した。床は長年にわたって診察室から診察室へ、そしてオフィスへと移動するドクター・ジェリーのビルケンシュトックに踏まれ、あちこちくぼんでいる。低い天井は雨漏りの染みだらけだ。壁板は反り返っている。そこらじゅうに色あせた動物の写真がべたべたと貼りつけてある。

得体の知れない汚れを雑巾《ぞうきん》で拭き取った。二部屋の診察室と手術室、あずかった動物の部屋を四つん這いになって掃除した。普段は動物をあずからないのだが、いまはドクターが拾って人工哺乳で育てたミャミャ・キャスという名の子猫と、昨日、肛門から紐を垂らして運ばれてきた三毛猫がいる。飼い主には緊急手術の費用を払う経済力がなかったが、ドクターは一時間かけて猫の腸から紐を取り除いた。

携帯電話のタイマー音が鳴った。キャリーはフェイスブックをチェックし、ツイッターをスクロールした。フォローしているのは動物の専門家ばかりで、タスマニアンデビルに取り憑かれているニュージーランドの動物園の飼育員や、十九世紀にアメリカ政府が無謀にも東海岸のウナギをカリフォルニアへ移動させようとした事実を詳説するウナギ研究者などがいた。

スクロールしているうちに十五分が過ぎた。キャリーはドクター・ジェリーのスケジュールを確認した。今日の午後はあと四件、診察の予約が入っている。キッチンへ行き、ドクターにサンドイッチを作り、動物形のクラッカーをたっぷり添えた。

オフィスのドアをノックしてからなかに入った。ドクター・ジェリーはソファに横たわり、口をぽかんとあけていた。眼鏡がずれている。胸に本が伏せてあった。『ウィリアム・シェイクスピア　ソネット全集』。亡くなった妻からのプレゼントだ。

「ジェリー先生？」キャリーは彼の足をぎゅっと握った。

いつものように、ドクターはややぎくりとして、そばに立っているキャリーをぼんやりと見あげた。冬眠から目覚めたウッドチャックのようだが、ウッドチャックがじつは獰猛《どうもう》であることは周知の事実だ。

ドクター・ジェリーは眼鏡の位置をなおして腕時計を見た。「もうこんな時間か」

「お昼の用意ができてます」

「そりゃありがたい」

ドクターはうめきながら立ちあがった。ドクターが後ろによろめきかけたので、キャリーは少しだけ手を貸した。

「重役の仕事ははかどりましたか？」

「ああ、だがチョウチンアンコウの妙な夢を見た。本物を見たことがあるか？」

「覚えているかぎりでは、見たことないです」

「よかった。チョウチンアンコウは真っ暗でさびしい場所に棲《す》んでいるんだが、まあ見目麗しい種とは言えないから、それでよかったのだろうな」ドクターは内緒話をするように、片手で口を覆った。「とくに雌はね」

キャリーは机の端に腰かけた。「どうしてですか」

「雄は一生、においで雌を探してまわる。いま言ったように、暗闇に棲息《せいそく》しているから、自然は彼らに雌のフェロモンに反応する嗅細胞を与えたんだ」ドクターは片手をあげて話を止めた。「雌の頭に細長い発光器官がついてることは話したかな？　懐中電灯のついた指みたいなものなんだが」

「初耳です」

「生物発光だ」ドクター・ジェリーはその言葉を楽しそうに発した。「さて、われらがロミオはジュリエットを見つけると、彼女の尾びれの下に食いつく」

キャリーは、ドクターがアンコウに見立てた拳を反対側の指でつまむのを見ていた。

「それから、雄は自分の口と彼女の皮膚を溶かす酵素を放出し、彼女と融合する。やがて——ここからが奇跡的なんだ——雄の目と内臓が溶けて、気の毒なことに雌の生殖袋となりはてて、みじめな一生を終える」

キャリーは笑った。「すごい話ですね、ジェリー先生。あたしのはじめての彼氏みたいです」

ドクター・ジェリーも笑った。「なぜこの話を思い出したのか、さっぱりわからん。頭の働きとはおかしなものだ」

キャリーとしては、ドクターは利用されている自分をチョウチンアンコウに喩《たと》えたのではないかと死ぬまで気に病《や》みたくなるところだが、ドクターは隠喩を使うタイプではない。

魚の話をするのが大好きなだけだ。

キャリーは、ドクターが白衣を着るのを手伝った。

「七十五リットルの水槽でメジロザメの幼魚を飼っている家へ往診に行ったときの話はしたかな?」

「あら、聞いたことないです」

「ちなみに、サメの幼魚は子犬や子狐《こぎつね》と同じく〝パップ〟と呼ばれるんだよ、〝赤ちゃんザメ〟にくらべると、生の喜びに欠ける響きだがね。もちろん、飼い主は歯科医だった。かわいそうな間抜けだよ、自分がなにを飼ってるのかわかっていなかった」

キャリーは〝胎生〟の解説を聞きながら、ドクター・ジェリーのあとから通路を歩いていった。ドクターをキッチンへ入らせ、サンドイッチを完食するまで見守った。ドクターはクラッカーの屑をテーブルにこぼしながら、別の魚の話をして、それが終わるとマーモセットについて語った。キャリーはずいぶん前に、ドクター・ジェリーには助手というより話し相手として雇われているのだと気づいた。ほかの男たちになにをして金をもらっていたか考えれば、この変化はありがたかった。

残りの四件の予約をこなすうちに、時間はあっというまに過ぎた。ドクター・ジェリーが年に一度の定期健診を愛しているのは、重篤な症状が見つかることはまれだからだ。キャリーは再診日を設定し、歯のクリーニングをし、女性の体重についてとやかく言うのは失礼だと考えているドクター・ジェリーのかわりに、太りすぎのダックスフントの飼い主に食事制限について説明した。一日が終わり、ドクターはキャリーに給料を渡そうとしたが、キャリーは週末が給料日であることを教えた。

キャリーは、認知症の兆候についてスマートフォンで調べていた。ドクター・ジェリーが認知症の初期にあるとしても、キャリーの見たところ、まだ働ける。今日が何曜日かわからないかもしれないが、水薬を作る際に必要なカリウムやマグネシウムなどの添加剤や電解質の量を暗算できるし、それはたいていの人々にはできないことだ。

ツイッターをスクロールしながら、メトロポリタンアトランタ高速輸送局《MARTA》のバス停へ向かった。ウナギ研究者は沈黙し、ニュージーランドの動物園飼育員は明日まで眠っているので、ツイッターを閉じてフェイスブックをひらいた。

ドラッグを求めている犬たちだけがキャリーの創造物ではない。二〇〇八年から、キャリーはハイスクールで机を並べていたくそったれたちをこっそり観察していた。プロフィールの写真には青いベタ・スプレンデンスの写真を使い、スイム・シェイディと名乗っている。

レイク・ポイント・ハイスクールの輝かしき二〇〇二年度卒業生たちが最近投稿したくだらない記事を読んでいると、目がかすんできた。学校が閉鎖したのはひどい、闇の国家が陰謀を企てている、ウイルスなんか存在しない、ウイルスは存在する、ワクチンは絶対に打て、ワクチンは絶対に打つな、といった主張に交じって、平常時と変わらずソーシャルメディアにはびこっている人種差別、性差別、反ユダヤ主義にまみれた投稿が並んでいる。だれもが簡単にインターネットにアクセスできるようにしたビル・ゲイツは、どうしてそこまで先見の明がなかったのか、キャリーにはさっぱり理解できない。いつかこういうゲスな連中に卑劣な目論見《もくろみ》をすべて暴露されるかもしれないのに。

スマートフォンをポケットにしまい、バス停のベンチに座った。汚れたプレキシガラスの囲いはグラフィティで埋まっている。隅にゴミが吹き寄せられている。ドクター・ジェリーのクリニックはさほど危険ではない界隈にあるものの、客観的に見れば安全とは言いきれない。クリニックはショッピングセンターのなかにあり、両隣はパンデミックで休業を余儀なくされたポルノショップと理髪店だが、どうやら後者の隠れた本業は賭博場だ。キャリーは、目を血走らせた人が裏口からよろよろと出てくるのを見かけるたびに、ギャンブルだけは自分の嗜癖《しへき》に入っていなくてよかったと、感謝の祈りをつぶやかずにいられない。

ゴミ収集車が黒い排気ガスと悪臭を吐き出しながら、バス停の前をのろのろと通り過ぎた。後部にぶらさがっている男たちのひとりがキャリーに手を振った。キャリーが手を振り返したのは、それが礼儀だからにすぎない。ところが、別の男が手を振りだしたので、キャリーは顔をそむけた。

　急いで首を動かしたせいで、こむら返りのように首筋が痛くなった。キャリーは手をあげ、うなじに走っている長い傷痕に触れた。首の前後運動と回旋《かいせん》運動の半分を可能にするのが、頸椎のうちC1とC2だ。キャリーのその部分には、五センチほどのチタン製プレート二個とネジ四本、ピン一本からなるインプラントが入っている。専門的には頸椎椎《つい》弓《きゅう》形成術と呼ばれる手術だが、一般的には固定術というほうがわかりやすい。結局は、頸椎が固定されてひとつの骨の塊になるからだ。

　手術から二十年がたっても、神経の痛みは前触れなく襲ってきて、キャリーを苦しめた。突然、左腕全体が麻痺して動かなくなることもあった。首は以前の半分しか動かない。うなずいたりかぶりを振ったりすることはできるが、可動域は限られていた。靴紐を結ぶときは、両手を足に近づけるのではなく、足を両手に近づけなければならない。手術を受けて以来、肩越しに背後を見ることもできなくなったのは手痛い損害だ。もはやヴィクトリア朝スリラー小説のヒロインに扮《ふん》して表紙を飾ることはできないのだから。

　キャリーはプレキシガラスに背中をあずけて空を見あげた。弱まった日差しが顔をじんわりと温めた。空気はひんやりとしてさわやかだった。数台の車が走り過ぎた。近くの公園で子どもたちの笑い声があがった。心臓の鼓動が耳のなかで小さく一定のリズムを刻んでいた。

　ハイスクールの同級生だった女たちはいま、子どもたちをサッカーの練習やピアノ教室に送り迎えしている。息子が宿題をするのを見張り、娘が裏庭でチアリーディングのルーティンを練習しているあいだ息を詰めている。集会を催したり、請求書の支払いをしたり、仕事に行ったりして、親切な老人から薬物を盗んだりしない、普通の暮らしを送っている。骨の髄までガタガタ震えたりしていない。いずれは自分を殺すとわかっている薬物を求めて体が泣き叫んではいないから。

ただ、彼女たちの多くが若いころにくらべて太った。

そのとき、エアブレーキの音がした。キャリーはバスのほうを振り向いた。今度は正しいやり方で、頭だけではなく肩も一緒に動かした。それでも、腕から首まで熱い痛みが駆けのぼった。

「くそっ」

乗りたいバスではなかったのに、振り向いた代償を支払わされた。呼吸が乱れた。プレキシガラスに背中を押しつけ、食いしばった歯のあいだから息を吐き出した。左腕全体の感覚がなくなっていたが、首は膿《う》んだ面皰《にきび》のごとくずきずきした。キャリーは筋肉と神経を滅多刺しにする短剣に意識を集中させた。痛みには特有の中毒性がある。キャリーは痛みと長いあいだ共存してきたので、以前の生活を思い出そうとしても、真っ暗な夜空にかろうじてまたたいているのが見える星々のように、小さな光の点滅が見えるだけだった。

遠い昔の自分は、全力疾走したり、自転車を猛スピードで漕《こ》いだり、体育館のフロアの対角線上を連続宙返りしたりすることで放出されるエンドルフィンで満足していたのを覚えている。チアリーディングでは、空中に跳びあがり——舞いあがり、膝を抱えて後方宙返りや前方宙返りをしたり、脚を蹴り出すジャンプをしたり、アラベスク、ニードル、スコーピオン、Y字バランス、ボウ&アローといったポーズを取ったりし、くるくると回転しながら落ちてくると目がまわり、四組のたくましい腕が受け止めてくれると信じて待つしかなかった。

あのときまでは。

喉に塊がこみあげた。ふたたび片手があがったが、今度は方位磁針の目盛りのように頭蓋骨を囲んでいる四カ所の骨のふくらみのうちひとつに触れた。首の怪我が癒えるまで、ハローリングが頭蓋骨にピンで固定されていたのだ。耳の上のふくらみが気になってしょっちゅうさわるので、そのあたりは皮膚が硬くなっている。

目尻の涙を拭った。手を膝におろした。左指を一本一本マッサージし、指先の感覚を取り戻そうとした。

普段は自分が失ったものにわざわざ思いを馳《は》せたりしない。母親の言うとおり、キャリーの悲劇は自分が愚かだったとわかるくらいには賢いことだ。ただ、キャリーだけがこの重い自覚を抱いているわけではない。キャリーの知るかぎり、ジャンキーのほとんどは医師以上に、ではないにせよ、同じくらいには依存症というものを理解している。

たとえば、キャリーはほかの人々の脳と同じく自分の脳にもμオピオイド受容体というものがあると知っている。この受容体は背骨などにも点在するが、大多数は脳のなかにある。手っ取り早く働きを説明するなら、苦痛と報酬の感覚を司《つかさど》ると言えばいいだろう。

キャリーの人生のうち最初の十六年間は、この受容体は適正に機能していた。背中を痛めたり足首をくじいたりすれば、エンドルフィンが分泌されて血流に乗って広がり、μオピオイド受容体に結合して痛みをやわらげる。だが、効果は一時的で、充分ではない。小学校のころ、キャリーはアドビルやモートリンなどの非ステロイド性抗炎症薬をエンドルフィンのかわりに使っていた。効果はあった。そのうち効かなくなったけれど。

バディのおかげでアルコールを知ったが、レイク・ポイントですら未成年にテキーラの大瓶を売る店は少ないという問題があり、当然ながら、十四歳のときからバディに酒をもらうことはできなくなった。そして十六歳で首の骨を折ってから、いつのまにか生きているかぎりオピオイドと戯《たわむ》れるようになっていた。

麻薬の効果はエンドルフィンをはるかに上まわり、非ステロイド性抗炎症薬やアルコールなどとくらべるのもばかばかしいほどだが、オピオイドは一度でもμ受容体と結合したら最後、離れようとはしなくなる。それに応じて体は受容体を増やそうとする一方で、脳はμ受容体が満たされるすばらしさを覚えていて、ふたたび満たすように命令する。すると、本体の人間がテレビを観ていても、本を読んでいても、人生の意味を考えていても、

μたちはつねに小さな足を踏み鳴らし、餌をねだるようになる。これが渇望症状だ。そのあとは、妖精並みにぶっ飛んだ人間か、フーディーニ並みに強い自制心を持った人物でもないかぎり、遅かれ早かれその渇望を満たすことになる。そして遅かれ早かれ、もっと強い薬がなければ新しいμたちを満足させることができなくなるのだが、ちなみにそれが耐性の仕組みである。薬物を増やす。μ受容体が増える。さらに薬物を増やす。この繰り返しだ。

もっともつらいのは、μたちに餌をやるのをやめたときだ。およそ十二時間後には、μたちは体を人質に取る。身代金の要求は、彼らに理解できる唯一の言語で伝えられる。つまり、すさまじい苦痛だ。これが禁断症状で、剖検写真を見るほうがよほどましだと思えるほど、禁断症状を起こしたジャンキーの姿は直視するに忍びない。

だから、やはり母親の言うとおり、キャリーは自分が愚かな人生に向かって最初の一歩を踏み出した瞬間がいつだったのかわかっている。頭から体育館の床に叩きつけられ、二個の頸椎を砕いたときではない。はじめて処方されたオキシコンチンが底を突き、英語のクラスにいた麻薬常習者にどこで手に入るか尋ねた瞬間だ。

一幕の悲劇。

キャリーの待っていたバスが大儀そうに咳払いをして縁石に乗りあげた。

ドクター・ジェリーより年寄りじみたうめき声を漏らしながら、キャリーは立ちあがった。ポンコツな膝。ポンコツな腰。ポンコツな首。ポンコツな女。バスの座席は半分ほど埋まっていて、マスクを着けた乗客もいるが、どうせいつか死ぬのなら、くそまみれの人生をさっさと終わらせてなにが悪いと考えていそうな者もいた。キャリーは、やはりあちこちガタが来ている老女たちに交じり、前方の席に座った。孫のために清掃員やウェイトレスをしている老女たちは、自分の稼いだ小切手を何度も盗んだ家族を見るような目をキャリーに向けた。キャリーは彼女たちを安心させるべく、窓のほうを向き、街並みの風景がガソリンスタンドや自動車部品販売店からストリップクラブや小切手換金店に変わっていくのを眺めた。

荒廃した地区に入ってしばらくしたころ、キャリーは携帯電話を取り出した。ふたたびフェイスブックをひらいた。なぜいい年をしてばかな連中の近況をわざわざ知ろうとするのか、自分でもわからなかった。同級生たちのほとんどはレイク・ポイントで暮らしている。なかにはうまくやっている者もいるが、レイク・ポイントでうまくやっていても、普通の人間の水準には届かない。キャリーは学校に友達がひとりもいなかった。チアリーダー史上もっとも人気のないチアリーダーだったと言ってもよい。同類同士で固まっていたはみ出し者たちですら、キャリーをグループに入れなかった。同級生たちがキャリーを覚えているとすれば、全校集会で便を漏らした子として記憶に残っているかもしれない。キャリーはいまでも、体育館の硬い木の床に倒れたときの四肢に麻痺が広がる感覚と、腸の中身が漏れ出た悪臭を思い出す。

卵転がし競争と同じくらいくだらないスポーツのせいだ。

キャリーが降りるバス停に近づき、バスはホイペットのように車体を震わせた。キャリーは立ちあがろうとしたが、膝が固まっていた。拳で関節を叩いて、なんとか動くようにした。よたよたとステップをおりながら、リュックに入っている薬物をひとつひとつ思い浮かべた。トラマドール、メサドン、ケタミン、ブプレノルフィン。すべてジョッキ一杯のテキーラに混ぜて飲めば、カート・コベインとエイミー・ワインハウスとフロントローに座り、ジム・モリソンっていやなやつだよねとおしゃべりできる。

「ようキャル」クラック常用者のサミーが、壊れた庭用チェアに腰かけたまま声をかけてきた。「キャル！　キャル！　キャル！　来いよ！」

キャリーは空き地に入り、サミーのねぐらに近づいていった――庭用チェア、雨漏りするテント、なにに使うのかわからないつぶした段ボール箱の束。「どうしたの？」

「あんたの猫、大丈夫か？」

キャリーはうなずいた。

「鳩《はと》がいてさ、あんたの猫――」サミーは腕を広げて滑空するまねをした。「あんたの猫、空中でその鳩を捕まえて、おれの目の前で食っちまった。すごかったよ。そこに座って、三十分くらい鳩の頭をくちゃくちゃやってたぞ」

キャリーは誇らしい気持ちで笑いながら、リュックのなかに手を突っこんだ。「あの子、御馳走《ごちそう》をわけてくれた？」

「まさか、おれを見てるだけだったよ。マジで見てたんだ、キャリー。あの顔つきはまるで、えーと、なんて言ったらいいかわかんねえ。なにか言いたそうだった」サミーはげらげら笑った。「ハハッ！　〝クラックはやめとけ〟みたいな」

「ごめん。猫ってすぐ決めつけるんだよね」キャリーは夕食に作っておいたサンドイッチを取り出した。「今夜出かける前にこれ食べて」

「どうも」サミーはサンドイッチを段ボールの下にしまった。「でもよ、ほんとにあいつ、おれになにか言おうとしてたんじゃないかな？」

「さあね。知ってのとおり、猫はしゃべれるのがばれたら税金取られるから黙ってるんだよ」

「ハハッ！」サミーはキャリーに人差し指を突きつけた。「チクったら痛い目にあうぞ！　ちょ、ちょい待てよキャル、待てってば。トラップが捜してたぞ――」

「サンドイッチ食べなよ」キャリーは足を止めなかった。相手をしていたら、サミーは一晩中でもしゃべりつづける。クラックなしでもそうなのだ。

キャリーは角を曲がり、大きくあえいだ。トラップが捜しに来たとは、うれしくない展開だ。彼は十五歳のジャンキーで、飛び級でろくでなし学の学位を取った。幸い、彼は母親を恐れている。ウィルマが保護者でいるうちは、愚かな息子はリードにしっかりとつながれたままだ。

それでも、キャリーはリュックを胸の前に抱えてモーテルを目指した。慣れた道なので、とくにいやな感じはしない。空き地や空き家の前を通り過ぎた。崩れかけた煉瓦の擁壁は一面にグラフィティが描かれている。使用済みの注射器が歩道に散らばっている。いつもの癖で、キャリーの目はまだ使える注射針を探した。リュックには、駆血帯《くけつたい》と柄を曲げたスプーン、空の注射器、脱脂綿、ジッポーのライターをプラスチックのスヌーピーの腕時計ケースにおさめた〝注射セット〟が入っている。

ヘロインを注射する行為の最大の楽しみは、キャリーに言わせれば、その儀式じみたところにある。ライターをつけるカチッという音。スプーンで沸騰する酢のようなにおい。汚い茶色の液体を注射器に吸いあげる所作。

キャリーはかぶりを振った。危ない危ない。

通りに並ぶ住宅の裏手にまわるゴミだらけの路地に入った。とたんに、雰囲気が変わった。一帯にはさまざまな家族が住んでいる。家の窓はあけはなしてある。音楽が騒々しく鳴っている。女たちが男たちにどなっている。男たちが女たちにどなっている。子どもたちが放水しているスプリンクラーの周囲を駆けまわっている。アトランタの高級住宅地と同じだが、こちらのほうがうるさくてごみごみしていて、派手な色彩に満ちている。

木立を透《す》かして、路地の端に二台のパトカーがとまっているのが見えた。だれかを逮捕しに来たのではない。日が沈み、無線の指示が入ってくるのを待っている――呼吸困難を起こしたジャンキーにナロキソンを注射してやり、別のジャンキーをERへ連れていき、検死官事務所のワゴン車で長々と待たされ、児童保護サービスや保護観察事務所や退役軍人局へ出向く――月曜日一晩だけで、このありさまだ。パンデミック以降、違法なものに慰めを見出す人々が増えた。働き口がなくなった。食糧は充分に行き渡らない。子どもたちは腹を空《す》かせている。オーバードーズと自殺の件数は、上昇に歯止めが利かない。ロックダウン中に市民の精神状態に深い懸念を示していた政治家たちはみな、心を病んだ人々を支援するための支出を渋っているのだからあきれたものだ。

キャリーは電柱を駆けのぼっていくリスを眺めた。モーテルの裏へ向かった。二階建てのコンクリートの建物は、ほったらかされて繁茂《はんも》した植えこみのむこうにある。のびた枝を押しわけ、ひびの入ったアスファルトの敷地に入った。大型ゴミ容器の饐えたにおいに迎えられた。敷地内を見まわし、トラップが待ち伏せしていないのを確認した。

いつのまにか、またリュックのなかの豊富な危険薬物のことを考えていた。カート・コベインに会えれば最高だが、自傷への強い欲求はなくなっていた。いや、普段と同じくらいの強さ、つまり確実に死ぬのではなく、死ぬかもしれない程度の欲求にまで落ち着いていた。たぶんこの世に連れ戻されるのだから、少しばかり死ぬ確率を高めてみてもいいよね？　警察は間に合うよね？

とにかく今夜はゆっくりシャワーを浴びて、鳩をおやつに食べた飼い猫とベッドにもぐりこみたかった。一晩眠って朝きちんと起きるためのメサドンはある。早く起きられれば、仕事へ行く途中で薬を売りさばける。どのみち、午前中に出勤すれば、ドクター・ジェリーはびっくりして心臓発作を起こすかもしれない。

明日なにをするか考えたのは久しぶりだったので、角を曲がりながら頬がゆるんだ。

「よう」トラップが建物の壁に寄りかかり、マリファナを吸っていた。キャリーは彼にじっと見つめられ、この子は頭の中身こそ五歳児並みのティーンエイジャーだが、力の強さは大人の男並みであることを忘れないようにと自分に言い聞かせた。「あんたを捜してる人がいたぞ」

キャリーはうなじの毛が逆立つのを感じた。大人になってから、自分を捜している人物がいないことを確認してばかりいる。「だれ？」

「白人の男。いい車に乗ってた」トラップはそれで充分だろうと言わんばかりに肩をすくめた。「そのリュック、なにが入ってるんだ？」

「あんたには関係ない」キャリーは彼の前を通り過ぎようとしたが、腕をつかまれた。

「待てよ」トラップが言った。「お袋に集金してこいって言われてる」

キャリーは声をあげて笑った。トラップがカツアゲをしたとウィルマが知ったら、息子のタマを蹴りつぶすはずだ。「ほんとかどうか、いますぐウィルマに訊いてこようか」

トラップの目が泳いだ。キャリーにはそう見えた。彼が背後にいるだれかに合図したのだと気づいたときには手遅れだった。首を巡らせることはできないので、体ごと振り返ろうとした。

太い男の腕が首に巻きつく。空から雷が落ちてきたかのように、いきなり痛みが襲ってきた。腰が前に突き出た。男の胸に倒れかかり、ドアの蝶番のように体が折れた。

耳元に熱い息がかかった。「動くな」

キャリーは、そのうわずった声で相手がディエゴだと気づいた。トラップの仲間のジャンキーだ。薬のやりすぎで、すでに歯が溶けている。どちらかひとりだけでも相手にするのは厄介だ。ふたり一緒だと、レイプ殺人のニュースになりかねない。

「なにを大事そうに抱えてるんだ?」ディエゴがキャリーの首をぐいと引いた。空いているほうの手をリュックの下に突っこみ、キャリーの胸をつかんだ。「いいおっぱいしてるな」

キャリーの左腕はすっかり感覚を失っていた。頭蓋骨が付け根からはずれそうな気がした。キャリーは目を閉じた。死ぬのなら、背骨がぽきりと折れる前に死にたい。

「戦利品を見てみようぜ」すぐそばにいるトラップから、腐りかけた歯の悪臭が嗅ぎ取れた。彼はリュックのファスナーをあけた。「うわ、こんないいものを隠してたのかよ――」

そのとき、その場の全員が、九ミリ拳銃のスライドを引く特徴的なカチカチッという音を聞いた。

キャリーは目をあけることができなかった。弾《たま》を撃ちこまれるのをひたすら待った。

トラップが言った。「なんだおまえ？」

「あんたの知ったことじゃないわ。その頭にもうひとつ穴をあけてほしくなけりゃ、ふたりともとっとと失《う》せせな」

キャリーは目をあけた。「久しぶりだね、ハーリー」

5

「いいかげんにしなよ、キャリー」

キャリーは、リーが怒ってリュックをベッドに放り投げるのを見ていた。注射器数本、錠剤、水薬の小瓶、タンポン、ジェリービーンズ、ペン、ノート、図書館で借りたフクロウに関する本二冊、注射セット。姉は、リュックの中身についてはとやかく言わなかったが、ペンキを塗ったコンクリートブロックの壁の内側に麻薬を隠していないかと言わんばかりに、モーテルの陰気な室内のあちこちに視線を向けた。

「わたしが警官だったらどうするの？　こんな大量の薬、持ってちゃだめでしょう」リーは言った。

キャリーは壁にもたれた。リーにさまざまな顔があることは昔から知っている——姉は猫より別名が多い——が、ジャンキーのティーンエイジャーふたり組に銃口を向けることのできるリーが鎌首をもたげたのは二十三年ぶりだ。

トラップとディエゴは、リーがラップフィルムではなくグロックを持っていたことに感謝したほうがいい。

リーが厳しい口調で言った。「薬物の不法取引なんかしてたら、一生刑務所だよ」

キャリーは注射セットを切ない思いで見やった。「底辺の人間には塀のなかのほうが楽だって聞いたよ」

リーはさっと振り向き、腰に両手を当てた。できる女風の高級スーツにハイヒールといういでたちのせいで、この肥溜めモーテルにいるのがなんだか滑稽に見えた。スカートのウエストバンドから覗いている弾をこめた銃のせいでもある。

キャリーは尋ねた。「バッグはどうしたの?」

「車のトランクにしまってある」

それこそばかな金持ち白人女がやりそうなことだと言おうとしたが、ディエゴに残りの頸椎をくだかれそうになったときから頭がずきずきしていた。「よく来たね、ハー」

リーは近づいてきて、キャリーの瞳孔を覗きこんだ。「いま、しらふ?」

完全じゃないけど、というのが最初に思い浮かんだ返事だったが、リーにはまだしばらくここにいてほしかった。最後に姉に会ったのは、グレイディ病院のICUで二週間、人工呼吸器につながれたときだ。

リーは言った。「いまは頭をはっきりさせておいてほしいの」

「じゃあ急いだほうがいいよ」

リーは腕組みをした。なにか言いたいことがあるようだが、まだその準備ができていないらしい。「ちゃんと食べてる？　痩《や》せすぎだよ」

「女はいくら痩せても――」

「キャル」妹を心配する気持ちがキャリーの軽口をシャベルのようにぶった切った。「あなた、大丈夫なの？」

「姉さんのチョウチンアンコウは元気？」キャリーは姉のとまどった表情を味わった。はみ出し者たちがいちばん不人気のチアリーダーを仲間に入れたがらなかったのも当然だ。「ウォルターのこと。元気にしてる？」

「元気よ」リーの顔つきがやわらいだ。両手が体の脇におりた。リーにガードをおろさせることができる人間はこの世に三人しかいない。そのなかの三人目について、リーは訊かれてもいないのに近況を言った。「マディはあいかわらずウォルターの家から学校に通ってる」

キャリーは腕をさすって感覚を取り戻そうとした。「つらいね」

「まあね、だれでもつらいことはあるわ」リーは室内をうろつきはじめた。シンバルを叩く猿のおもちゃが自分でネジを巻いているかのようだった。「さっき、このあいだの週末にどこかのばかな母親がひらいたパーティーで感染者が出たって、学校からメールが来たの。いまのところ六人が陽性。クラス全員、今後二週間はオンライン授業だって」

キャリーは笑い声をあげたが、ばかな母親を嘲笑《あざわら》ったのではなかった。リーが暮らしている世界は、まるで火星ほどに遠い。

リーが窓のほうへ顎をしゃくった。「あれ、あなたの？」

キャリーは窓のすぐ外に座っているたくましい黒猫にほほえんだ。ビンクスはのびをして、窓があくのを待った。「今日、鳩を捕まえたんだよ」

リーは鳩などどうでもよさそうだったが、それでも尋ねた。「あの子の名前は？」

「ファッキン・ビッチ」リーがぽかんとしたので、キャリーはにんまり笑った。「縮めてフィッチって呼んでる」

「それって雌の名前じゃない？」

「あの子の性自認は決まってないの」

リーは唇を引き結んだ。社交にやってきたわけではないのだ。リーにとって社交とは、ほかの弁護士や医師《ドクター》と、帽子屋と三月うさぎに挟まれてぐっすり眠っている眠りねずみ《ドーマウス》のいる高級ディナーパーティーへ行くことだ。

彼女がキャリーを捜し出して会いに来るのは、よほど悪いことが起きたときだけだ。逮捕状が出ているとき。勾留されたとき。裁判が迫っているとき。コロナウイルスに感染したと診断されたけれど、看病要員が妹しかいないとき。

キャリーは最近の違法行為をざっと思い出してみた。うっかり信号無視をしたのが悪かったのか。いや、ドクター・ジェリーが麻薬取締局に目をつけられていると、リーの知り合いがこっそり知らせてきたのだろうか。それよりも、キャリーから薬を買った卑怯者《ひきょうもの》が、自分だけ助かろうとして寝返ったのか。

これだからジャンキーは信用できない。

キャリーは尋ねた。「だれがあたしを捜してるの?」

リーは人差し指で宙に円を描いた。この部屋の壁は薄い。だれかに聞かれてはまずいようだ。

キャリーはビンクスを抱き寄せた。前々からいつか自分は姉にもどうすることもできないような厄介ごとにはまりこむだろうと、ふたりとも予測していた。

「行こう」リーが言った。「急いで」

近所をひとまわり散歩してこようという意味ではない。荷物をまとめて、猫をなにかに入れて、車に乗れと言っているのだ。

キャリーが服を探しているあいだ、リーがリュックに中身を入れなおした。ベッドシーツと花柄のブランケットと別れるのはつらいが、キャリーが住み処を捨てるのはこれがはじめてではない。いつもならドアの外に立ち退《の》き通知書を携えた保安官補が立っている。持っていくのは、下着と靴下と清潔なTシャツ二枚とジーンズ二本。靴は一足しかなく、すでに履いている。Tシャツが足りなかったら古着屋で買えばいい。毛布はシェルターで借りられるが、ペット不可なので宿泊はできない。

キャリーは枕からカバーをはずし、わずかな小物とビンクスのフード、ピンクのねずみのおもちゃ、ビンクスが気分の落ち着かないときに引きずりまわすプラスチックの安物のハワイアンレイを詰めこんだ。

「準備はできた？」リーはリュックを肩にかけていた。彼女は弁護士なので、銃と大量の薬物を同時に所持していればどんなことになりかねないか、キャリーが説明してやる必要はなかった。交渉次第でルールが変わる、ごく一部の人のための世界に、リーは居場所を得ている。

「もうちょっと待って」キャリーはベッドの下からビンクスのキャリーケースを蹴り出した。猫は体をこわばらせたが、ケースに入れられるのをいやがりはしなかった。猫もこれがはじめての立ち退きではないのだ。

キャリーは姉に言った。「準備完了」

リーはキャリーを先に外へ出した。ビンクスは車の後部座席に乗せられた瞬間に、不機嫌な声で鳴きはじめた。キャリーはシートベルトでキャリーケースを固定してから、助手席に座ってシートベルトを締めた。リーはつねに冷静だが、イグニッションキーをまわす手首のひねり方に、不自然なほど無駄がなかった。どう見てもリーは怯えていて、それが不安を煽《あお》る。リーは決して怯えたりしないからだ。

薬物の不法取引。

ジャンキーは必要に迫られてパートタイムの法律家になる。ジョージア州では、薬物の種類と所持量によって強制的に量刑が決まる。コカイン二十八グラム以上で十年。オピエート二十八グラム以上で二十五年。メタンフェタミン四百グラム以上で二十五年。

キャリーは、この数カ月間で顧客たちにそれぞれ売った総量を計算し、寝返りそうな人間に当たりをつけようとしたが、頭のなかの計算機は何度スイッチを入れなおしても〝やられた〟としか表示しなかった。

リーはモーテルの駐車場を出て右に曲がった。ふたりとも広い道路に出るまで口をきかなかった。住宅の並ぶ路地の端にとまっている二台のパトカーの前を通った。警官たちはアウディに一瞥《いちべつ》もくれなかった。ふたりのことをジャンキーの子どもを捜しに来たか、自分の薬を手に入れるために街を流している裕福な女たちと思っているのだろう。

沈黙がつづくなか、車は外環状線に入り、バス停の前を通り過ぎた。高級車はでこぼこだらけのアスファルトでもすべるように進んでいった。キャリーは急に止まったり揺れたりする公共交通のバスに慣れている。自家用車に乗ったのはいつ以来だろうか。たしか、グレイディ病院にリーが迎えに来てくれたときだ。キャリーはリーの超高級コンドミニアムでしばらく療養するはずだったが、太陽がのぼる前に街へ出て、腕に針を刺していた。

キャリーは痺《しび》れている指をマッサージした。感覚がやや戻ってきたのはいいが、まだ神経を何本もの針で引っかかれているような感じが残っていた。姉のたるみのない横顔をしげしげと見つめた。経済的な余裕と、きれいな年の取り方には関係がある。リーのコンドミニアムにはジムがある。いつでも医者にかかれる。退職金口座を持っている。素敵なバカンス。週末ごとの休息。キャリーに言わせれば、リーにはあたうかぎりの贅沢をする資格がある。リーはなにもせずにこのような暮らしを手に入れたわけではない。勉強に励み、仕事に励み、犠牲に犠牲を重ねて梯子《はしご》をよじのぼったから、彼女もマディも最高の生活ができるのだ。

キャリーの悲劇が自分をよくわかっていることにあるのなら、リーの悲劇は、彼女のよい暮らしとキャリーの惨状にはなんの因果関係もないのに、その事実を頑《かたく》なに認めようとしないことだ。

「おなかすいてない？」リーが尋ねた。「なにか食べなくちゃ」

キャリーの返事を待とうともしなかった。いまふたりは姉妹モードに入っていた。リーはマクドナルドに車を寄せた。キャリーの希望も訊かずに、ドライブスルーで注文したが、フィレオフィッシュはどうやらビンクスのためらしい。商品引渡口へじりじりと近づくあいだ、ふたりとも黙りこくっていた。リーは運転席と助手席のあいだのコンソールからマスクを取り出して着けた。現金と引き換えにハンバーガーと飲み物の袋を受け取り、全部キャリーに渡した。それからマスクを取り、運転を再開した。

キャリーはどうすればいいのかわからず、とりあえず食べる用意をした。ビッグマックをナプキンで包み、リーに渡した。ダブルチーズバーガーを食べることにした。ビンクスにはフライドポテト二本で我慢してもらうしかない。フィレオフィッシュは大好きだろうが、洒落《しゃれ》たレザーシートのコントラストステッチの縫い目から猫の下痢便をきれいに取り除けるとは思えなかった。

「ポテト食べる？」リーに尋ねた。

リーはかぶりを振った。「あなたが食べなさい。痩せすぎよ、キャル。しばらく薬もやめたほうがいいよ」

キャリーはつかのま、リーが薬を完全にやめろと言わなくなったのをありがたく思った。リーは更生施設に一万ドルほど無駄金を払ったし、苦悩に満ちた話し合いを幾度となく繰り返した結果ではあるが、リーがあきらめてくれてから、ふたりともずいぶん楽になったのは事実だ。

「食べなさい」リーが命令した。

キャリーは膝に置いたハンバーガーを見おろした。胃がむかついた。痩せたのは薬のせいではないと、リーには言えなかった。コロナに感染して以来、すっかり食欲がなくなってしまったのだ。ほとんど毎日、無理やり食事をしていた。リーにそう話せば、さらに背負わなくてもいい罪悪感を背負わせることになる。

「キャリー?」リーは苛立ちをあらわにキャリーをちらりと見た。「自分で食べないのなら、無理やり食べさせるよ」

キャリーは残りのフライドポテトをなんとか呑みこんだ。チーズバーガーをきっちり半分だけ食べた。コーラを飲んでいたとき、ついに車が止まった。

まわりを見まわした。とたんに、胃が食べ物を吐き出す方法を探りはじめた。そこはレイク・ポイントの住宅地のど真ん中で、母親から逃げなければならないときに、リーがいつも車で連れてきてくれた場所だった。キャリーは二十年、このごみごみした界隈を避けていた。ドクター・ジェリーのクリニックからわざわざバスで遠回りして帰るのは、狭いカーポートとみすぼらしい庭のついた、陰気にうずくまっている家々を見ずにすむからだ。

リーはエアコンのためにエンジンをかけっぱなしにしていた。キャリーのほうを向き、ドアに背中をあずけた。「ゆうべ、トレヴァーとリンダ・ワレスキーが職場に来たの」

キャリーは戦慄した。リーがいま言ったことから心の距離を置こうとしたが、記憶の彼方《かなた》の水平線に見える小さな黒い点は、苛立ってうろうろしているゴリラだ――逆三角形のウエスト、つねに拳に握った両手、筋肉がつきすぎて体の脇にぴったりつけることのできない両腕。その獣は全身から凶暴な不機嫌さを発散している。だれもが通りで彼を見かけたら、とたんに踵を返す。

ソファに行こう、お人形さん。きみがほしくて我慢できない。

キャリーは尋ねた。「リンダはどうしてる？」

「大金持ちになってる」

キャリーは窓の外を見た。視界がぼやけた。ゴリラが振り向いてにらみつけてくるのが見えた。「キャリー」「ということは、バディのお金をあげなくても大丈夫だったんだね」

「聞いてるよ」切羽詰まった口調だった。「ごめん、でもちゃんと聞いてほしいの」

聞いていないと思っていても当然だが、それでもリーは話をつづけた。「トレヴァーはいま、アンドルーと呼ばれてる。ふたりとも名字をテナントに変えたの、バディが――失踪したあとに」

キャリーは、ゴリラが走ってくるのを見ていた。口から唾を飛ばしている。鼻孔が広がっている。太い両腕を振りあげる。歯を剝《む》き出して突進してくる。安物の葉巻煙草とウィスキーと自分自身のセックスのにおいがする。

「キャリー」リーはキャリーの手を取り、骨がずれるほどきつく握りしめた。「キャリー、大丈夫よ」

キャリーは目を閉じた。ゴリラが地平線へのしのしと引き返していく。キャリーは唇を舐めた。いまこの瞬間ほどヘロインがほしくなったことはない。

「大丈夫」リーは手にますます力をこめた。「あいつはあなたに手出しできないからね」

キャリーはうなずいた。喉がひりつき、バディに絞め殺されそうになったあと、何週間も、いや、ひょっとしたら何カ月も、なにかを飲みこむたびに喉が痛んだのを思い出した。**あんたはほんとにだめな子だよ。**あの日、あとで母親にそう言われた。**ばかなくそあまに公園でぼこぼこにされる子なんか育てた覚えはないよ。**

「ちょっと待って」リーはキャリーの手を放した。後部座席に身を乗り出し、キャリーケースの扉をあけた。ビンクスを抱きあげ、キャリーの膝に乗せた。「この話、もうやめようか？」

キャリーはビンクスを抱きしめた。ビンクスは喉を鳴らして頭をキャリーの顎に押しつけた。猫の重みが心地よかった。リーには話をやめてほしかったが、現実から逃げ隠れしていては、姉にすべての重荷を背負わせることになる。

「トレヴァーはあいつに似てる？」

「リンダに似てる」リーは黙りこみ、次の質問を待った。これは彼女が法廷で身につけた弁護士としての戦術ではない。リーがいつも情報をいっぺんに伝えず、事実を小出しにするのは、キャリーが恐怖に駆られて路地裏でオーバードーズしないようにするためだ。

キャリーは昔よくトレヴァーにしていたように、ビンクスの頭に唇を押し当てた。「どうやって姉さんを見つけたんだろう？」

「あのネットの記事を覚えてる？」

「おしっこ男か」あの記事には姉が誇らしくなったものだ。「それで、弁護士になんの用?」

「女性をレイプしたとして起訴されたの。ひとりじゃなくて、複数の女性かもしれない」

驚くべき話だが、キャリーは驚かなかった。どこまでわがままが許されるか試すやり口が父親そっくりだったトレヴァーをさんざん見ている。「やっぱりバディに似てるじゃん」

「キャル、たぶんあの子はわたしたちがやったことを知ってる」

その知らせはハンマーのようにキャリーを殴った。口がひらいたが、言葉が出てこなかった。ビンクスは急にないがしろにされてむっとしたようだ。ダッシュボードに跳び乗り、外に目をやった。

リーはもう一度言った。「アンドルーは、わたしたちが父親になにをしたか知ってる」

キャリーはエアコンの送風口から冷気が肺にじわじわと入ってくるのを感じた。この話から逃げ隠れすることはできない。首だけ動かすのは無理なので、体ごと向きなおり、リーのようにドアに背中をあずけた。「あのときトレヴァーは眠ってた。ふたりで確かめたでしょ」

「だよね」

「はあ」キャリーがそう言うのは、ほかになんと言えばいいのかわからないときだ。

「キャル、ここにいなくてもいいよ。どこでも連れていってあげる――」

「いいよ」なだめすかされるのは嫌いだ。なだめてほしいのはやまやまだけれど。「ねえハーリー。なにがあったのか話してよ。なにも省略しないで。全部知りたいんだ」

この期に及んでも、リーは明らかに迷っていた。リーがそこで抵抗せず、いつものように、わたしがなんとかするから忘れなさいと言わないことが、ひどく怖かった。

リーは最初から、つまりゆうべのこのくらいの時刻から起きたことを話しはじめた。上司のオフィスに呼び出されたこと。アンドルーとリンダ・テナントが過去から来た亡霊だとわかったこと。アンドルーのガールフレンドと、どうにも信用できないレジー・パルツという調査員のことと、キャリーがアイオワに住んでいると嘘をついたことも詳しく語った。それから、アンドルーにかかっている一件のレイプ容疑と、ほかの容疑について。被害者が大腿動脈のすぐそばをナイフで切られていたというくだりで、キャリーは自分の口がひらくのを感じた。

「待って。話を戻そう。トレヴァーは、正確にはなんて言ったの？」

「アンドルーだってば」リーは訂正した。「もうトレヴァーじゃないんだよ、キャリー。問題は、あの子がなにを言ったかじゃなくて、あの子の言い方なの。アンドルーは、父親が殺されたことを知ってる。わたしたちがやったのを知ってるの」

「でも――」キャリーはリーの話を理解しようとした。「トレヴ――アンドルーは、あたしがバディを殺したのと同じやり方で、ナイフを使ってるってこと？」

「あなたは殺してない」

「どっちでもいいよ、リー」またばかげた言い合いを繰り返したくなかった。「あたしが殺したあと、姉さんが殺した。どっちがって問題じゃないでしょ。あたしたちふたりで殺したんだよ。ふたりであいつを切り刻んだの」

リーは黙りこくった。キャリーに考える余地を与えようとしているのだろうが、キャリーとしては、そんなものは必要なかった。

「ハーリー。死体が見つかったとしても、いまさら死因がわかるわけないよ。いまごろなにもかも消えてる。もしかしたら骨が見つかるかもしれない。でも、全身の骨じゃない。散らばった骨のかけらが見つかるだけ」

リーはうなずいた。すでに考えたことなのだろう。

キャリーはほかの可能性もつぶしていった。「ほかにカメラとかカセットとか――とにかくまずいものがないか、ふたりで捜したよね。ナイフは洗って抽斗に戻した。あのあと、トレヴァーとリンダが町を出ていくまで、あたしは一カ月もベビーシッターをつづけた。あのステーキナイフはできるだけ使うようにしてた。あのナイフからあたしたちがしたことに気づくやつなんていないよ」

「アンドルーがどうしてナイフのことを知ったのかはわからないし、どうしてバディの脚が切られていたのを知ったのかもわからない。でも知ってるんだよ」

当然ながら、キャリーは全力であの晩のことを忘れようとしてきたのだが、いま無理やり頭のなかに引っぱり出した。記憶のページを手早くめくり、どのページでも手を止めないようにした。だれもが過去のできごとを、はじまりと中間と終わりのある一冊の本のように考えている。そうではない。現実にははじまりも終わりもない。

キャリーはリーに言った。「あたしたち、家中ひっくり返したよね」

「うん」

「それなのに、どうして……」キャリーはもう一度、今度は少しゆっくりと記憶のページをめくりなおした。「姉さんはシカゴへ発《た》つまで六日間待った。あたしたち、あの子の前でこの話をしたっけ？　なにか言っちゃった？」

リーはかぶりを振った。「そんなはずはないと思うけど……」

最後まで聞かなくても、リーの言いたいことはわかった。ふたりとも当時は茫然自失《ぼうぜんじしつ》の状態だった。ふたりともティーンエイジャーだった。ふたりとも天才的犯罪者などではなかった。母親はなにかよくないことがあったと気づいていたが、姉妹にこう言っただけだ。**なにをやらかしたのか知らないけどあたしを巻きこんだりしたらあたしはあんたたちを売ってさっさと逃げるからね。**

リーは言った。「わたしたちがどんなミスを犯したのかわからないけど、どうやらミスったのは間違いないね」

ただでさえリーは山のような罪をひとりで背負っているのに、そのミスとやらもその罪にくわえようとしているのが、キャリーには彼女を見ているだけでわかった。「アンドルーは、正確にはなんて言ったの？」

リーはかぶりを振ったが、記憶力のいい彼女が覚えていないはずがない。「人の人生を壊すような犯罪のやり方を知ってるかって訊かれた。冷酷に人を殺しても捕まらずにすむ方法を知ってるかって」

キャリーは下唇を嚙んだ。

「それから、子どものころといまとじゃ時代が違うと言ってた。その理由はカメラ」

「カメラ？」キャリーはおうむ返しに言った。「いきなりカメラの話をしたの？」

「五、六回はカメラの話をした――いまはどこにでもカメラがある、玄関の呼び鈴、建物の防犯カメラ、道路の監視カメラ。どこにいても撮られてるって」

「あたしたち、ビデオカセットの隠し場所とは考えなかったね」キャリーは言った。アンドルーの部屋だけは、ビデオカセットの隠し場所とは考えなかった。バディは息子とめったに口をきかなかった。息子を疎《うと》んじていた。「アンドルーはしょっちゅう盗みを働いてた。もしかしたら、ほかにもビデオカセットがあったのかも」

リーはうなずいた。その可能性はすでに考えていたようだ。

キャリーは頰が真っ赤になるのを感じた。アンドルーは当時、十歳だった。ビデオカセットを見つけたのだろうか？　父親が思いつくかぎりの方法で自分を犯す映像を見たのだろうか？　だから、アンドルーはいまでも自分に執着しているのだろうか？

だから、彼は女性をレイプするのだろうか？

「ハーリー、やっぱり理屈に合わないよ。アンドルーがビデオカセットを持ってたとして、そのビデオには自分の父親が子どもを食い物にするやつだってことが映ってるわけでしょ。アンドルーだって、そんなことは知られたくないよね」キャリーは体が震えそうになるのをこらえた。知られたくないのは自分も同じだ。「リンダは知ってると思う？」

「思わない」リーはかぶりを振ったが、知らないと言いきれるわけではない。

キャリーは熱い頰を両手で押さえた。リンダに知られたらおしまいだ。誠実で頼りになるリンダが大好きで、憧れていたと言ってもいい。子どものころは、リンダの夫を寝取っているのだとは考えたこともなかった。のぼせた頭で、ふたりとも自分の親代わりだと思っていた。

「アンドルーは、あの晩のこととか、バディがいなくなったことでなにか言って、その流れでカメラの話になったの？」

「そうじゃない」リーは答えた。「あなたの言うとおり、アンドルーがビデオカセットを持ってたとしても、バディが死んだところが映ってるわけじゃないよね。ナイフのことはどうして知ったんだろう？　脚の怪我のことも」

キャリーは、前肢の手入れをするビンクスを眺めた。どうしてなのか、見当もつかない。いや、ひとつ思い出した。

キャリーはリーに言った。「あたし、調べたの――あのあと、リンダの解剖学の教科書で調べたの。人間の体の仕組みを知りたくて。アンドルーに見られてたかもしれない」

リーは納得してはいないようだが、それでも言った。「その可能性はあるね」

キャリーは指先でまぶたを押した。首がずきずきと痛んだ。手もあいかわらずちりちりしている。遠くでゴリラが落ち着かないそぶりを見せている。

リーが尋ねた。「しょっちゅう調べてたの？」

キャリーのまぶたの裏に映像が映し出された。ワレスキー家のキッチンのテーブルに広げた教科書。人体図。大腿動脈を何度もなぞったため、赤い線がピンク色に褪せてしまった。アンドルーは気づいたのだろうか？　キャリーの執拗な行為を目にするうちに、ピンときたのだろうか？

それとも、キャリーとリーの激しいやり取りをこっそり聞いていたのだろうか？　あのあと、たびたびふたりで話し合った――自分たちのやり方がうまくいくのか、警察やソーシャルワーカーになにを話すか、バディの金をどうするか。アンドルーは隠れて聞き耳を立て、メモを取っていたのかもしれない。あの子はいつもこそこそしていて、キャリーの背後から飛びついて驚かせたり、ペンや本を盗んだり、水槽の魚を怖がらせたりしていた。

どの仮説も、当たっていてもおかしくない。どれが当たっているにせよ、リーからは同じ反応を引き出すだろう。**わたしのせいだ。全部わたしのせい。**

「キャル?」

キャリーは目をあけた。ひとつだけ訊きたいことがあった。「どうしてそんなに心配するの、リー? アンドルーは証拠を持ってないよ、持ってたらとっくに警察に行ってる」

「アンドルーはサディスティックなレイプ犯だから。彼にとってはゲームなのよ」

「だからなに? リー、しっかりしてよ」キャリーは腕を広げて肩をすくめた。ふたりはいつもこうだ。ひとりがうろたえれば、ひとりが冷静になる。「ユニフォームを着る気がない相手とはプレーできないでしょ。そんな変なやつのことなんか気にしなければいい。証拠を持ってるわけないんだし」

リーは黙っているが、明らかにまだ動揺している。目が涙で潤んでいる。顔色も悪い。キャリーは、リーのシャツの襟ぐりにこびりついたまま干からびている嘔吐物に気づいた。リーは昔から胃が弱点だった。よい暮らしの欠点はこれだ。一度手に入れたら手放せなくなる。

キャリーは言った。「ねえ、姉さんは何度もあたしになんて言った? 嘘をつきとおせ、でしょ。バディが帰宅した。殺すという脅迫にビビってた。だれに脅迫されているのかは言わなかった。あたしは姉さんに電話をかけた。姉さんは迎えに来た。あたしたちがあの家を出たとき、あいつは生きてた。あたしは母さんにボコボコにされた。おしまい」

「D‐FaCS」リーは家庭児童福祉サービスの略称をあげた。「ソーシャルワーカーがうちに来たとき、写真は撮ってたっけ？」

「ろくに話も聞かなかったよ」正直なところ、キャリーは覚えていなかったが、行政の仕事ぶりは知っているし、リーも知っている。「ハーリー、頭を使いなよ。あたしたちは『ビバリーヒルズ青春白書』の世界に住んでたわけじゃない。飲んだくれの母親に蹴飛ばされてた子なんて、ほかにいくらでもいたでしょ」

「でも、ソーシャルワーカーの報告書がどこかにあるはずだよね。行政が書類を破棄するわけないんだから」

「あのワーカーが報告書を作ったとは思えないな。ソーシャルワーカーはみんな母さんを怖がってたし。警察もバディのことで事情聴取に来たとき、あたしがなんでひどい顔をしてるのか訊きもしなかった。姉さんにも訊かなかったでしょ。リンダは抗生物質をくれて、鼻の処置をしてくれたけど、やっぱりなにも訊かなかった。あたしたちを福祉につなごうとする人はいなかった。学校の先生すら、なにも言わなかったんだよ」

「まあね、たしかにあの人でなしパターソン校長は子どもの味方じゃなかったし」

恥辱が大波のように押し寄せ、キャリーを岸辺に叩きつけた。どんなに時間がたっても、バディとしていた行為を何人の男に見られたのかわからないまま、過去を忘れることはできなかった。

リーが言った。「ごめん、キャル。無神経だった」

キャリーは、リーがティッシュを探してバッグをまさぐるのを見ていた。ひところ姉が、ビデオを見た男たちを皆殺しにしようという壮大な計画を考えていたのを思い出した。リーは報復のためなら自分の命すらなげうつつもりだった。崖っ縁でリーを引き止めたのは、マディを失う恐怖にほかならない。

キャリーは、いつもリーに言うことを言った。「姉さんは悪くないよ」

「シカゴなんか行くんじゃなかった。わたしは――」

「レイク・ポイントに閉じこめられたまま、あたしたちと一緒にどん底に蹴り落とされたほうがよかった?」キャリーはリーに返事をさせなかった。「リーがレイク・ポイントに残っていたら、タコベルの店長をやりながらタッパーウェアを売り、片手間に経理も請け負っていただろうと、ふたりとも思っていたからだ。「ここに残ってたら大学には行けなかったよ。法学の学位も取れなかった。ウォルターにも会えなかった。そして、間違いなく――」

「マディにもね」リーの涙がこぼれはじめた。昔からリーは泣き虫だった。「キャリー、ほんとうに――」

キャリーは手を振ってリーを黙らせた。ここでまた〝全部わたしのせいだ／違う姉さんは悪くない〟を繰り返してもしかたがない。「福祉サービスに報告書が保管されている、もしくは警察があたしの状態を記録してたとするよ。そうだとしたら、どうなの？　いまその書類はどこにある？」

リーは唇を引き結んだ。まだ冷静になれないようだが、それでも答えた。「担当した警官はいまごろ退職しているか、幹部になってる。虐待について正式な報告書に記載がなくても、個人的なメモには残っているはず。その個人的なメモは段ボール箱に入れられて、どこかの家の屋根裏あたりにしまいこまれてる」

「じゃあ、あたしがアンドルーの雇った調査員、レジーだとして、二十三年前に起きたかもしれない殺人事件を調べてるとする。あたしは事件当時、あの家に居合わせた子どもたちについて、警察やソーシャルワーカーの報告書を探してる」キャリーは言った。「あたしはどうする？」

リーはため息をついた。まだ動揺はおさまっていない。「Ｄ－ＦａＣＳに、ＦＯＩＡに則《のっと》って情報開示請求をする」

情報公開法《ＦＯＩＡ》は公的文書の情報公開を定めた法律だ。「それから？」

「二〇〇五年、ケニー・Ａ対サニー・パーデュー訴訟に同意判決が出た」リーの法律家脳が動きはじめた。「細かい部分はややこしいけど、要するに、フルトン郡とディカーブ郡は社会養護下にいる子どもたちに対するひどい待遇を改善しなければならなくなった。合意に達するまで、三年を要した。州にとって都合の悪い書類や資料は、その三年のあいだに都合よく紛失した」

キャリーは、自分の虐待に関する報告書がその紛失した書類のなかに紛れているのを想像した。「警察は？」

「正式な書類は情報開示請求すればいいし、警官個人のメモについても提出を求めることができる」リーは言った。「レジーがそうせずに、いきなり関係者を訪ねていけば、相手は虐待を記録しておきながらその後なんのフォローもしなかったことを訴えられるのを恐れるでしょうね。殺人事件に関連している場合はなおさらね」

「ということは、警察も都合の悪いものは紛失してるかもしれない」キャリーは、事情聴取に来たふたりの警察官を思い出した。これもまた、男同士で都合の悪いことには口をつぐんで庇い合うケースかもしれない。「つまり、どれも心配するような問題じゃないってことだよね？」

リーは言葉を濁した。「まあそうかもね」

「あたしはどうすればいいのか言って」

「わからない」リーはそう言ったが、いままで彼女が無策だったことなどない。「あなたを州外に連れ出す。どこかに――どこかわからないけれど。テネシー。アイオワ。どこでもいい。あなたが行きたいところに」

「アイオワぁ？」キャリーはリーの気持ちを軽くしてやろうとした。「あたしに牛の乳搾りをやれって？」

「牛は好きでしょう」

たしかに好きだ。牛は愛らしい。牧場で働きたかったと思っているもうひとりのキャリーがいる。獣医師。ゴミ収集トラックに乗る人。愚かな泥棒ジャンキーでなければなんでもいい。

リーは深呼吸した。「うろたえてごめん。ほんとうはあなたには関係ないことなのに」

「ばかじゃないの」キャリーは言った。「やめてよ、リー。あたしたちおたがいに絶対の味方じゃん。前も姉さんのおかげで切り抜けられた。今度も一緒に切り抜けるんだよ」

「そうは思えない。アンドルーはもう子どもじゃないよ。異常者なの。まともな人に見えたのが、次の瞬間には目の前の相手に闘争逃走反応を起こさせる、そういう人間だよ。ほんとに怖かった。うなじの毛が逆立った。会った瞬間に、どことなく変だと感じたけど、あの子が本性を現したときにやっとわかったの」

キャリーはリーからティッシュを一枚もらい、洟をかんだ。姉はもともと賢いのに、お上品な場所に長居しすぎたのだ。リーは、アンドルーが再捜査を要求した結果、どうなるか考えている。裁判になり、証拠が提示され、反対尋問があり、有罪判決が出て、刑務所へ。

リーは犯罪者的な考え方をする能力を失ってしまったようだが、キャリーが代わりにそうすればすむことだ。アンドルーは凶暴なレイプ犯だ。決定的な証拠もないのに、警察を頼るわけがない。彼がリーをいたぶるのは、自力で真相を探ろうとしているからだ。

キャリーはリーに言った。「姉さんのことだから、最悪のシナリオを考えてるんでしょ」

リーは認めたくなさそうだったが、同時に安堵《あんど》していることが、キャリーにはわかった。

「薬を少しずつやめてほしいの。完全にやめなくてもいいから、だれかがあれこれ訊きに来たときに、ちゃんと答えられる程度にはしらふでいてほしい」

キャリーは追い詰められたような気がしたが、姉に頼まれるまでもなくいまはヘロインをやっていない。自分で選択したかどうかが大事なのだ。リーからそんなふうに言われると、リュックを床に放り捨ててさっさと出ていきたくなる。

「キャル？」リーはひどくがっかりしたようだった。「ずっとやめろってわけじゃない。こんなこと言うのは――」

「わかった」キャリーは口いっぱいに湧きあがった生唾を飲みこんだ。「いつまで？」

「それはなんとも言えない」リーは正直に答えた。「アンドルーがどう動くのか見極めないと」

キャリーは問い詰めたい気持ちをこらえた――二、三日？　一週間？　一カ月？　泣きださないように唇を嚙んだ。

リーにはキャリーの気持ちが読み取れたようだ。「まずは二日、様子を見よう。でも、もし街を出ていきたいのなら――」

「大丈夫」キャリーは言った。ふたりのために、ほんとうに大丈夫でなければならない。「それよりも、ハーリー、アンドルーの目的はもうわかってるよね」

リーはあいかわらず困惑した様子でかぶりを振った。

「あの子はいま姉さんより追いこまれてるんだよ」姉の本能、それも逃走ではなく闘争本能を呼び覚まさなければ、いつまでもこのままだ。「あの子は弁護士をクビにした。姉さんに弁護を依頼したものの、裁判まであと一週間しかない。文字どおりこの先の一生がかかってるってときに、カメラだの、人殺しをしても捕まらない方法だの、遠回しに脅迫する。脅迫するのはなにか目的があるからだよね。その目的とは？」

なにかに気づいたように、リーの目が光った。「自分のために、わたしに違法行為をさせたいんだ」

「そういうこと」

「くそっ」リーは考えられる違法行為をあげた。「証人に賄賂を渡す。偽証する。犯罪の隠匿を幇助《ほうじょ》する。司法を妨害する」

リーはすでに、それ以上の罪をキャリーのために犯している。

「そういうのから逃げる方法は知ってるよね」

リーはかぶりを振った。「相手はアンドルーだから。あの子はわたしをつぶしたいのよ」

「それがどうしたの？」キャリーは目を覚ませと言うかわりに指をパチンと鳴らした。「あたしの容赦ない姉さんはどこへ行った？　ついさっき、道路の先には警官が何人もいるのにふたりのジャンキーにグロックを突きつけたばかりでしょ。そのくせ、はじめて骨を折られたいじめっ子みたいにいつまでもおろおろするのはやめなよ」

リーは少しずつうなずきはじめ、自分を鼓舞しているようだった。「あなたは正しい」

「当ったり前じゃん。姉さんは立派に法律の学位を取って、立派な仕事をしていて、経歴もきれい。かたや、アンドルーはどう？」キャリーはリーに答えさせなかった。「女性をレイプした容疑で起訴されてる。ほかにもあいつにレイプされた女性がいるかもしれない。この人でなしレイプ犯が、二十年前に姉さんにパパを殺されたとピイピイ泣きだしたからといって、だれが信じると思う？」

リーは繰り返しうなずいていたが、キャリーには姉がなぜ平然としていられないのかわかっていた。リーには嫌いなことがたくさんあるが、なかでも自分の弱さを感じるのはなにもできなくなるほど怖いのだ。

キャリーは言った。「あの子にはなんの力もないよ、ハーリー。姉さんを見つけたのだって、そのいけすかない調査員がネットの写真を見せたからだよね」

「あなたはどうだろう？」リーは言った。「何年も前に、母さんのラストネームを名乗るのはやめちゃったけど。あなたを見つける方法があるかな?」

キャリーは、見つかりたくない人間を捜す犯罪すれすれの手段を頭のなかですばやく思い浮かべた。トラップは金さえもらえばなんでもしゃべるだろうが、キャリーはいつもの習慣でモーテルにチェックインしたときに偽名を使った。スイム・シェイディはインターネット上の架空の人物だ。税金は納めていない。車も家も賃借契約していないし、携帯電話はプリペイド式のものだし、運転免許も持っていないし、健康保険にも入っていない。もちろん社会保障番号はあるはずだが、キャリーは自分の番号を見たこともないし、カードは母親がとうに焼き捨てたのかもしれない。非行歴は封印されている。成人後にはじめて逮捕されたときは、キャリオピー・デウィンターの名前で登録された。取り調べをした警官はダフネ・デュ・モーリアを読んだことがなく、ラリっていたキャリーはそれがおかしくてたまらず、笑いすぎてパトカーの後部座席で漏らしてしまい、取り調べが中断してしまったからだ。それにくわえて、ファーストネームが変わった発音なので、偽名はどんどん増えていった。コロナウイルスに感染してグレイディ病院のICUで衰弱していたときも、カルテの名前はキャル・E・O・P・デウィンターになっていた。

キャリーはリーに言った。「あいつには見つけられないよ」

リーはほっとした様子でうなずいた。「よし、このまま目立たないようにして。できるだけしらふでいてね」

キャリーは、先ほどトラップに薬を強奪されそうになったときに言われたことを思い出した。

白人。いい車。

レジー・パルツ。メルセデスベンツ。

「すぐにけりがつくと思う」リーが言った。「審理はせいぜい二日か三日で終わる。なにをたくらんでいようが、アンドルーには時間がないの」

キャリーは浅く息を吸い、リーの顔を見つめた。アンドルーが実際にはどんな禍《わざわい》をもたらしかねないか、キャリーの生活をほとんど知らないリーには考えも及ばないはずだ。キャリーを捜し出したのも、おそらく弁護士仲間を頼ったのだろう。ドクター・ジェリーがいまもクリニックをつづけていることはもちろん、キャリーが手伝っていることも知らない。

レジー・パルツがすでにあちこち嗅ぎまわっているのはさておいても、当然ながら警察内部に彼の情報源がいるに違いない。キャリーの名前を警察の情報網にかけることができるだろう。キャリーは薬物を売りさばいている。よい警官がよからぬ疑問を抱けば、麻薬取締局がドクター・ジェリーのクリニックのドアをドンドン叩き、キャリーは市の拘置所でつらいデトックスに耐えなければならなくなる。

キャリーは、ビンクスが陽光を存分に楽しむべくダッシュボードにごろりと横になるのを見ていた。自分とドクター・ジェリーのどちらをより心配しているのかわからなかった。拘置所では、医療の支援を受けながらデトックスすることはできない。独房に閉じこめられ、三日後に自力で歩いて出ていくか、死体袋に入れられて運び出されるかどちらかだ。「アンドルーがあたしを見つけ出しやすいようにしてあげたほうがいいかもね」リーはぎょっとした。「いいわけないでしょう、キャリー。アンドルーはサディスティックなレイプ犯だよ。今日もあなたのことをしつこく訊いてきた。あの子の親友が言ってたよ、そのうちあなたを捜しはじめるだろうって」

キャリーは、いまの話は聞かなかったことにした。深く考えても尻込みしたくなるだけだ。「アンドルーは保釈中でしょ？　許されている範囲から出たら、足首についたモニターが――」

「モニターが警報を発してから保護観察官が駆けつけるまで、どのくらい時間がかかるか知ってる？　市はいま深刻な人員不足なの。感染が広がってから、古株の半分が早期退職して、残った人たちの仕事が五割増しになったんだから」リーはあきれた顔をしていたが、急に不安そうな表情になった。「ということは、アンドルーが人を殺せば、警察はＧＰＳの記録から犯行時刻を割り出せる」

キャリーは口のなかがからからに乾くのを感じた。「アンドルーは自分で捜そうとはしないよね。調査員に捜させるんでしょ？」

「レジー・パルツはわたしがなんとかする」

「で、アンドルーは次のレジー・パルツを雇う」リーには堂々巡りをやめてまともに考えてもらわなければならない。「いい？　調査員があたしを見つけたら、アンドルーはあたしたちを出し抜いたつもりになる。調査員はあたしにいろいろ質問をする。あたしはこっちに都合のいいように答える。たいしたことじゃない。そのあと、調査員はアンドルーにすべて報告する。アンドルーはあたしを見つけたと言って姉さんを驚かそうとするけど、姉さんはもう知ってるからビビらない」

「危険すぎるよ」リーは言った。「それって、あなたが餌になってあの子を誘《おび》き寄せるってことでしょう」

キャリーは身震いしたくなるのを我慢した。真実を小出しにするのもここまでだ。とっくに釣り針からぶらさがっていることはリーには知る由《よし》もない。知れば、この街に残ることを許してくれないだろう。「あたし、調査員にすぐ見つかりそうな場所へ行くから。あらかじめ来るとわかってて迎え撃つほうが楽だし」

「ばか言わないで」リーはすでにかぶりを振っていた。〝すぐ見つかりそうな場所〟がどこかわかっているのだ。「正気の沙汰じゃない。一瞬で見つかるよ。アンドルーが被害者にどんなひどいことをしたか、写真を見れば――」

「やめて」バディ・ワレスキーの息子がどんなことをするのか、教えてもらう必要はなかった。「あたしがそうしたいの。そうするから。姉さんの許可はいらない」

リーはまた唇を引き結んだ。「現金の用意はある。足りなければもっと用意できる。あなたの行きたいところへ連れていってあげる」

自分のホームグラウンドだと思える唯一の場所を離れることはできないし、そのつもりもない。だが、もうひとつ選択肢があった。自分を知っている人間ならなるほどとうなずきそうな選択肢が。ビンクスはドクター・ジェリーに託せばいい。そして、鍵のかかった棚に入っている薬を全部飲めば、日が沈む前にカート・コベインがソロで《カム・アズ・ユー・アー》をやってくれる。

「キャル？」リーが言った。

頭のなかでカート・コベインの声がループしていたせいで、キャリーはリーに呼ばれたことに気づかなかった。

「わたしには――」リーはまたキャリーの手をつかみ、空想の世界から引き戻した。「わたしにはあなたが必要なの、キャリオピー。あなたが無事だとわかってないと、アンドルーに立ち向かえない」

キャリーはふたりのつながった手を見おろした。リーだけが、普通の生活らしきものとつながれるよすがだ。たがいに会うのはほんとうに困ったときだけだが、姉がつねに味方でいてくれるとわかっているおかげで、キャリーは絶望しかないような暗い場所から何度となく戻ってくることができた。

依存症の孤独はだれも語らない。薬がほしくなるのは弱っているときだ。ハイになれば、完全に無防備になる。どんなときでも、つねに目覚めればひとりだ。やがて、そばにだれもいなくなる。家族から信用されなくなり、孤立する。古い友人たちはあきれて離れていく。新しい友人たちには薬を盗まれ、彼らの薬を盗むのではないかと警戒される。孤独について語り合えるのはほかのジャンキーだけだが、当人の心根がどんなに優しくても友情より次の一発を優先するのが依存症の性質だ。

それでも、キャリーは自分のためには強くなれないが、姉のためなら強くなれる。「あたしはひとりでも大丈夫。いくらか現金をもらえれば、なんとか乗り切れるよ」

「キャル――」

「F《フランクリン》三枚」キャリーは言った。〝すぐ見つかりそうな場所〟には入場料が必要だと、ふたりともわかっている。「急いで、あたしの気持ちがくじける前に」

リリーはバッグに手を入れた。分厚い封筒を取り出した。彼女は昔からやりくり上手だった――倹約し、貯金し、さらに稼ぎ、元手を増やしてくれるものだけに投資した。キャリーの玄人目で見ても、封筒のなかには五千ドルは入っている。

リリーは封筒のまま差し出すのではなく、二十ドル札を十枚だけ取り出した。「手はじめにこれでどう？」

キャリーはうなずいた。またもやふたり共通の認識だが、いっぺんに全額もらってしまうと、すべてキャリーの血管のなかに消えてしまう。キャリーは体の向きを変え、ふたたび前方を向いた。スニーカーを脱ぐ。六十ドルを取りわけ、リーに言った。「手伝ってくれる？」

リーは身を屈め、三枚の二十ドル札をスニーカーの奥に突っこみ、キャリーに履かせた。

「ほんとうに大丈夫なの？」

「さあね」キャリーは、リーがビンクスをキャリーケースに入れるのを待ち、車を降りた。デニムパンツのファスナーをおろした。残りの紙幣を生理ナプキンのようにショーツのクロッチに差しこんだ。「あとで電話する。あたしの番号がわかるように」

リーは車から荷物をおろした。キャリーケースを地面に置く。でこぼこにふくらんだ枕カバーを胸に抱いた。罪悪感が顔に浮かび、吐く息に混じり、リーの感情を支配しているのがわかった。だから、ふたりはよほどの緊急事態でなければ会わないようにしているのだ。罪悪感が大きすぎて、ふたりとも耐えられないから。

「待って」リーが言った。「やっぱりこんなのだめだ。わたしが――」

「ハーリー」キャリーは枕カバーに手をのばした。首筋が抗議の悲鳴をあげたが、顔をしかめないようにこらえた。「あとで連絡する。わかった？」

「お願いだから聞いて」リーは抗った。「あなたにこんなことさせられない。つらすぎるよ」

「だれでもつらいことはあるよ」

リーは、自分が言ったことをそのまま返されるのが好きではないようだ。「キャル、わたしは真面目に言ってるの。一緒にここを出ていこう。考える時間をくれれば……」

キャリーはリーの声がだんだん小さくなるのを聞いていた。リーはもうさんざん考えたのだ。だから、ふたりともいまここにいる。アンドルーは、アイオワの農場にキャリーがいるという作り話を信じたふりをしている。トラップの言葉が嘘ではないのなら、アンドルーはすでにキャリーを見つけるために調査員をここへ差し向けている。見つかっても、キャリーは迎え撃つ。アンドルーがリーにキャリーを見つけたと告げようが、リーはばかみたいにうろたえたりしない。

　肝心なのは、ほんの小さな一歩であっても異常者の先を行くことだ。

それでも、キャリーは早くも決意が揺らぎはじめるのを感じていた。ジャンキーの例に漏れず、キャリーも自分は水のように流れやすいほうへ流れていくたちだと思っている。姉のために、その性質に抗わなければならない。リーは母親であり、妻であり、だれかの友人である。キャリーは決してリーのような人間にはなれない。人生とは往々にして残酷だが、たいていは公平だから。

「ハーリー」キャリーは言った。「あたしにまかせてよ。あいつをへこませる方法はこれしかないんだから」

リーはなにを考えているのかわかりやすい。罪悪感に押し流されそうになるのをなんとか踏みとどまっている表情で、グロックを構えてモーテルに現れる前から考えていたシナリオの数々を思い出している。ありがたいことに、ついにリーの闘争本能が目覚めたようだ。とうとう必然を受け入れることにしたのだ。リーは背中を車にあずけた。胸の前で腕組みをした。キャリーが次にすることを待っている。

キャリーはビンクスのキャリーケースを持ちあげた。猫は驚いて抗議の声をあげた。腕から首に痛みが走ったが、キャリーは歯を食いしばり、よく知っている通りを歩きだした。姉との距離が広がるにつれて、キャリーは肩越しに振り向くことができなくてよかったと思った。リーがまだ見送ってくれているのはわかっていた。キャリーが交差点の角を曲がるまで、罪悪感に駆られ、傷つき、怯えたまま、車のそばで立ちつくしているのだろう。

角を曲がってしばらくしてからようやく、車のドアが閉まってエンジンのかかる音がした。

「さすが、あたしの姉さんよね」キャリーは、閉じこめられたことにまだへそを曲げているビンクスに話しかけた。「いい車に乗ってるでしょ?」

ビンクスは声高に鳴いた。SUVのほうが好みなのだ。

「あのモーテルが気に入ってたみたいだけど、ここにも太った鳥はいくらでもいるからね」キャリーは首をかしげ、貧相な街路樹を眺めた。たいていの猫は、新しい環境に慣れるまで時間がかかる。だが、ビンクスは何度も突然の引っ越しを経験しているので、新しい縄張りを探検して帰り道を覚えることに慣れている。とはいえ、だれでもその気にさせてやる必要がある。キャリーはビンクスに言った。「ジリスがいるよ。シマリスも。ドブネズミサイズのウサギも」

猫はなんの反応も示さない。税金を払いたくないからだろう。

「キツツキ。鳩。ルリツグミ。ショウジョウコウカンチョウ。ショウジョウコウカンチョウはあなたの好物でしょ。レシピ見たことあるよ」

左へ曲がり、界隈の奥深くへ進んでいくうちに、音楽が聞こえてきた。ふたりの男がカーポートでビールを飲んでいた。あいだに、蓋をあけたクーラーボックスが置いてある。その隣の家のドライブウェイでは、男が洗車していた。音楽は改造したオーディオシステムから鳴っていた。庭で子どもたちが笑いながらバスケットボールを蹴っている。

キャリーの記憶では、そのような子どもらしい自由を味わったことはない。体操は好きだったが、母親がこれは金になると感づいたとたんに、楽しかった体操が仕事になってしまった。やがて、体操チームから引き離されてチアリーディングをやることになった。これも金のためだ。その後、バディに興味を持たれて、小遣いをもらえるようになった。

バディが大好きだった。

そのことが、キャリーの人生のほんとうの悲劇だ。いつまでもつきまとってくるゴリラ。それまで生きてきたなかで唯一、本気で愛した人間が憎むべき小児性犯罪者だった。

以前、久しぶりに入った更生施設の精神科医に、実際にはそれは愛情ではなかったのだと指摘された。バディは父親代わりのような態度で接近してキャリーの警戒心を解かせた。キャリーに安心感を与え、それと引き換えにキャリーがいやがることをやらせた、そんなふうに言った。

ただ、キャリーはすべてがいやだったわけではない。当初、バディも優しかったころは、気持ちよく感じたこともあった。そんな自分はおかしいのでは？　自分の内側におかしなところがあるからこそ、気持ちいいと感じてしまったのでは？

キャリーはゆっくりと息を吐き、また角を曲がった。歩いたせいで息があがっていた。キャリーケースを反対の手に持ち替え、でこぼこした枕カバーの包みを脇に抱えた。こわばった首筋は真っ赤にたぎる溶鋼のようだったが、いまは痛みを感じたかった。

屋根のたわんだ小さな赤い平屋の前で、キャリーは足を止めた。建物前面の壁板はつぎはぎだらけで、縞《しま》模様になっている。開いた窓やドアにはまった侵入防止の柵が刑務所のような雰囲気を添えている。キャリーの好みからするとややスコッチテリアが勝ちすぎている汚れた雑種犬が、網戸の前を守っていた。ぐらつく三段の階段をのぼると、膝がぎしぎしときしんだ。ピンクスのキャリーケースをポーチに置いた。枕カバーを落とした。金属のドアの枠をドンドンと叩いた。犬が吠《ほ》えはじめた。
「ロジャー！」家の奥で、ニコチンの染みついた声があがった。「口を閉じな！」
キャリーは腕をさすりながら通りのほうを向いた。むかいの家の明かりはついていたが、その隣の家は窓に板が打ちつけられ、庭の雑草ものび放題で、枯れたトウモロコシ畑のようだった。歩道に大便が落ちている。キャリーはつま先立ちになってよく見た。人糞だ。

背後で足音が聞こえた。リーに言った言葉を思い出した――**あたし、調査員にすぐ見つかりそうな場所へ行くから。**

アンドルー・テナントが調査員にキャリーを捜させているのなら、すぐ見つかりそうな場所がひとつ。

「おやまあびっくりだ」

キャリーは振り返った。

網戸のむこうにフィルが立っていた。キャリーがおむつを着けていたころから変わらない。野良猫のように痩せてひょろりとしている。びっくりしたアライグマのように黒く縁取られた目。ヤマアラシのように鋭く尖った歯。生理中のヒヒの尻のように真っ赤にふくらんだ鼻。肩にかついだ野球のバット。口にくわえた煙草。目やにのついた目が、キャリーの顔からキャリーケースのほうを向いた。「その猫、なんて名前？」
「ステューピッド・カント」キャリーはなんとかへらりと笑ってみせた。「略してスタント」

フィルはキャリーをにらんだ。「ルールはわかってるね。うちに泊まるんなら、あたしに金《ファンド》を払うかあたしを食《フィード》わせるか、ファックするのが条件」

三つのF。姉妹はルールに支配されて育った。キャリーはスニーカーを蹴り脱いだ。たたんだ二十ドル札を招待状のようにひらひらと振った。

バットがいつもの場所に戻った。網戸がひらいた。フィルは六十ドルをひったくった。

「股にもっと入れてんだろ？」

「ほしけりゃ自分で手を突っこめば」

フィルは煙草の煙に目を細くした。「ここにいるあいだは女を連れこまないでよ」

「了解、母さん」

6

火曜日

じつにつまらないことに、キャリーは実家の古い自室で目覚めたとき、ここはどこだろうとは一瞬たりとも思わなかった。なにもかもよく知っているものだとすぐに気づいた。あたりに漂うぴりっとした海水のにおい、水槽のフィルターに水が流れる音、たくさんの小鳥のさえずり、鍵をかけたドアの外で鼻をふんふんいわせている犬。キャリーは、ここがどこで、なぜここにいるのか、はっきりとわかっていた。

ただ、アンドルーの調査員が同じことを知るまでにどのくらい時間があるのかがわからない。

リーが話していたレジー・パルツの特徴から考えると、彼がこの界隈に現れれば、囮《おとり》捜査官と同じくらい目立つだろう。フィルの家のドアをノックするような愚かなまねをしようものなら、バットの太いほうの先端で迎えられかねない。だが、キャリーはそうならないと予測している。レジーは人目を避けるよう厳重に命じられているはずだ。アンドルー・テナントはリーをいきなり直撃したが、彼のほんとうの狙いはリーではない。バディの息子は父親の命を奪った人物へのオマージュとして、被害者の頭にラップフィルムを巻きつけることはない。安物のキッチンナイフを使う。キャリーが彼の父親に致命傷を負わせたナイフと似たようなものを。

つまり、アンドルーがなにをもくろんでいるにせよ、リーではなくキャリーが目的に違いない。

キャリーはまばたきして天井を見あげた。古いポスターからスパイス・ガールズがにらみ返してきた。天井ファンがジェリ・ハリウェルの脚のあいだから突き出ている。キャリーは頭のなかで《ワナビー》の数節を再生した。依存症者になってよかったことは、ものごとを仕分けして考えられるようになったことだ。こっちにヘロイン、そっちはそれ以外のすべて、要するにヘロインではないのでどうでもいいもの、という具合に。

キャリーは猫用ドアのむこうでビンクスが入れてもらえるのを待っているかもしれないので、おいでという合図に舌を鳴らした。ビンクスが入ってこなかったので、ベッドの上で体を起こし、足を床につけて背中をのばした。急に体勢を変えたので、血圧がさがった。めまいと吐き気がして、不意に骨の髄までむずむずした。じっと座ったまま、初期の禁断症状になにがあったか思い出した。冷や汗。骨の疼痛。頭痛。木をかじるビーバーのように、抑制のきかない思考が頭蓋骨の内側にがりがりと歯を立てている。

　リュックが壁際に置いてある。キャリーは、一切ためらうことなく床に膝をついた。手早く注射セットの注射器を取り出し、ほとんど全量残っているメサドンの小瓶も見つけた。注射器を準備するあいだ、心臓は針・針・針、とじれったそうに鼓動していた。

　腕の静脈を探しはしなかった。使える血管はもう残っていない。床に膝をついたまま移動し、クローゼットの扉の内側にある姿見の前に座った。姿見を見ながら太腿の静脈の位置を見極めた。鏡像は前後も逆だが、すぐに慣れた。鏡に映る自分の姿を見ながら、針を太腿に刺した。プランジャーを押す。

　世界がぼんやりとしてきた――空気も水の音も、部屋中に散らかった箱の直線的な輪郭も。キャリーは長々と息を吐き、目を閉じた。まぶたの内側の暗闇がみずみずしい風景になった。バナナの木々が茂り、緑深い森が広がる山々。地平線に、メサドンの大波が押し寄せてくるのを待っているゴリラが見える。

　維持投与の欠点はこれだ。まだ体の感覚は完全に残っているし、目も見えるし、記憶も失われていない。キャリーはかぶりを振り、３Ｄ写真鑑賞機のビューマスターでカシャカシャと写真を切り替えるように、頭のなかの映像を転換した。

　リンダ・ワレスキーの教科書に載っていた人体図。青い線であらわされた下肢のおもな静脈が、赤い動脈に寄り添うように走っていた。静脈は血液を心臓へ送る。動脈は血液を心臓から体のすみずみへ届ける。だから、バディは即死しなかった。ナイフは静脈を切った。動脈を切っていれば、バディはリーに殺されるよりずいぶん前にことされていたはずだ。

キャリーは頭のなかの映像を新しいものに替えた。

ドクター・ジェリーが夜は自宅へ連れ帰り、人工哺乳で育てている子猫のミャミャ・キャス。睡眠中に心筋梗塞《しんきんこうそく》で亡くなったキャス・エリオットにちなんで、キャリーがそう名付けた。彼女とはまったく違うのが、顎の下にショットガンの銃口を当てて引き金を引いたカート・コベインだ。遺書は娘に捧《ささ》げる言葉で締めくくられていた――

俺がいないほうがあの子の人生はずっと幸せなものになるから。愛してるよ。愛してる！

なにかを引っかくような音がした。

キャリーはゆっくりとまぶたをあけた。ビンクスが窓の外で、窓が閉まっていることに立腹した様子で待っていた。キャリーはなんとか立ちあがった。一歩踏み出すごとに全身がずきずきした。ガラスを爪で軽く叩き、すぐあけてあげるとビンクスに伝えた。ビンクスは馬術競技の馬のように、金属の防犯柵のあいだをジグザグにすり抜けていたが、そもそも馬術競技の馬は荒くれアドレナリン・ジャンキーではない。窓の鍵はピンロックで、窓枠にあけた穴に長いボルトを差しこむようになっている。爪でボルトを挟んで少しずつ引っぱり出すキャリーを、ビンクスはばかにするような顔で見ていた。

「申し訳ございません、ご主人さま」キャリーはビンクスのつややかな黒い背中をしばらくなでた。猫は毛繕いで社交するので、ビンクスはキャリーの顎の下に頭を押しつけた。

「意地悪な魔女に追い出されたの？」

ビンクスはなにも語らなかったが、フィルが彼に餌と水をやり、ブラシをかけてから、ソファかふかふかの椅子かドアの外か、彼自身に選ばせたことは、キャリーも承知していた。あの痩せこけたくそババアは、シマリスを助けるためならバスの前に身を投げ出しかねない。娘たちは自分で自分を助けなければならないが。

もっとも、フィルはそこまでババアではない。リーを生んだのは十五歳のときで、十九歳でキャリーを生んだ。ボーイフレンドや夫がころころ替わったが、フィルは娘たちに父親は軍の訓練中に死亡したと話していた。

ニック・ブラッドショーは海軍の無線傍受担当で、親友のピート・ミッチェルという戦闘機パイロットとパートナーを組んでいた。ある日、ふたりは訓練飛行中にソ連のミグ戦闘機の不興を買ってしまった。エンジンが炎上して機体はきりもみ状態になり、ブラッドショーは帰らぬ人となった。想像すると恐ろしいが、ピート・ミッチェルは通称マーヴェリック、ブラッドショーは通称グースで、『トップガン』の前半部分は基本的にマーヴェリックとグースの話だったと知れば大笑いだ。

それでも、キャリーは真実を知らされるよりましだと思っていた。実際には、フィルが酒で酔いつぶれて、といったところだろう。リーもキャリーも、一生ほんとうのことを知らないままだろうと思っている。フィルは嘘の達人だ。そもそも、フィルというのも本名ではない。出生証明書にはサンドラ・ジーン・サンチャゴと記載され、警察の記録にも同じ名前で、重罪犯かつレイク・ポイント周辺の悪徳家主に雇われて家賃徴収を代行していると書かれている。重罪の前科があるフィルは銃を所持することができないので、代わりに野球のバットを持ち歩く――本人は護身のためと主張しているが、相手を脅すためのものであることは明らかだ。ルイスビルスラッガーのバットには、フィル・リズートのサインが入っている。それがニックネームの由来だ。一帯のだれもがフィルの不興を買うのを恐れている。

ビンクスはキャリーの手を振り払って飛び降りた。キャリーは窓を閉めようとしたが、一瞬、なにかの光が目にとまった。メサドンの効果がパニックによってつかのま消えたような気がした。通りのむこうを見やった。あいかわらず歩道に人糞がこびりついていたが、懐中電灯のものらしき光は、板で窓をふさいだ家から漏れていた。

いや、目の錯覚か？

キャリーは手動で焦点を合わせるかのように目をこすった。通りには、服のハンガーではずれかけたマフラーをつないだ古いセダンやトラックのほかに、麻薬ディーラーたちが好むＢＭＷやメルセデスが並んでいた。さっきの光は、バックミラーや金属に太陽光が反射したのかもしれない。庭には、割れたクラックパイプやアルミホイルが落ちているだろう。キャリーは背の高い雑草のむこうへ目を凝らし、光の正体を見極めようとした。野生動物か。あるいはカメラのレンズ。

白人の男。いい車。

ビンクスが脚に体を押しつけてきた。キャリーは胸に手を当てた。心臓の激しい鼓動が伝わってきた。板でふさいだ窓やドアのひとつひとつを凝視していると、涙が湧きあがった。メサドンがいつもより効いているのだろうか？　びくびくしすぎだろうか？

まずい事態だろうか？

キャリーは窓を閉めた。ピンを窓枠に差しこんだ。デニムパンツをはき、スニーカーに足を入れた。盗んだ薬物をリュックに詰めこんだ。注射セットとメサドンはマットレスの下に隠した。ランチタイムまでにスチュアート・アヴェニューへ行かなければならない。警察に呼び止められる前に、残りの薬物を売りさばいておく必要がある。部屋を出ようとしたが、我慢できずにもう一度、窓の外を見た。

キャリーの目がすっと細くなった。先ほど見た光を頭のなかでできるだけ再現した。細かい部分は想像力が補った。長い望遠レンズ付きの、見るからにプロ仕様のカメラを構えた調査員。キャリーのプライベートな瞬間を捉えるシャッターの音。レジー・パルツは写真を現像してアンドルーに渡す。ふたりはバディのようにキャリーの写真を眺めるのだろうか？ ふたりの男は、キャリーの知りたくないような用途にその写真を使うのだろうか？

バサッという大きな音がして、キャリーは心臓が口から飛び出るかと思った。フィルが室内に積みあげていた箱のひとつを、ビンクスがひっくり返したのだった。古新聞や古雑誌の記事、フィルがインターネットで拾ってプリントアウトしたくだらない記事が箱からこぼれ出ていた。フィルは狂犬じみた陰謀論者だ。狂犬病とはほぼ死を免れない感染症で、不安や混乱、多動、幻覚、不眠、妄想、液体を飲むのを恐れるなどの症状を引き起こすと承知のうえで、キャリーはそう思っている。

フィルの場合、飲酒は恐れないけれど。

キャリーは内側に南京錠をかけたドアの前へ行った。ポケットから鍵を取り出した。一緒に数枚の硬貨が出てきた。ゆうべマクドナルドでリーが受け取った釣り銭だ。キャリーは二枚の十セント貨と三枚の二十五セント貨を見つめたが、気持ちはそこになかった。もう一度、窓辺に立ちたいという衝動と闘わなければならなかった。目を閉じ、ドアにひたいを押し当て、これはバッドトリップだと思いこもうとした。

現実感がじわじわと戻ってきた。

レジー・パルツがむかいの空き家から監視しているのなら、それこそ願ったり叶《かな》ったりではないか？ あの男がモーテルへ行ってトラップを買収したり、クラック頭のサミーに話を聞いたりといった事態は避けられる。ドクター・ジェリーのクリニックで働いていることも知られずにすむ。スチュアート・アヴェニューのお得意客たちもレジーに会わずにすむ。レジーの友達の警官に、あれこれほじくり返されたり、これからどうするつもりなのか調べられたりすることもない。レジーの調査は、ここ、フィルの家の玄関で終了するからだ。

キャリーは目をあけた。硬貨をポケットにしまった。鍵を鍵穴に差しこんでまわし、ドアをあけた。ビンクスが差し迫った様子で廊下を走っていった。キャリーはドアを閉め、南京錠を外側にかけた。鍵をまわし、母親に侵入されないよう、掛け金を引っぱって施錠されていることを確かめた。

子どものころに戻ったかのようだ。

廊下を進んでいくと、海水水槽のフィルターの音が大きくなった。リーの寝室は海中の世界に変わっていた。群青色の壁。水色の天井。部屋の中央には、フィルの痩せた体の形にへこんだビーンバッグ・チェアがあり、ナンヨウハギやクマノミ、スズメダイ、ルリヤッコの群れが隠された財宝や沈没した海賊船のあいだを泳ぎまわる様子をパノラマのように眺めることができる。天井からマリファナの香りが垂れこめていた。フィルは水槽だらけの暗い部屋で、ビーンバッグ・チェアに舌のようにだらしなくもたれてまったりするのが好きらしい。

キャリーは母親がそばにいないのを確認してから部屋に入った。窓を覆っている青いアルミホイルをめくった。ひざまずいて、むかいの空き家の様子をうかがった。この部屋からのほうがよく見え、かつ目立たない。前面の窓からベニヤ板が一枚はがされ、大人の男がひとり入りこめるくらいの隙間があいているのが見えた。

「なるほど」キャリーはつぶやいた。

ゆうべベニヤ板がそこにはまっていたかどうかは思い出せなかった。フィルに尋ねれば、おそらく妄想をふくらませて激怒するだろう。

キャリーは後ろポケットからスマートフォンを取り出し、空き家の写真を撮った。前面の窓の部分を指で拡大した。ベニヤ板は折り取られていた。もっとも、折られた木材に関する科学捜査の学位でも持っていないかぎり、いつ折り取られたのかわかるわけがない。

リーに連絡するべきだろうか？

連絡しても、ああかもしれないこうかもしれないという生焼けの推測に終始し、リーの内なるシンバル猿のネジをぎりぎりと巻いてしまうだけだろう。今日の午後、リーはアンドルーと会うことになっている。上司も同席するかもしれない。リーは剃刀の刃の上を歩かねばならない。いま電話をかけて、メサドンがもたらした幻覚かもしれないことを伝えるのは得策ではなさそうだ。

スマートフォンは後ろポケットのなかに戻った。キャリーは青いアルミホイルの端を元どおり窓に押しつけた。リビングルームに入ると、そこも動物園だった。ロジャーがソファから顔をあげて吠えた。かたわらに新しい犬がいた。やはりテリアの雑種で、キャリーが汚れた頭をなでてやっても無視した。鳥の糞のにおいがしたが、ダイニングルームの主《ぬし》である十数羽のセキセイインコの大きなケージ三個は、フィルが熱心に掃除をしているはずだ。煙草の煙のにおいが染みついているので、フィルの定位置はキッチンらしい。フィルは愛する動物たちの世話に余念がないが、この呪われた家の生き物は一匹残らず副流煙で死ぬだろう。

「あんたの猫に、インコに手を出すなって言っといてよ」フィルがキッチンから大声で言った。「一羽でもちょっかい出そうものなら、外で寝てもらうからね」

「ステューピッド・カントは……」キャリーはその言葉に余韻を持たせた。「……鳥が怖いの。鳥のほうがあの子を襲うかもしれない」

「ステューピッド・カントって雌の名前だろ」

「まあね、母さんからも言ってやって。あたしのアドバイスは聞いてくれないの」キャリーは顔に笑みを貼りつけてキッチンに入った。「おはよう、母さん」

フィルは鼻を鳴らした。くわえ煙草でベーコンエッグを前に座り、テーブルの面積の半分を占めているばかでかいｉＭａｃを凝視している。午前中の母親はいつもこんな感じだったっけ。ゆうべの化粧が崩れかけ、マスカラは固まり、アイラインはにじみ、ファンデーションとチークは枕でこすれていた。なぜフィルが結膜炎の歩く見本にならないのかは謎だ。

「しばらく薬をやってないみたいだね。少しふっくらしてきたんじゃないか」フィルが言った。

キャリーは椅子に座った。空腹は感じなかったが、皿に手をのばした。

フィルはその手を払いのけた。「家賃はもらったけど、食費はもらってないよ」

キャリーはポケットから硬貨を取り出してテーブルに叩きつけた。

フィルは胡散臭そうに硬貨を眺めた。キャリーが金をどこに隠し持っているか知っているのだ。「それ、股から出したんだろ？」

「口に入れて確かめてみれば」

キャリーは、フィルの拳が飛んできたことに、頭まであと数センチのところで気づいた。さっとよけたものの、耳の上を強打され、コメディ映画のようにゆっくりと椅子から転げ落ちた。コメディ映画は、頭が床を直撃したと同時に終わった。痛みに息が止まった。

キャリーはそばに立っているフィルを見あげるよりほかになにもできなかった。

「大げさだね、ちょっと小突いただけなのに」フィルはかぶりを振った。「これだからジャンキーはだめだ」

「飲んだくれのくそババアのくせに」

「あたしは屋根のあるところに住んでる」

キャリーは気勢をそがれた。「たしかに」

フィルはキャリーをまたいでキッチンを出ていった。

キャリーはフクロウのようにまばたきもせず天井を見ていた。家のなかの物音に耳を澄ました。水槽のフィルターの音、小鳥のさえずり、犬の吠え声。バスルームのドアがバタンと閉まった。フィルは最低でも三十分出てこないだろう。シャワーを浴び、化粧をして身支度し、またキッチンのテーブルに座ってばかげた陰謀論を読みふけりつづける。ユダヤ人のたくらみによって人類が不妊になり、世界が消滅するまで。

床に手をついて立ちあがるのは思ったより大変だった。腕がぶるぶると震えた。頭を打ったショックがまだ体のなかに残っていた。室内に煙草の煙が漂っているせいで咳が出た。

フィルは目玉焼きに煙草を突き刺していた。

キャリーはフィルの椅子に座り、ベーコンを食べはじめた。パソコンのブラウザのタグを次々とクリックした。闇の国家。ウゴ・チャベス。子どもの奴隷。子どものネグレクト。幼児の血を飲んでいる金持ちたち。食料と引き換えに子どもが売られているという記事。自分の娘が小児性犯罪者に文字どおり暴行されていたのに、いまごろ反小児性犯罪のムーブメントに入れこむとは。

ロジャーの鼻面に裸足《はだし》の足首を押された。キャリーは、煙草の吸い殻を取り除き、卵の切れ端を床に落とした。ロジャーは掃除機のように平らげた。新入りの犬がキッチンにとことこと入ってきた。いかにもテリアの雑種らしい気難しそうな顔でキャリーを見あげた。

キャリーは新入りに言った。「あたしたちのセーフワードは擬音語だよ」

新入りは卵のほうに興味があるようだった。

キャリーは時計を見た。これ以上ぐずぐずしていられない。耳を澄まして、フィルがまだバスルームにいるのを確かめた。しばらく大丈夫そうなので、パソコンに向きなおり、ブラウザの新規ウィンドウをプライベートモードでひらき、〝テナント自動車販売〟と入力した。

検索結果は七十万四千件にのぼったが、スクロールすると、有料検索エンジン登録をしているイェルプやディーラーレイターやカーマックス、フェイスブック、ベター・ビジネス・ビューローなどのサイトばかりだった。

テナント自動車販売グループのメインサイトをクリックした。全部で三十八の営業所。BMW、メルセデス、レンジローバー、ホンダ、ミニ。さまざまな車種を扱っているが、高級車ばかりだ。キャリーは会社の沿革を読んだ――〝ピーチツリー・ストリートの小さなフォード代理店がアメリカ南東部全域へ！〟短い家系図もあった。グレゴリー・シニアからグレゴリー・ジュニア、そしてリンダ・テナント。

カーソルがリンダの名前へ向かった。キャリーはマウスをクリックした。高級誌のグラビアのような写真が現れた。リンダのショートヘアは美しいブロンドで、高級ヘアサロンに大金を落としているのがうかがえる。つややかな赤いフェラーリを背後に、ダース・ベイダーに似たデスクの前に座っている。左側にきっちりと角をそろえた書類が置いてあり、右側に彼女が経営者であることを説明する短い文章がレイアウトされている。デスクの上で組んだ手に結婚指輪はない。仕事と結婚したと言いたいのだろう。ラコステの白いポロシャツの襟は立ててある。日焼けした首にかけたパールの短いネックレスが、矯正中の歯のように見えた。キャリーは、きっとケミカルウォッシュのジーンズに白いリーボックのハイカットを合わせているのだろうと想像した。金持ちでブルック・シールズ似なら、その容貌を存分に活用するのではないか？

なによりおもしろいのは、ミス・アメリカじみた経歴だ。小児性犯罪者の夫と貧困地区で暮らしていた過去については一行も記述がない。キャリーは、見栄えのいいように編集された紹介文に頬をゆるめた――〝リンダ・テナントはジョージア・バプテスト看護大学で看護学士号を取得。南部メディカル・センターに数年間勤務したのち、家業に参加。現在もアメリカ赤十字でボランティア活動に従事し、アトランタ・コロナウイルス対策諮問委員会では医療と経営の専門知識を提供している〟

キャリーはリンダの写真を見つめた。容貌はさほど変わっていないが、だれでも二十三年間で変わる部分は変わっている。つまり、ややたるみが見られる。リンダの写真を眺めていて、キャリーがなによりも強く感じたのは、愛情だった。子どものころ、キャリーはリンダに憧れていた。リンダは親切で優しく、なにを置いても息子を優先していた。リンダ・ワレスキーが母親だったら自分の人生もずいぶん違ったのではないかとキャリーが思うのは、これがはじめてではなかった。

テーブルの下でロジャーが鼻を鳴らした。キャリーはベーコンのかけらを落としてやった。新入りも鼻を鳴らしたので、もう一枚落とした。

キャリーはウェブサイトの地図で、バックヘッドのメルセデス販売店の場所を確かめた。〝販売スタッフを紹介します！〟のタブをクリックした。

キャリーは椅子の背にもたれた。四人ずつ二列に写真が並んでいて、ひとりを除いて全員が男性だった。キャリーは、最初は氏名を読まないようにした。ひとりひとりの顔写真を観察し、リンダかバディの面影を探した。一列ずつ視線を何度か行き来させたが、わからなかった。最終的に氏名を読み、上から二番目の写真がアンドルー・テナントだと知った。彼のミス・アメリカ的な経歴はリンダより華麗だった。

〝アンドルーは動物好きで、趣味は大自然のなかを散策すること。週末はいつもディカーブ郡の動物保護施設でボランティアをしています。読書家で、愛読書はアーシュラ・K・ル＝グウィンのファンタジー小説やメアリ・ウルストンクラフトのフェミニズム論〟

キャリーには、何層にも塗り固めた嘘にしか見えなかった。『ハムレット』でもあげておけばよかったのだ。ガートルード王妃ではないが、このレイプ犯はくどすぎるように思う。

　いまのアンドルーはリンダにもバディにも似ていないが、トレヴァーの面影すらなかった。じつのところ、いかにもさわやかそうな同僚たちとまったく似たり寄ったりだった。引き締まった顎の線、きちんと梳《と》かした髪、きれいに剃《そ》った髭。ダークブルーのスーツだけがほかと違っていた。ラペルのステッチは人の手によるものだと、見ればわかる。シャツも高級そうだった――水色の地に少しだけ濃い青のストライプ。ネクタイは、彼の瞳の色と同じあざやかなロイヤルブルーだ。

　砂色の髪は、唯一父親と似ているところだった。アンドルーもこめかみのあたりが薄くなりかけ、生え際がやや後退していた。バディが薄くなった髪をひどく気にしていたのをキャリーは覚えている。**お人形さんおれみたいな年寄りの相手をしてくれるのはどうしてなんだおれのどこがいいんだ教えてくれほんとうに知りたいんだ。**

　安全だから。

　バディはテーブルで不意の一発を喰らわそうとしたことなどなかった。とにかく、最後の最後までは。

　そうだろうか。

　口論は何度もした。たいていは、キャリーがもっと彼と一緒にいたがったからだ。どうかしている。はじめてのころから彼と一緒にいるのはいやだったはずなのに。ところが、気がついたときには、あたしは学校をやめるからバディもリンダと別れて、そうしたら一件落着、ふたりでいつまでも幸せに云々《うんぬん》と言い張るようになっていた。バディは笑い飛ばし、キャリーに小遣いをくれて、ときにはホテルへ連れていってくれることもあった。最初は素敵なホテルだったが、だんだん安ホテルになっていった。ルームサービスを注文するのがキャリーの楽しみだった。そのあと、バディはひざまずき、時間をかけてキャリーを楽しませようとした。体格がぜんぜん違うので、それ以外にバディのすることはキャリーにとって苦痛でしかなかった。

最後のころは、バディは〝それ以外〟のことしかしたがらなくなり、それもかならずソファの上でしたがった。**泣くのをやめろこっちはもうすぐいきそうなんだああすごくいいやめられないよお嬢ちゃんお願いだ最後までいかせてくれ。**

不意にバスルームのドアがあいた。フィルが濡れた毛玉を吐き出すような咳をした。ドクターマーチンのブーツでどたどたと廊下を歩いてくる。キャリーはアンドルーの経歴を閉じた。椅子に座りなおしたとき、フィルがキッチンに入ってきた。

「なにしてたんだ？」フィルが問いただした。ダンヴァース夫人のゴス版という趣《おもむき》の戦闘用メイクだが、ダンヴァース夫人はスパイク付きの首輪は趣味ではないし、鼻ピアスもしていないし、フィルならレベッカを愛するかわりに酔っ払った勢いであの悪女のボートにみずから穴をあけるだろう。

キャリーはとぼけた。「だれがなにしてるって？」

「ふん、あんたはなにをするかわかったもんじゃない」

キャリーは、フィルがシド・ヴィシャスのTシャツを着ているのは、破滅的なヘロイン依存症者を讃《たた》えるためか、それともバックのアナーキズムのシンボルが気に入っているだけなのだろうかと思った。「かっこいいTシャツだね、母さん」

フィルは褒め言葉を無視して冷蔵庫をあけた。ピッチャーに入ったミチェラーダを取り出す。塩と粉末のチキンブイヨン、少量のウスターソース、スプーン一杯のレモンジュース、クラマト一本、キンキンに冷やしたドスエキス二本を混ぜた罪深い飲み物だ。

キャリーは、フィルがサーモスに飲み物を注ぐのを見ていた。「今日は集金日？」

「あたしたちのどっちかが働かないと」フィルはピッチャーからじかにミチェラーダをあおった。「あんたは？」

リュックにリーの金が百四十ドル入っている。取っておくか、それともドクター・ジェリーからメサドンを盗まずにすむようにメサドンを買うのに使うか、いや、ドクターの金庫に入れて、今週近所の人たちが寄生虫予防薬を大量に買ったと思わせるか。なぜならほかの選択肢——自分の血管に注射するという選択肢を、いまはあとまわしにせざるを得ないから。

キャリーは言った。「ちょっとやることがあって、そのあと時間があったら、別のことをやらなくちゃと思ってたんだけど」

フィルは顔をしかめ、サーモスの蓋を閉めた。「最近、姉さんから連絡があった？」

「ううん」

「あの子は稼いでるだろ。あたしもいくらか恵んでもらえないかね？」フィルはピッチャーからもう一口あおって、冷蔵庫にしまった。「あんたはなんの仕事をしてるの？」

「警察なら不正取引って言うかな」

「それでこの家に警察が来たら、さっさとあんたを引き渡すからね」

「わかってる」

「あんたのために言ってるんだよ、ばか娘。ハーリーも保釈金なんか払ってやらなきゃいいのに。自分のやったことの責任は自分で取らせればいい」

「〝報いを受けろ〟って言いたいんでしょ」キャリーは言った。「自分のやったことの報いは受けろって」

「なんでもいいよ」フィルは棚からドッグフードを取り出した。「ハーリーには娘がいるだろ。いまごろ二十歳くらいだろうけど、あたしはいっぺんも会ったことがない。あんたは会ったことある？」

キャリーは言った。「コロナウイルスの後遺症がある人には給付金がおりるんだって。

あたしも申請してみようかな」

「またそんなたわごとを」フィルは歯でドッグフードの袋を噛みちぎってあけた。「コロナで死んだやつなんか会ったことないね」

「あたしも肺癌で死んだ人には会ったことないよ」キャリーは肩をすくめた。「肺癌も存在しないのかもね」

「そうだよ」フィルはぶつぶつひとりごとを言いながら、二個のボウルに計量したドッグフードを盛った。犬たちは朝食を待ちわびている。新入りが首輪の鈴をチリチリと鳴らしながらロジャーと並んで走ってきた。「こらブロック、お行儀よくしろと言っただろ？」

　キャリーは、このテリアの雑種にはブロック《アナグマ》という名前が似合っていると思った。銀行家《バンカー》のような顔つきをしているので、ブロック・ザ・バジャー《アナグマ》ならぬブロック・ザ・バンカーだ。

「かわいそうに、この子は糞詰まりなんだよ」フィルはドライフードにスプーン一杯のオリーブオイルを混ぜた。「覚えてるかい、ハーリーもよく便秘になっただろ。病院へ連れていかなくちゃならないこともあった。お偉い医者にベンジャミン二枚払って教えてもらったのが、あの子の結腸はパンパンに詰まってたってことだよ」

「ぜんぜんおもしろくないよ、母さん」八歳児が自宅のトイレに行くのが怖くて便秘になった話のどこがおもしろいのだろう？「ほかの話をしてよ」

「じゃあ、くそおもしろい話をしてあげようか」

キャリーは何度も聞いた古いレコードを針が引っかく音に耳を傾けた。**あたしはあんたたちふたりに精一杯のことをしてやったんだ。シングルマザーがどんなに大変か、あんたにはわからないだろ。そんなにみじめな暮らしじゃなかったよ、この恩知らず。忘れたのかい、あたしが——そうしたらあたしたち——だからあたしは——。**

虐待する親とつきあうとはこういうことだ。親にはよい思い出だけが残り、子どもにはいやな思い出だけが残る。

フィルはレコードを替えた。キャリーはｉＭａｃの背面を見つめた。思い出の小道をたどっていないで調査員について調べるべきだったが、レジー・パルツをインターネットで調べれば、彼が実在するのを実感し、やはりほんとうに空き家で懐中電灯が光ったのだという確信が強まりそうだった。

「どうよ？」フィルがカウンターに人差し指を突き立てた。「バスをふたつ乗り継いで、あんたの姉さんを少年院へ迎えに行ったのはだれ？」

「母さん」キャリーが答えたのは、フィルの勢いを止めるためだった。「ねえ、むかいの空き家ってだれか住んでるの？」

フィルは首をかしげた。「だれかいるのを見たの？」

「そういうわけじゃないけど」キャリーは言った。煮えきらない態度が、なによりフィルをカッとさせる。「あたしの思い過ごしかな。板が一枚はがされてた。でも、懐中電灯の光が見えたような気がして」

「くそいまいましいジャンキーどもだ」フィルはボウルを床に叩きつけると、キッチンから飛び出ていった。キャリーは家の表側まで追いかけた。フィルは玄関に置いてあったバットをさっと肩にのせると同時に、金網の扉を蹴りあけた。

　キャリーは窓辺に立ち、母親が空き家へ突進するのを見ていた。

「ちくしょう！」フィルは家の前の歩道を走っていった。「うちの前にくそしやがったのはどこのどいつだ？」

「ああもう」キャリーはつぶやいたが、フィルは空き家のドアをふさいだベニヤ板をドンドンと叩きはじめた。警察に通報されませんようにと、キャリーは心から願った。

「出てこい！」フィルはルイスビルスラッガーを杭《くい》打ち機にした。「くそったれが！」

　木材が木材にぶつかるバンッという音に、キャリーは身をすくませた。フィルを武器にすることの問題点はこれだ。爆発をコントロールできない。

「さっさと出てきやがれ！」フィルはまたバットでドアをぶっ叩いた。今度はベニヤ板が裂けた。フィルが裂け目からバットを引っこ抜くと、腐った木も一緒にぼろぼろとはがれた。「よっしゃ！」

　フィルがなにを見つけたのか、キャリーには見当もつかなかった。やっぱりあの光はただの——光だったのかもしれない。メサドンが悪さをしたのかもしれない。量が多すぎたか、少なすぎたのだ。屋根のある場所を探していただけの不運な家なしの人にフィルが襲いかからないよう、止めるべきではないのか。

手遅れだ。フィルが空き家に入っていくのが見えた。

キャリーは口を手でふさいだ。また一瞬なにかが見えた。今度は光ではなく、動くものだ。家のなかでなにかが動いた。内側から窓をふさいでいたベニヤ板が、口が開くようにめくれあがった。のびた雑草のなかに、男がひとり吐き出された。ほどなく男は立ちあがり、背中を丸めて庭を突っ切った。錆《さ》びた金網フェンスをよじのぼって反対側に飛び降りた。いかにもプロ仕様らしいカメラの望遠レンズの部分を、首を絞めるようにつかんでいた。

「待ちやがれ！」フィルが家のなかからどなった。

キャリーの目は、隣の家の庭に消えていくカメラを追っていた。あのカメラのメモリーカードにはなにが記録されているのだろう？　あの男は部屋の窓の外にも来ていたのだろうか？　ベッドで眠っているところを写真に撮られたのだろうか？　鏡の前に座って太腿に針を刺しているところは？

片方の手が喉元へあがった。人差し指と親指の下で頸静脈が脈打った。ゴリラの鉤爪が肌に食いこむのを感じた。ちぎれた電話コードの先端が背中を引っ掻く。彼の熱い息が耳にかかる。彼の体の重みが背骨を押す。キャリーは目を閉じ、ゴリラに捕まってしまおうか、いつかは捕まるのだから、もうあきらめようかと考えた。

だが、キャリーはリュックを取り、裏口から外に出た。

7

リーは午前二時まで眠れず、四時に目覚まし時計に起こされた。昨日バリウムを飲みすぎたのと、そのバリウムを飲む原因になった大きなストレスのせいで、頭がぼんやりしていた。何杯かコーヒーを飲んでも、かえっていらいらするばかりで、少しもすっきりしなかった。正午が近づいても、脳はバックショット弾の詰まったゼリー型のようだった。

それでも、なんとかアンドルーに関して納得のいく仮説を組み立ててみた。

アンドルーはやたらと好奇心が強く、人のものを勝手に盗み見る癖がある子どもだったから、バーカウンターのなかに隠しカメラがあるのを知っていたのかもしれない。大腿動脈の件を知っていたのは、キャリーがさも不安そうに教科書の人体図を見ていたから。リーと同じくキャリーも、気になることがあるとじっとしていられないたちだ。キッチンテーブルに座り、指先が真っ赤になるまで動脈をなぞっているキャリーが目に浮かぶ。アンドルーは、いてほしくないところにかならずいる子だった。ひねくれた頭に隠しカメラとキャリーの姿をしまいこんだアンドルーは、数年後にどういうわけかそのふたつをうまく組み合わせて答えを出した。

それ以外に、筋の通った説明はありえない。あの晩起きたことをほんとうにアンドルーが知っているのなら、父親を殺したのはナイフではないことも知っているはずだ。

リーが殺したことを。

いま考えなければならないのは、コール・ブラッドリーに仕事を監視されつつアンドルー・テナントの裁判で負ける方法だ。目前に迫っている審理に関する膨大な資料には、まだほとんど手をつけていない。書類はデスクを覆い隠し、オクタヴィア・バッカから送られてきた箱からもあふれている。現在、二名のアソシエイトがオクタヴィアの資料を整理して、証拠開示義務により検察から提供された情報の山と相互参照しているところだ。助手のリズも会議室の床に資料を広げ、時系列に沿った図表を作成し、レジー・パルツがノートパソコンで継《つ》ぎ接《は》ぎした映像に矛盾はないか確認している。

それでもまだ、しなければならないことは山積みだ。コール・ブラッドリーはリーにアンドルーの件に集中させるためにほかの仕事を別の弁護士に割り振ったが、だからといってリーの予定表が完全な空白になるわけではない。さまざまな申請をしたり、尋問の準備をしたり、開示された資料を読みこんだり、クライアントに電話をかけたり、宣誓証言を取るスケジュールを組んだり、オンラインでもリアルでも審理をできるだけ延期させたり、判例を調べたり、いや、それよりなにより、女性を暴行したことが充分に立証された異常者の前に、みずから餌となってぶらさがっている妹のことを心配しなければならない。

ゆうべ、キャリーはひとつ正しいことを言った。もはや情けない役立たずみたいにおろおろしている場合ではない。金持ちのルールでプレイする権利を苦労して手に入れたのに、いまこそその権利を行使しないでどうするのだ。ノースウェスタン大を首席で卒業。白人エリートの弁護士事務所に所属し、この一年間で二千時間近く働いた。夫は業界で高く評価されている男。優秀な娘。世間一般のイメージは申し分ない。

一方、アンドルー・テナントは女性に対する暴行罪、誘拐罪、強姦罪、ソドミー罪の容疑をかけられている。

どちらが信用されるだろうか？　リーは時計を見た。三時間後にコール・ブラッドリーのオフィスで打ち合わせだ。アンドルーが待っているだろう。彼がどんなゲームを仕掛けてきても迎え撃てるように、完全武装しておかねばならない。

リーはこめかみを揉みながら、事件の際に最初に現場に駆けつけた警察官の供述書に目を落とした。

〝被害者女性は、あずまや中央のピクニックテーブルに手錠でつながれていて……〟

視界がぼやけて、残りのパラグラフが二重に見えた。一年生弁護士と自分のような上級の弁護士を隔てるガラスの壁に目をやり、焦点を合わせようとした。都会のスカイラインのようなみごとな眺望が広がっているわけではなく、フロアの端から端まで刑務所の居房のように並んでいる窓のない小部屋が見えるだけだった。飛沫《ひまつ》感染を防ぐためにプレキシガラスで仕切られているが、マスクはやはり必須だった。事務員が一時間ごとに物品表面の消毒にまわってくる。ペーペー弁護士たちはフリーアドレスなので、出勤時に空いている席に着く。なにしろペーペーなので、ほとんど全員が午前六時には出勤し、午前七時に天井の照明が点灯するまでは薄暗い部屋で仕事をする。彼らはリーのほうが早く出勤していることに驚いたとしても、疲れているせいで表情も変えなかった。

キャリーが連絡してくるのは、決まってこちらが苛立ちのあまり頭を爆発させそうになるころだから、メッセージが届いていないのは承知していたが、それでもリーはプライベート用の携帯電話をチェックした。

案の定、キャリーからはなにも連絡がなかったが、スクリーンの通知が目に入ったとたん、リーの胸は他愛なく高鳴った。マディが動画を投稿していた。ウォルターの家のキッチンで、流れている曲に合わせて口パクしている娘と、バックコーラスのように吠えている飼い犬のチョコレート・ラブラドールのティム・タムの映像だ。

リーは、娘にあきれられるならまだしも無視されるようなレスを投稿してしまわないよう、必死に歌詞を聴き取った。とりあえずアリアナ・グランデの曲だということはわかる。スクロールして概要欄を見たが、34＋35とはいったいなんのことかさっぱりわからない。動画をさらに二度繰り返すと、ようやく足し算の答えに気づき、なにを歌った曲なのか理解した。

「まったくあの子は――」リーは固定電話の受話器をひったくるように取りあげた。ウォルターの番号を押しかけたが、彼と話をしたら、キャリーのことも話してしまいそうだった。

受話器は電話機の上に戻った。リーを知りつくしているウォルターも、ひとつだけ、なによりも重要なことを知らない。以前、キャリーが性的虐待を受けたことは打ち明けたが、詳細までは話していなかった。インターネットで人名を調べられたり、うっかり漏らしたりするのを避けたかった。二十年以上前にほんとうはなにがあったのだろうかと疑念を抱かれたりするのが怖いからでもなかった。ウォルターを信頼していないから隠すのではなく、彼の愛情を失うのを背負わせたくなかったからだ。優しい夫であり、大切な娘の父親である彼に、自分の罪の重さを背負わせたくなかったからだ。

ガラスのドアをリズがノックした。オールインワンスーツの花柄とそろえたフューシャピンクのマスクをしていた。「ジョンソンの証言録取は二週間後に延期しました。ブライアント事件の判事が金曜日六時までに例の申し立てに対する回答がほしいそうです。ドクター・アンガーのアポは十六日になりました。アウトルックに入れておきました。三時間後にブラッドリーのオフィスで打ち合わせがあります。ランチを買ってきますから、サラダとサンドイッチどちらがいいか教えてください。ブラッドリーとの打ち合わせはヒールを履いたほうがいいですね。クローゼットに用意してあります」

「サンドイッチをお願い」リーは、リズのよどみない説明をノートにメモした。「アンドルーの足首のモニターの件、事故報告書は読んだ？」

　リズはかぶりを振った。「どうかしたんですか？」

「この二カ月で四度、モニター事故を起こしてるの。GPSの接続が切れたとか、ストラップの光ファイバーケーブルが切れたとか。毎回、アラームを発信してるし、本人も保護観察事務所に連絡してるけど、よりによっていまはまずいでしょう。保護観察官がアンドルーと会ってシステムをリセットするまで、三時間から四時間の空白ができてしまった」

「故意にやったという証拠はなかったんですか？」

「保護観察官の報告書にはなかった」

「三時間から四時間」リズも問題を理解したようだった。保護観察官が何時間後に来るか試していたのではないかと疑われかねない。言うまでもないが、その三時間から四時間、彼がどこにいたのかも、おそらく不明のままだ。

　リズは言った。「調べてみます」

　訊きたいことはまだあった。「昨日、レジー・パルツと話した？」

「うちのサーバーにファイルをアップロードするための暗号化キーを教えました。先生のデスクトップでログインしておきましょうか？」

「ありがとう、自分でやるわ」リーは、リズが〝時代遅れの恐竜おばさん〟と言わないでくれたことに感謝した。「パルツにわたしのことを訊かれなかった？」

「いろいろ訊かれましたけど、通り一遍の確認でした。どこの学校を卒業したのか、リーガル・エイドには何年くらい勤務したのか。いつからここで仕事をしているのか。先生の経歴が知りたかったら、うちのウェブサイトを見てって答えておきました」

リーは、事務所のウェブサイトに自分が紹介されているとは思ってもいなかった。「彼の印象はどう？」

「仕事はできるみたいですね。パルツが作成したテナントの経歴書を読みました。とても詳細で、隠しておきたい秘密などはなさそうでした。でも、うちがいつも使っている調査事務所に調べなおさせましょうか？」

「クライアントに訊いてみる」リーとしては、審理中に検察がいきなりアンドルーの暗い過去を暴露してくれたほうが助かる。「人としてどんな印象？　パルツはどんな人間に見えた？」

「いけすかないけど、見た目は悪くない」リズは頰をゆるめた。「ウェブサイトもありましたよ」

またITの苦手なリーの盲点だ。「パルツにスタウト事件の調査を依頼して。出張するって言ってるけど、手綱は握っておいてね。調査費を水増しされたくないから」

「オクタヴィアが送ってきた明細書を見たかぎりでは、すでに水増ししてます」リズは積みあげた段ボール箱に腰を軽く当てた。「ゆうべ目を通したんです。パルツはくそを流す水代の二十五セントすら請求しますよ。ＳＮＳの投稿はイェルプの五つ星の店ばかりです」

「ちゃんと見てるって釘《くぎ》を刺しておいて」

リズが外に出てから、リーはマスクをはずしてパソコンを立ちあげた。ブラッドリー・キャンフィールド＆マークスのウェブサイトは、予想どおりの退屈なものだった。ＵＧＡを讃える赤と黒の太いライン。タイムズ・ローマン体のフォント。唯一の飾りは、＆の文字の書き終わりが渦を巻いているところだ。

リーの名前はもちろん〝弁護士〟の欄にあった。身分証と同じ顔写真が使われていて、少し気恥ずかしい。パートナーではないが、かといってアソシエイトでもないことを控えめに示すカウンセルという役職名がついている。

最初のパラグラフをスクロールすると、リーは州最高裁判所における弁護を手がけ、専門は、飲酒および麻薬の影響下の運転、窃盗、詐欺など刑事事件のほかに、富裕層の離婚などホワイトカラーの民事事件の弁護と記載されていた。尿に関する法律の専門家を必要としている人のために、『アトランタ・インタウン』のサイトにリンクが張ってある。次のパラグラフには、受賞歴、無料法律相談の活動歴、講演活動、駆け出しのころは大切だった執筆の仕事などが紹介されていた。最後の一行まで飛ばすと、こう書いてあった――〝ミセス・コリアーは夫と娘と過ごす時間を楽しんでいる〟

リーはマウスをクリックした。レジー・パルツの話は、怪しいけれどひとまず事実であるとみなすしかないだろう。レジーがアンドルーに『インタウン』の記事を見せ、アンドルーは写真でリーに気づいたという話に、とくに矛盾はない。しかしまた、アンドルーはリーに弁護を依頼する前に、レジーに身辺調査をさせた可能性もある。むしろ現時点では、レジーのほうが危険かもしれない。レジーは隠しておきたい過去を掘り起こすのが得意な調査員のように見受けられる。

だから、リーはレジーを州外へ出張させたかった。ジャスパー・スタウトは、離婚を考えているクライアントの不実な夫で、愛人とモンタナへ十日間のフライフィッシングツアーに出かけようとしている。リーは、ルームサービスでナマズのタコスを注文するのに忙しくてアンドルー・テナントのことなど忘れているレジーを想像した。

アンドルーのことを考えるのは、自分ひとりで充分だ。リーは自分を鼓舞するために、頭のなかでゆうべのキャリーの演説を箇条書きにした。

・アンドルーがバディ殺しの証拠を握っていれば、とっくに警察に知らせている。

・アンドルーがバディのビデオを持っていたとしても、そのビデオには小児性犯罪者である父親の姿も映っている。
・キャリーが人体図の大腿動脈をなぞってばかりいたせいで、アンドルーが手がかりをつなげて真相を推理したとしても、だからどうなのだ？　ナンシー・ドルーだって物的証拠を示さなければならない。
・バディ・ワレスキーの死体は発見されていない——死体の一部すら見つかっていない。ステーキナイフの血液は洗い落とした。バディの家に物的証拠は残さなかった。全焼したコルベットからも物的証拠が発見されるわけがない。
・キャリーが暴行されていたという公式な記録が残っている可能性はないにひとしく、ましてやキャリーの怪我とバディの失踪を結びつけるものはなにもない。
・リーがロースクールの学費に使った八万二千ドルの出所を尋ねた者はいない。9・11以前は、札束が怪しまれることはなかった。リーはバディが不正行為で得た金を横取りしたが、ウェイトレスやバーテンダーや宅配ドライバーやホテルの客室清掃係のアルバイトをして、家賃を節約するために車に寝泊まりしたこともあった。ゲイリー図書館の書架の隙間をねぐらにしているのをウォルターに見つかり、彼の部屋のソファで眠ればいいと誘われるまで、リーにとって住所がないのは当たり前のことだった。
マディ。ウォルター。キャリー。

大切なものから目を離してはいけない。三人がいなければ、リーはとうにグロックを取ってアンドルーのみじめな人生を終わらせていただろう。いままでずっと、自分は人を殺せるような人間ではないと、反証があるにもかかわらず思っていたが、まだ被害にあってもいないのに自衛のために先制攻撃を仕掛けることならできると自覚はしている。

すばやいノックの音がして、ドアがあいた。アソシエイトのジェイコブ・ガディが、二個のファイルボックスの上にサンドイッチと缶入りジンジャーエールをのせて立っていた。

荷物を床に置き、リーに言った。「毒物検査は陰性だったと確認が取れました。資料はインデックスをつけてあります。テナントの自宅の捜索で、奥の廊下に一流写真家の芸術的なSM写真が額装されて飾ってあるのが見つかりましたが、寝室にそういうものはなかったようです」

リーは、その手の写真に意味はないと思った。『フィフティ・シェイズ』シリーズのおかげで、世界中の主婦たちも少々の刺激では驚かなくなったくらいだ。リーは、ジェイコブがランチをデスクの端に置くのを待った。彼がウェイター役を買って出た理由はわかっている。弁護人席にもう一名が必要になったら、アソシエイト同士で争うことになる。

リーはジェイコブを安心させてやることにした。「あなたに副弁護人をお願いします。事件について完璧に知っておいて。ミスは許されない」

「承知しました、マ――」ジェイコブは危うく途中で訂正した。「ありがとうございます」

リーは〝マアム〟と呼ばれそうになったことを頭から締め出した。これ以上、アンドルーの資料を読みこむのを先延ばしにするわけにはいかない。ジンジャーエールを一口飲んだ。サンドイッチを食べながら、いままで書きとめたメモを読みなおした。どの事件でも検察に突っこまれそうな弱点を探してつぶすようにしているが、今回にかぎっては、アンドルーを一生刑務所に閉じこめておけるような余罪を検察に立件させるために、弱点を探さなければならない。

キャリーと自分が自由でいるために。

担当の検事とは、以前にも闘ったことがあった。ダンテ・カーマイケルは特権階級に属する者の例に漏れず、先行逃げきりが仕事を成功させるコツだと考えている節《ふし》がある。勝率の高さが彼の自慢だが、九十九パーセント自分に有利な事件ばかり手がけていれば、勝つのは簡単だ。多くのレイプ事件が起訴されずに終わる唯一の理由がそれだ。〝彼はこう言っている／彼女はこう言っている〟の論戦になると、陪審は男性が真実を述べ、女性は注目を浴びたがっているだけだと決めつける傾向にある。ダンテが持ちかけてくる司法取引は、自分の輝かしい業績を守るための強要であると言ってもよい。法廷で働く者はだれでもあだ名をつけられるが、〝取引で勝て《ディーレム・ダウン》〟・ダンテという彼のあだ名は親から受け継いだものだ。

リーは検察と公式にやり取りした文書をめくった。ダンテは去年四月、つまりアンドルーが逮捕されて一カ月後に、信じられないほど寛大な取引を持ちかけてきていた。リーも不本意ながらレジー・パルツの意見に同意せざるを得なかった。やはりこれはダンテ・カーマイケルの仕掛けた罠だと直感が告げている。アンドルーがカールセンの暴行事件で司法取引に応じれば、犯罪の手口《MO》が同じ三件の事件との関連が浮かびあがる。リーが慎重に賢明に動けば、そして運に恵まれれば、アンドルーをその罠に押しこむことができるかもしれない。

いつもの癖でペンを取ったが、また置いた。違法行為の計画を紙面に書きとめるのは危険だ。頭のなかに選択肢を並べ、弁護人としての責任を問われないように裁判で負ける方法を探した。

障害はアンドルーだけではない。コール・ブラッドリーは、リーが法律を学んだ以上に法律を忘れてしまっている。裁判に負けようとしているのが彼に伝わってクビになるだけならまだいい。タイミングの問題もある。普通は、刑事裁判の準備には一年とはいかないまでも数カ月は時間をもらえる。心から被告人を弁護したい裁判でも、それくらいの時間をかけるものだ。ところがいま、たった六日間で犯罪現場の写真や鑑識の報告書、時系列にまとめた表、証人の供述書、警察の報告書、医師の報告書、レイプキットの分析結果を読みこみ、胸が痛くなるような被害者の供述、それも映像で記録されているものを直視しなければならない。

いままでこの裁判から逃げようとしていたのは、そのためだ。アンドルー・テナントの余罪を立件させる方法はいくらでも思いつくが、そのためには被害者を攻撃するような尋問することが求められる。弁護人のリーは、そうすることをただ期待されているのではなく、義務として要求されている。暴行され、レイプされたタミー・カールセンに、その肉体的な傷痕もかすんで見えるほどひどい心の傷を、リーはみずからの手で負わせなければならないのだ。

ジョージア州でも多くの州と同様に、刑事裁判では酌量《しゃくりょう》すべき情状がないかぎり、被害者も出廷しなければならない。リーは反対尋問のときにはじめてタミー・カールセンと言葉を交わすことになる。その時点では、カールセンはダンテ・カーマイケルが彼女の証言を支えるために築く堅固なピラミッドの頂点に位置する。ピラミッドの基部は、信頼のおける証人たちという重要な役まわりの人々だ。警察官、医療従事者、看護師、医師、さまざまな専門家、犬の散歩中に公園のピクニックテーブルに手錠でつながれていたカールセンを発見した市民。彼らの役目は、カールセンの口から出た言葉のひとつひとつが真実であると信じるための根拠を陪審に与えることだ。

そのピラミッドをスレッジハンマーで叩き壊すのが、リーに求められる役目だ。

BC&Mは多大なコストをかけて、平均的な陪審員がどんなことを重視するか分析している。重要な裁判には、専門家やコンサルタントも巻きこんだ。リーも、彼らの仕事の成果を知らされていた。レイプ事件の裁判では、陪審員のコメントは被害者を侮辱するものから、気力をくじくものまでさまざまだ。事件当時、被害者が薬でハイになったり酔っ払ったりしていたのなら、襲われてもしかたがなかったのでは、と陪審員に言われる。被害者が証言台で怒ったり喧嘩腰になったりすれば、その態度が嫌われる。被害者は泣きすぎても泣かなすぎても、嘘をついているのではないかと疑われる。太っていれば、男の気を惹きたくて誘導したのではないかと揶揄《やゆ》され、美人だったら、お高くとまっているからそんな目にあうのだとそしられる。

タミー・カールセンが針に糸を通せるかどうかは予測できない。リーがカールセンについて知っているのは、犯罪現場の写真と供述書から読み取れることだけだ。三十一歳。電話会社の地域統括マネージャー。未婚、子どもなし、住居はバックヘッドに隣接するブルックヘイヴンに所有しているコンドミニアム。

二〇二〇年二月三日、タミー・カールセンはアトランタの市立公園で暴力的にレイプされ、あずまやのピクニックテーブルに手錠でつながれているところを発見された。

リーは席から立ちあがった。窓とドアのブラインドを閉めた。席に戻った。リーガルパッドの新しいページをめくった。タミー・カールセンの正式な聴取を記録した動画ファイルを開き、再生ボタンをクリックした。

タミーは全裸で発見されたが、動画内の彼女は病院のスクラブを着ていた。警察署の聴取室は、明らかに子ども用のものだった。カラフルなソファの座面は低く、そばにはビーンバッグ・チェアや、パズルやおもちゃを満載したテーブルもあった。これがレイプの被害者にとって安心できる環境とされているのだ。子ども用の部屋では、レイプされただけではなく、妊娠した可能性があることまで思い知らされるというのに。

赤いソファに座ったタミーは、膝のあいだで両手を握り合わせていた。このとき、まだ出血が止まっていなかったことがメモに書かれていた。病院でパッドをもらっていたが、最終的にはコーラ瓶による体内の傷を治療するために外科医が呼ばれた。

動画のなかで、タミーは体を前後に揺らしてなんとか落ち着こうとしていた。女性警察官が反対側の壁際に立っている。捜査の手続き上、被害者をひとりにしてはならないことになっている。被害者を安心させるためではない。自殺をしないよう監視するためだ。

しばらくしてドアがあき、男性が入ってきた。背が高く、堂々とした物腰で、白髪交じりの髪、手入れの行き届いた顎髭。おそらく五十代半ば。太鼓腹に巻いた太い革ベルトにグロック。

男性が現れたことに、リーはとまどった。このような事件の聴取は、たいてい女性が担当する。女性のほうが被害者に共感的な証人になるからだ。リーがいまでも思い出すのは、被害を訴える女性が自分と同じ部屋にいたがらなかったのは嘘をついているからだと反対尋問で述べた男性刑事だ。その刑事は、男性にレイプされた女性はほかの男性ともふたりきりになりたがらないだろうとは思い至らなかったようだ。

でも、これは二〇二〇年の事件だ。なぜこんな熊のような刑事に担当させるのだろう？リーは動画を一時停止した。報告書をさかのぼり、もっとも早く現場に到着した警察官がだれだったのか確かめた。記憶では、たしか女性だったはずだ。名簿と報告書を参照すると、責任者はバーバラ・クレイグ刑事だった。動画の刑事の氏名を探してほかの報告書も当たっている途中で、リーは目を天に向けた。動画の再生ボタンをクリックすればすむことではないか。

男性刑事が言った。「ミズ・カールセン、わたしは刑事のショーン・バークです。アトランタ市警の捜査に協力しています」

リーは刑事の氏名をメモし、下線を引いた。〝協力〟というからには、彼はコンサルタントで、市警に所属しているのではなさそうだ。バークがどのような事件を担当してきたのか、検察側として裁判に勝利した経験はどのくらいあるのか、交通違反で切符を切られた、あるいは警告を受けた記録はあるのか、民事で訴えられたことはあるのか、証言台ではどんなふうに振る舞うのか、ほかの刑事弁護士によって暴かれた弱点はないのかなど、調べなければならない。

バークが尋ねた。「こちらに座ってもかまいませんか？」

タミーは視線を床に落としたままうなずいた。

リーは、バークがタミーのむかいに置いてある簡素な木の椅子へ移動するのを見ていた。彼の動きはゆっくりではなかったが、慎重だった。室内の酸素を全部吸いこまないようにしているかのようだった。壁際の女性警察官にごく小さくうなずいて見せてから、椅子に腰をおろした。深く座り、たいていの男のように脚を広げず、そろえた膝の上で両手を組む様子は、人畜無害の見本になろうとしているかのようだった。

これはアンドルーにとって大きな痛手だ。バーク刑事は見るからに有能そうだった。バーバラ・クレイグは、だから彼を呼んだのだ。彼は、タミーがピラミッドの基盤を築くのを支援する方法を知っている。陪審の前で証言するコツを心得ている。リーは彼の攻撃を受け流すことはできるだろうが、打ち負かすことはできそうにない。

バーク刑事はアンドルーにとって痛手どころか、彼を葬る棺《ひつぎ》の蓋に打ちこむ釘になりかねない。

刑事が言った。「クレイグ刑事からすでにご説明したとは思いますが、この部屋にはカメラが二台あります。あそことここに」

タミーは、刑事が指さすほうを見なかった。

刑事はつづけた。「緑のランプが点灯していますので、いま映像と音声で記録しているのですが、撮影に同意していただけるか確認させてください。もし抵抗があれば、カメラを止めます。撮影をつづけてもかまいませんか？」

タミーは黙ったままうなずいた。

「あらかじめお尋ねすべきでしたが、この部屋でお話をうかがってもよいですか？」バーク刑事の声は子守唄《こもりうた》のように穏やかだった。「もっとフォーマルな、たとえば取調室のような部屋に移ることもできますし、わたしのオフィスやあなたのご自宅でもかまいません」

「いいえ」タミーは答え、もっと小さな声で繰り返した。「いいえ、家には帰りたくない」

「お友達かご家族に連絡して、ここへ来ていただきましょうか？」

タミーはバーク刑事が言い終わる前にかぶりを振った。だれにも知られたくないのだ。

タミーの恥辱が強く伝わってきて、リーは胸に手を押し当て、感情の揺れを抑えた。

「承知しました。ではここでお話をつづけさせてください。でも、いやになったらいつでも言ってください。話をやめたい、帰りたいなど、言っていただければご希望どおりにします」話を主導しているのは明らかにバーク刑事だが、タミーの意思を尊重すると前置きしている。「なんとお呼びしましょうか、タミーでかまいませんか、それともミズ・カールセン？」

「ミズ――ミズ・カールセンで」タミーは咳きこみながら答えた。声が引きつっていた。彼女の首のまわりの痣がすでに変色しはじめているのが見えた。顔は髪に隠れているが、レイプキットの写真を見るかぎり、絶望的な表情の見本のようだった。

「では、ミズ・カールセン。クレイグ刑事から聞きましたが、あなたは〈データテル〉の地域統括マネージャーでいらっしゃるそうですね。もちろん、御社の名前は存じあげていますが、具体的な業務内容を教えていただけますか」

「システム・ロジスティックスとテレコム・エンジニアリング」タミーはまた咳払いをしたが、声のかすれは取れなかった。「マイクロシステムや光通信技術、システム・コントロールを必要としている中小企業にサポートを提供しています。わたしは南東部の十六の支店を統括しています」

バークはいかにも理解したようにうなずいたが、こんな質問をしたのは、タミー・カールセンに自身が信頼されている専門家であることを思い出させるためだ。つまり、あなたの話を信じますと暗に伝えているのだ。

バークは言った。「わたしの仕事よりはるかにすごそうだ。専門の学校で学んだんでしょうね」

「ジョージア工科大で。電気光学とソフトウェア・エンジニアリングの修士号を取りました」

リーは長く息を吐いた。オクタヴィアの資料箱に、タミー・カールセンのソーシャルメディアから抽出した情報、とりわけ工科大の卒業生のページのものが入っていた。タミーのクラスメートはちょうど学生時代がなつかしくなる年頃なので、学生時代のやんちゃなエピソードが山ほど投稿されているだろう。タミーが酒やセックスを楽しむタイプだったと見られていた場合、リーは公判でそのことに言及することができる。あたかも女性には酒とセックスを楽しむ権利はないかのように。

そうすれば、アンドルーが得点する。

バークはさらに雑談をつづけた。陪審員たちが彼のあとをふらふらとついていって崖から飛び降りてもおかしくない。彼の穏やかで頼りになる物腰は、精神安定剤よりよほど効き目がある。声はつねに子守唄のようだ。タミーが自分のほうを向いていなくても、まっすぐ彼女を見ている。気配りが行き届き、タミーを信じていると態度で示し、なによりもいたわりをこめて接している。性的暴行の被害者を聴取する際の手引書のチェックリストを確認したいと、リーは思った。手引書に従う警察官が実在するとは驚きだ。

バークはついに核心に触れた。椅子の上で姿勢を変え、脚を組んだ。「ミズ・カールセン、わたしには想像もつかないほどつらいとは思いますが、もし話せそうだったら、ゆうべなにがあったのか話していただけますか？」

タミーはすぐには答えなかったが、バークは経験上、急《せ》かさなかった。リーが画面右上部のタイマーを見つめて待つこと四十八秒後、タミーはようやく話しはじめた。

「わたしは――」タミーはまた咳払いをした。食道が荒れている原因は、首を絞められたことだけではなかった。レイプキットを使った検査で、精液が残留していれば採取するため、看護師に長い綿棒を喉に突っこまれたせいだ。「すみません」

バークが左側へ手をのばしたとき、リーはそこにある小型冷蔵庫にはじめて気づいた。バークはミネラルウォーターを取り出し、蓋をあけてタミーの前のテーブルに置き、椅子に座りなおした。

タミーは少しためらったのちにボトルを取った。水を飲むのもつらそうなその姿に、リーはひるんだ。腫れた唇の端から水がこぼれ、スクラブの襟ぐりを濡らして濃い緑色に染めた。

バークが言った。「あなたの自由になさってください、ミズ・カールセン。話せそうだと思ったらはじめてくださってかまいません。話さなくてもいいんです。いつでもこの部屋を出ていっていいんですよ」

ボトルをテーブルに戻すタミーの手は震えていた。彼女がドアのほうを見たとき、出ていくのではないかとリーは思った。

だが、タミーは出ていかなかった。

テーブルの上の箱からティッシュを取った。鼻を拭き、とたんに痛そうに顔をしかめた。ティッシュをいじりながら、悪夢に変わった夜が普段どおりにはじまったことをゆっくりとバークに語りはじめた。仕事が終わった。飲みに行くことにした。車を駐車係にあずけた。バーにひとりで座り、ジンマティーニを一杯飲んだ。帰ろうとしたとき、アンドルーがもう一杯ご馳走すると声をかけてきた。

リーはノートをめくった。〈コンマ・カメレオン〉の防犯カメラの映像から、タミーがジンマティーニを二杯半飲んだことがわかっている。

タミーはそこで屋上デッキへ移動したと話をつづけたので、飲んだアルコールの量が記録より半分少ないことになるが、普通は酒を何杯飲んだかなど覚えていないものだ。たいした違いではない。マティーニを二杯ではなく三杯注文したのではないかと法廷でタミーを問い詰めれば、陪審の目には間抜けな弁護人に映るだろう。

リーは動画に注意を戻した。

タミーが語ったアンドルーの印象は、おそらくほかのだれもが感じるようなものだった――なにを考えているのかちょっとわからないけれど、礼儀正しくてきちんとした仕事をしていて、自分と同年齢の男性とくらべて落ち着いていた。タミーと似たタイプだ。気が合うと思ったと、タミーはバークに言った。いいえ、アンドルーのラストネームは知りません。たしか、自動車の販売会社に勤めているはず。整備工かしら？　楽しそうにクラシックカーの話をしていました。

「それで、彼にキスを――わたしからキスをしました」タミーの罪悪感に満ちた口調は、そのあと起きたことはすべて自分のせいだと思っていることの表れだった。「その気があるように振る舞って、駐車係を待っているときに、しばらくキスをしました。かなり長いあいだ。それから、名刺を渡しました——電話をくれるといいなと思って」

バークはタミーが黙りこんでも待っていた。彼女がアンドルーの話に時間をかけたのは理由があると気づいているようだったが、賢明にも話をつづけさせようとはしなかった。

タミーのほうは、両手を見おろしていた。ティッシュは細かくちぎれていた。タミーは片付けようとして、ばらばらになった繊維を集めてテーブルの上に置いた。床に手をのばしたとたんにうめいた彼女を見て、リーはコーラ瓶が使われたことを思い出した。

バークがまた左側に手をのばし、今回はゴミ箱を取った。それをテーブルに置いた。彼は大柄で、部屋は狭いので、席を立たなくても手が届くようだ。

タミーはちぎれたティッシュの屑を全部ゴミ箱に捨てた。数秒が過ぎた。さらに数分が過ぎた。

バークは辛抱強く見守っていた。一方で、頭のなかでこれまでの話を繰り返し、チェックすべき点をチェックし、必要な答えがわかっているか確かめているのだろうとリーは思った。アルコールの摂取量は？　違法薬物は摂取したのか？　被害者は友人といたのか？　重要なことを目撃していた可能性のある人物は？

あるいは、バークは次の質問を考えているのかもしれない。被害者は加害者を突き飛ばしたり蹴ったり殴ったりしたか？　〝いや〟とか〝やめて〟などの言葉を一度でも発したか？　暴行する前と途中とそのあとで、加害者はどんなふうに振る舞ったか？　どんな性行為がどんな順番でなされたか？　力ずくだったり、脅迫されたりしたか？　凶器は使われたか？　加害者は射精したか？　どこに射精したか？　何度射精したか？

タミーはティッシュの屑を片付け終えた。ソファに座りなおした。バークの頭のなかの質問が聞こえ、なんと答えるべきかわかっているかのように、首を振りはじめた。「そのあとのことは覚えていません。駐車係を待っていたときのこと以降は。たぶん、自分の車に乗ったんだと思います。それか――やっぱりわからない。ところどころは思い出せるかも。でも、ほんとうにあったことなのか。できれば――台無しにしたくない――思い出せなかったら――ちゃんと覚えていないといけないんでしょう」

今度もバークは待った。リーは彼の辛抱強さに感心した。彼の知性の表れだ。二十年前なら、彼の立場の刑事はタミーの肩をつかんで揺さぶり、犯人を処罰したいのなら話をしろと声を荒らげたり、注目されたくて作り話をしているのかと責めたりしただろう。

バークはタミーに言った。「息子はアフガニスタンへ出征しましてね。二度行きました」

タミーの顔が少しあがったが、やはりバークの目を見ようとはしなかった。

バークはつづけた。「帰ってきたとき、別人になっていました。戦地で大変な目にあったようですが、その話をすることはできなかった。わたしは兵役についたことはありませんが、心的外傷後ストレス反応がどんなふうにあらわれるかは知っています。性的暴行を受けた女性の話をうかがう機会が多いので」

タミーの顎に何度もぐっと力がこもってはまたゆるむのが見て取れた。自分の受けた暴力をそんなあからさまな言葉で考えていなかったのだ。自分は企業の地域統括マネージャーでもなく、工科大の卒業生でもない。性的暴行の被害者だ。その緋色《ひいろ》の文字の焼き印は、彼女の胸から死ぬまで消えない。

バークが言った。「PTSDは、心を苦しめる経験によって引き起こされます。症状は、悪夢を見る、不安でたまらなくなる、思考の制御がきかなくなる、フラッシュバックを起こす、記憶喪失になることもあります」

「それは――」タミーの声が詰まった。「そのせいでわたしは記憶をなくしてるという意味ですか?」

「いいえ、そうではありません。薬物検査の結果がわかれば、もっとはっきりお答えできるでしょう」バークは身を乗り出しかけたが、すぐに元に戻した。「わたしが申しあげたいのは、あなたが感じている気持ちは――悲しくなったり、怒ったり、茫然となったり、復讐《ふくしゅう》したくなったり、復讐したくなかったり、犯人を罰したいと感じたり、二度と犯人に会いたくないと思ったり――そういう気持ちはまったく異常ではないということです。正しい感じ方も間違った感じ方もない。あなたがなにを感じても――どんな気持ちになっても責められることではないんです」

そう言われて、タミー・カールセンの緊張の糸が切れた。彼女は嗚咽しはじめた。女性に生まれたら性的なトラウマに対処する方法のガイドブックを手渡されるわけではない。初潮や流産や更年期と同じく、あらゆる女性にとって不安の種でありながら、なぜか話題にするのはタブーとされている。

「すごい」リーはつぶやいた。この温和な大男は、たったひとりで陪審をアンドルーの敵にすることができるだろう。公判が終わったらバークにフルーツバスケットでも贈らなければならない。

リーは冷酷な自分を戒《いまし》めた。これはゲームではない。動画のなかのタミーは、身をよじって泣いている。ティッシュをひとつかみ取った。バークは彼女をそばで慰めようとはしなかった。椅子に座ったままだった。女性警察官に目顔で動くなと伝えた。

「わたしは――」タミーは言った。「だれかの人生を台無しにしたくない」

「ミズ・カールセン、これは最大限の敬意をこめて申しあげますが、あなたにそのような力はないのです」

タミーはついにバークの顔を見た。

バークは言った。「あなたが正直な方であることはわかります。でも、わたしがそう信じていても、あなたの証言があっても、裁判をするにはそれだけでは足らない。あなたがわたしに話すことは裏を取らなければならないし、あなたの記憶が欠けていたり、混乱していたりする場合は、急いで捜査して補わなければなりません」

　リーは椅子に深く座った。裁判所の階段で演説するジミー・スチュアートを見ているかのようだった。

「わかりました」タミーは言ったが、ふたたび口をひらくまでにたっぷり一分ほどかかった。「わたしは公園にいました。目を覚ますと公園だった。というか、気がついたら。一度も行ったことのない場所だったけれど――とにかく公園でした。わたしは――わたしは手錠でテーブルにつながれてました。そこに、おじいさんが、あの犬を連れた人が。名前は知らない。あのおじいさんが警察に通報してくれて――」

　沈黙のなか、タミーが過呼吸にならないように浅く息を吸っては吐くのを繰り返す音が聞こえた。

　バークが言った。「ミズ・カールセン、われわれの記憶は映像となって思い出されることがあるんです。古い映画がスクリーンに映し出されるように、ぱっと頭に浮かびます。断片的な記憶でもかまいません、あなたをレイプした男について、そのときのことはなにか覚えていませんか？」

「その男は――」またタミーは声を詰まらせた。〝レイプ〟という言葉が頭のなかの靄《もや》を切り裂いたのだ。自分はレイプされた。レイプの被害者だ。

「その男はスキーマスクをかぶっていました。それと、手、手錠。わたしに手錠をかけた」

リーはノートに〝計画的〟とメモした。スキーマスクも手錠も、準備して現場へ持ちこんだものだ。

その言葉をじっと見おろした。

記憶が映像のように頭に浮かぶというバークの話は、そのとおりだ。リーは、レジー・パルツのオフィスで見たバカンスの写真を思い出していた。あのいかさま師たちのことだ、おそらくアンドルーはパルツを思いどおりに利用するために旅の費用を出してやったのだろう。スキーマスクをつけたアンドルーの写真があるかもしれない。

これもまた、相手方の得点になりそうだ。

「わたしは――」タミーは唾を呑みこもうとしているらしく、喉が動いた。「やめてと言いました。お願いだからやめてと」

リーはまたメモを取った。被害者が〝やめて〟というひとことすら絞り出すことができなかったのは恐怖や強いショックのせいなのに、被害者の落ち度だと斬り捨てた陪審員は、いままで少なからずいた。

「思い出せない――」タミーは息を呑んだ。「犯人はわたしの服を脱がせました。爪がとても長くて。爪が――わたしの――」

タミーの手が右の胸へ動くのをリーは見ていた。アンドルーの爪が長くのびていたかどうか、見た覚えがなかった。公判の直前に確認して、爪がのびていても放っておこう。

「犯人は同じことを何度も言いました――」タミーの声がふたたび途切れた。「愛していると。何度も何度も。きみの髪が好きだ、目が好きだ、唇が好きだと。きみはなんて小さいんだと、何度も言いました。小さくて――ほっそりした腰も小さな手もいいとか、顔はバービー人形のように完璧だとか。愛してると何度も言って、そして――」

バークは沈黙を埋めようとしなかったが、膝の上の両手を強く握り合わせるのが見えた。タミーに手をのばし、もう大丈夫だと慰めたいのをこらえているのかもしれない。

リーも同じ気持ちで、残酷な世界から消えてしまおうとしているかのように髪で顔を隠して体を前後に揺らしているタミーを見ていた。

キャリーもバディが死んだ夜に同じことをしていた。床の上に座りこんで体を揺らし、泣きながらオペレーターの機械的な音声を繰り返していた。

電話をかけたい場合は……

デスクの抽斗にポケットティッシュが入っている。リーはティッシュで目を拭った。タミー・カールセンが黙って悲嘆に身を震わせているあいだ、リーは待ちつづけた。タミーは明らかに自分を責めている。なにがいけなかったのか、自分の愚かな言動のせいでこんな目にあったのではないかと考えている。ほんとうなら、いまごろ職場にいるはずなのに。彼女には仕事がある。修士号も持っている。それなのにいま、丁寧に計画してきた人生を破壊した暴力の断片的な記憶を背負うことになった。

自責の念はリーにも覚えがあった。大学時代に同じ目にあいそうになったからだ。節約のために車で眠っていたのだが、あるとき知らない男にのしかかられて目が覚めた。

「ごめんなさい」タミーは謝った。

リーは洟をかんだ。椅子の上で体を起こし、モニターのほうへ身を乗り出した。

「ごめんなさい」タミーは繰り返した。また震えている。自尊心を傷つけられ、自分はばかだったと感じ、感情を抑えきれなくなっている。十二時間のあいだになにもかも失い、どうすれば取り戻せるのか皆目わからない。「わたし――これ以上は思い出せません」

リーは自己嫌悪を呑みこみ、メモにチェックを入れた。タミー・カールセンが事件当時のことを思い出せないと言ったのは、これで五回目だ。

アンドルーが五点獲得。

リーはモニターに目を戻した。バークはあいかわらず動いていなかった。さらに少し待って、タミーを促した。「犯人は顔を隠していたそうですが、スキーマスクなら――わたしが間違っていればそう言ってくださいね――犯人の目は見えましたね？」

タミーはうなずいた。「口も」

バークは、答えのわかりきった質問のほうへタミーをそっと導いていった。「犯人はあなたの知っている人でしたか？　なにか特徴はありませんでしたか？」

タミーはふたたびごくりと音をたてて唾を呑みこんだ。「声が」

バークは待った。

「バーで会った人でした。アンドルー」タミーは咳払いをした。「かなり長いあいだしゃべったんです。声でわかりました――あのときに」

バークは尋ねた。「そのとき、あなたは彼に名前で呼びかけましたか？」

「いいえ、だって――」タミーはいったん口をつぐんだ。「怒らせたくなかったから」

リーが読んだ資料には、アンドルーはほかの五名の男性と声のテストを受けたと記されていた。それぞれに、犯行時に犯人が言った台詞と同じ言葉を言わせて、その声を録音した。全員の声をタミーに聞かせたところ、迷わずアンドルーの声を選んだ。

バークは尋ねた。「犯人の声の特徴は？」

「やわらかい。口調はやわらかいのだけど、声そのものは低くて、そして――」

バークの超自然的なまでの冷静さにひびが入った。「そして？」

「口も」タミーは自分の唇に触れた。「口も見覚えがありました。少しゆがむんです、なんだか……なんて言うか。ゲームをしているような。愛していると口では言うくせに、おもしろがってるみたいで――わたしが怖がってるのを」

リーもその笑い方は知っている。声も知っている。アンドルーの死んだような冷たい目、感情のない不気味なまなざしも。

動画を流したまま、リーはそれ以上なにもしなかった。メモも取らなかったが、タミーがその後さらに三度、覚えていないと言ったときだけはチェックした。バークはほかの情報を引き出そうとした。トラウマかロヒプノールのせいで、タミーの記憶はやはりあやふやなままだった。タミーが語るのは、暴行の最初の部分にとどまった。ナイフのことは覚えていなかった。太腿を切られたことも。コーラ瓶を挿入されたことも。バッグや車や服がどうなったのかも知らなかった。

タミー・カールセンが部屋の外へ連れ出され、バークがカメラを止めた時点で、リーは動画を閉じた。それから、現場の写真を探した。タミーのバッグは彼女のBMWの運転席の下に突っこまれていた。服は現場で発見された。あずまやの隅に、きちんとたたんで置いてあった。

みずからも強迫神経症気味のところがあるリーは、左右対称にこだわった演出に目をみはった。グレーのツイルのスカートはきっちりと四角形にたたんであった。その上に、スーツのジャケット。黒いシルクのブラウスは、店頭のディスプレイのようにジャケットのなかにセットされていた。黒いTバックショーツがいちばん上に重ねてあった。その重ねた服をまとめるように巻いた黒いレースのブラジャーが、まるでプレゼントの包みにかけたリボンのようだった。黒いハイヒールは、四角い服と整列するように立てて並べてあった。

リーは、おやつの時間にアンドルーが食べ物を並べて遊んでいたのを覚えていた。チーズとクラッカーでジェンガのタワーを作り、そのタワーを崩さないように一枚一枚取り出した。リンゴのスライスやナッツ、ポップコーンの屑も同じように並べた。

デスクの電話が鳴った。リーは目を拭い、洟をかんだ。

「リー・コリアーです」

ウォルターだった。「サイド・ディックってハミ乳《サイド・ブーブ》みたいなものか？」

リーはしばらくしてようやくマディの口パク動画のことだと気づいた。「隠れてファックする相手みたいなものでしょ」

「ああ。なるほど」

〝この母にしてこの娘あり〟と言わなかったのはさすがウォルターだと認めざるを得ない。

リーが夫に隠しごとはしていないと言えば、ほんとうになにも隠していないのだ。

ほとんどなにも。

「スイートハート」ウォルターが言った。「なぜ泣いてるんだ？」

涙は止まったが、いまにもまたこぼれそうになっているのを感じた。「ゆうべキャリーに会ったの」

「やばいことになってるのかってのは愚問か？」

「なんとかなりそうだけどね」未登録のグロックの話はあとまわしにすることにした。あのグロックは、リーが開業したとき、ウォルターが消防士の友人からもらったものだ。

「調子が悪そうだった。いつもより悪そうだった」

「周期的に悪くなるのはわかってるだろう」

リーがわかっているのは、いずれキャリーが崖っ縁から飛び降りずにはいられなくなることだ。少しずつ薬をやめるのは無理かもしれない。フィルのそばにいればなおのこと難しいだろう。キャリーがいままで母親ではなくヘロインを頼りにしていたのも、故《ゆえ》なきことではない。リーを頼らなかったのも、たぶん理由がある。リーはゆうべモーテルで妹の注射セットを目にした瞬間、それを壁に投げつけて叫びたかった。**どうしてあんたはわたしよりこんなものを愛するの**、と。

リーはウォルターに言った。「痩せすぎてるの。骨がくっきり見えた」

「だったら、食べさせないと」

食べさせようとしたのだ。でも、キャリーはチーズバーガーを半分食べるのがやっとだった。はじめてブロッコリーを食べたときのマディのように顔をしかめていた。「呼吸も変だった。苦しそうだった。ぜいぜいしてるのがわかるの。どこか悪いのかも」

「煙草は?」

「吸わない」フィルが家族三人分の煙草を吸っている。姉妹はふたりともにおいに耐えられなかった。だから、ゆうべキャリーを実家に行かせたのは二重の意味でひどい仕打ちだった。いったい自分はなにを考えていたのだろう? アンドルーだの調査員だのがしゃしやり出てくるまでもなく、フィルがキャリーをオーバードーズに追いこむかもしれない。

わたしのせいだ。全部わたしのせい。

「スイートハート」ウォルターが言った。「コロナウイルスの後遺症だとしても、毎日だれかしらよくなったって聞くじゃないか。キャリーは猫よりたくさんの命を持ってるよ。わかってるだろう」

リーは自身のウイルスとの闘いを思い返した。四時間ほど咳が止まらず、どんどんひどくなり、目の毛細血管が切れてしまった。病院に行っても、タイレノールを処方されて、息ができなくなったら救急車を呼べと指示されただけだった。ウォルターは頼むから看病させてくれと言ってくれたが、リーはそんな彼にキャリーを捜してくれと頼んだのだった。

わたしのせいだ。全部わたしのせい。

「なあ」ウォルターが言った。「きみの妹は信じられないくらい優しくてユニークな人だけど、たくさんの問題を抱えてる。そのいくつかはきみが助けてあげられるけど、そうじゃないものもある。きみにできるのは、キャリーを愛することだけなんだよ」

リーはまた目を拭った。ウォルターの言葉はぷつぷつと途切れていた。「だれか電話をかけてきてるんじゃない？」

ウォルターはため息をついた。「マーシだ。あとでかけなおせばいい」

マーシはウォルターの現在のサイド・なんとかだ。残念だが、彼のほうもリーが戻ってくるのをひたすら願いながら四年間の別居生活を過ごすことにしたわけではなかった。

リーは我慢できずに口走った。「無過失離婚をオンラインで申請すれば十分ですむみたいよ」

「スイートハート」ウォルターは言った。「きみが僕のサイド・ブーブでいてくれるかぎり、僕はきみのサイド・ディックでいるよ」

リーは笑わなかった。「あなたはいつだってわたしにとって最前列中央にいるの、知ってるでしょ」

「それ、友好的に話を終わらせるのにいい台詞だ」

ウォルターが電話を切ったあとも、リーはしばらく受話器を耳に当てていた。自己嫌悪が沸点に達したところで、受話器を置いた。

ドアをノックする音がした。リズが入ってきたが、すぐさま踵を返した。「あと五分で打ち合わせですよ」

リーはクローゼットへ行き、ハイヒールを取り出した。扉の内側の鏡で化粧をなおした。

BC&Mは、被告人のために陪審コンサルタントを雇うわけではない。所属弁護士が陪審員の目にどう映るのか知りたいのだ。リーはいまだにクライアントが懲役十八年の刑を言い渡された事件を忘れられない。裁判に負けたのは、意見を求められた男性陪審員の言葉を借りれば、おそらくリーのひっつめ髪とJ・クルーのパンツスーツとローヒールでは

〝せっかくの美人なのに女性らしく見せる努力が足りない〟せいだ。

「ばか」リーはつぶやいた。口元はマスクで隠れるのに口紅を引いていた。ティッシュで口紅を拭き取った。マスクを着け、リーガルパッドを重ねて携帯電話を取った。

ホワイトノイズのような小部屋からの雑音に包まれながらエレベーターへ歩いた。プライベート用の携帯電話を見た。キャリーからメッセージは届いていなかった。沈黙を深読みしてはいけない。もうすぐ午後四時になる。キャリーは眠っているか薬でぼうっとしているか、スチュアート・アヴェニューで薬を売っているか、とにかく果てしなく余っている時間をつぶしているのだろう。連絡がないからといって危険な目にあっているとはかぎらない。キャリーはキャリーだということだ。

リーはエレベーターのボタンを肘で押した。ついでに急いでマディにメッセージを送った――わたしは未来の人事担当者です。あなたのＴｉｋＴｏｋをチェックします。わたしはどう思うでしょうか？

マディは間髪容れずに返信をよこした――あなたはブロードウェイのディレクターですね、こう思いますよ、〝うわこの女すげえ！〟

リーはほほえんだ。きちんと読点を打っているのは小さな勝利だ。十六歳の子どもがすげえ女と自称するのは大勝利だ。

とたんに、リーは真顔になった。マディのＴｉｋＴｏｋこそ、陪審の前であの子の人格を攻撃したい場合に証拠として使うようなものではないか。

　エレベーターのドアがひらいた。先客がいた。リーにも見覚えのある、下っ端部屋の住人であるペーペーだ。リーは、ソーシャルディスタンス促進のために四隅の床に貼られたステッカーの上に立った。壁のパネルの上には、会話や咳は控えるようにと貼り紙があった。別の貼り紙には、階数ボタンにウイルス感染を防止するハイテクなコーティングがしてあると書かれている。リーはペーペー弁護士に背を向けていたが、肘で最上階のボタンを押したとき、相手が息を呑んだのが聞こえた。

　ドアが閉まった。大学に入学を許可され、同僚に一目置いて接してもらい、体面を保つのは重要であるとマディにメッセージを打ちはじめた。そのなかにセックスのすばらしさを親子ともに恥ずかしくならない表現で混ぜようとしたとき、携帯電話がメッセージの着信を告げた。

　ニック・ウェクスラーからだ——DTF?

　ファックしないか《ダウン・トゥ・ファック》？

　リーはため息をついた。久しぶりにニックに接触したのを後悔したが、頼みを聞いてもらっておきながら、つれないことはできない。

　とりあえず先延ばしだ——また今度でいい？

　サムズアップと茄子《なす》の絵文字が返ってきた。

リーはまたため息をつきたくなったのをこらえた。マディの画面に戻り、やはりあとで叱らなければと考えた。書きかけの説教を消して書きなおした——今夜電話するのを楽しみにしてる！

ペーペー弁護士は十階で降りたが、リーが何者で、どうしてパートナーの階にアクセスできるのかと気になっていたらしく、好奇心を抑えられない様子でちらりとリーの顔を見ていった。リーは扉が閉まるのを待ち、片方の耳からマスクのゴムをはずした。つかのまひとりになれたので、深呼吸して気持ちを落ち着けた。

アンドルーが本性を現してから会うのははじめてだ。嘘つきのクライアントには慣れているが、どんなにサディスティックな罪で容疑がかかっていても、リーと会うころにはすっかりしおらしくなっているのが普通だ。逮捕されて恥をかき、非人道的な環境に監禁され、札付きの犯罪者たちに脅かされ、リーの助けがなければ刑務所に逆戻りすると思い知っている連中は、決まって下手《したて》に出る。

昨日の朝、頭のなかで警告音が鳴っていた理由はこれだったのに、リーはあえてその意味を考えないようにしてしまった。昨日はアンドルー・テナントが終始優位に立っていたことを、リーはいま思い返すまでわかっていなかった。刑事弁護士のジョークに、もっとも恐ろしい悪夢は無実のクライアントだというものがある。リーの場合は、怖がっていないクライアントだ。

ベルが鳴った。PHの文字が扉の上で光った。リーはマスクを元に戻した。黒いパンツスーツに赤いマスクを着けた、すらりとした初老の女性が待っていた。『ハンドメイズ・テイル／侍女の物語』のUGA版だ。

女性が言った。「ミズ・コリアー、ミスター・ブラッドリーがオフィスでお話ししたいそうです」

リーはにわかに不安を覚えた。「クライアントはもう来ていますか？」

「ミスター・テナントは会議室にいますが、ミスター・ブラッドリーはまずあなたとふたりで話したいそうです」

胃がきりきりと痛くなったが、リーはしかたなく女性のあとから広々とした空間を歩いていった。会議室の閉じたドアにじっと目をやった。ねじれた筋書きが次々と頭に浮かびはじめた。アンドルーにクビにされたのではないか。アンドルーが警察に通報したのではないか。アンドルーがキャリーを誘拐して人質に取っているのではないか。

三つ目があまりにもばかばかしかったので、妄想の糸をするすると巻いて箱にしまうことができた。アンドルーはサディスティックなレイプ犯だが、人の心を操る催眠術師ではない。リーは自分なりに立てたアンドルー仮説を思い出すようにした。彼の手持ちは子どものころの記憶と、父親が失踪した理由の推測だけだ。いまリーが避けるべき最悪な愚行とは、その推測を裏付けるような振る舞いをすることだ。

「どうぞ」ブラッドリーの助手がオフィスのドアをあけた。

冷静さを取り戻したはずなのに、オフィスに入るリーの口はからからに渇いていた。刑事も手錠を持った警官も待ってはいなかった。いつもどおりの赤と黒のインテリア。コール・ブラッドリーは巨大な大理石のデスクのむこうに座っていた。ファイルや書類の束に囲まれている。ライトグレーのスーツのジャケットはラックにかかっていた。シャツの袖をまくりあげている。マスクは着けていない。

リーは尋ねた。「アンドルーは呼ばないんですか?」

ブラッドリーは答える代わりに、デスクの前の赤い革の椅子を指し示した。「進捗はどうだ」

リーは、こんなことにも気づかなかった自分を蹴りつけてやりたかった。ブラッドリーは、クライアントの前でなんの話をしているのかさっぱりわかっていないように見えたらまずいので、あらかじめ報告しろと言いたいのだ。

リーは椅子に腰をおろした。マスクを取り、ノートを広げていきなり要点に入った。「最初の事情聴取の時点で、被害者は声でアンドルーだとわかったとはっきり言っています。逮捕後のテストでも、サンプルのなかから迷わず彼を選びました。証言には曖昧な部分もありますが、事情聴取を担当したのは司法面接の訓練を受けた刑事です。ショーン・バークという刑事でした」

「はじめて聞く名前だ」

「わたしもです。調べてみますが、とにかく彼を打席に立たせればホームランです。被害者のタミー・カールセンについては、予測できません。聴取の動画では、陪審を味方につけそうな感じでした。暴行された夜の服装は挑発的なものではなかった。アルコールの量もさほど多くなかった。前科もない。飲酒運転で逮捕されたこともない。スピード違反で切符を切られたこともない。クレジット記録も問題ない。学生ローンはほとんど返済が終わっている。SNSも調べますが、彼女はジョージア工科大でソフトウェア・エンジニアリングの修士を取っています。おそらくまずい投稿は消去してしまったでしょう」

「工科大か」ブラッドリーは言った。UGAの長年のライバルだ。「陪審を味方につけそうとは、どういう点で？」

「同意がなかったことは間違いありません。めちゃくちゃに暴行されたのも事実です。襲われているあいだ、〝やめて〟とはっきり言っている。写真だけでも大量の同情が集まるでしょう」

ブラッドリーはうなずいた。「証拠は？」

「泥の足跡が、アンドルーのクローゼットにあるサイズ9のナイキと一致しました。もちろん、一致しただけでは同一のものかどうかはわからないと指摘できます。深い嚙み傷が数カ所ありましたが、傷口からDNAは検出されていません。検察が歯科のカルテを持ち出すことはありません。そんな古くさい科学などあっさり論破されると、むこうも承知しているでしょうから」リーは息を継いだ。「ただし、コーラ瓶は厄介です。アンドルーの指紋が瓶底から検出されました。右手の小指ですが、ジョージア州捜査局が確認したので確実です。瓶底からほかに検出されたのは、糞便と被害者のＤＮＡだけです。犯人はおそらく手袋を使っていたが、小指の先が破れた、あるいは犯行前にアンドルーがさわっていたのか。彼は事件以前にもあの公園に行ったことがあります」

　ブラッドリーは、最後の情報を頭のなかで時間をかけて処理した。「問題点は？」

「検察側にとっての問題点は、ロヒプノールが使われたという疑いに一時的な記憶喪失だったと反論されることです。カールセンは脳震盪を起こし、外傷性健忘の状態にあったかもしれない。陪審の扱いに長《た》けている専門家を二名、待機させてあります」リーはノートを見おろした。「われわれの問題点は、むごたらしい現場写真ですね。ひどすぎるものを除外しても、それほどひどくないものですらアンドルーにとって不利です。ほんとうに声でアンドルーとわかったのかとカールセンを揺さぶってみますが、さっきも言ったように、事情聴取でもテストでも、迷いなくアンドルーを選んでいます。ちなみに、検察の証人リストに音声分析の専門家が入っていました。先手を打たれていなければ、わたしが使いたかったんですが」

「それから？」

「カールセンは、それ以外のことはほとんど覚えていません。記憶の曖昧さが証言の信《しん》憑《ぴょう》性を損なうかもしれませんが、無罪にできるかどうか五分五分だと言っているように聞こえるなら、たしかに五分五分だと思います」

「ミズ・コリアー。いちばんの問題点は？」

ブラッドリーの勘のよさに感心すべきかもしれないが、リーはおもしろくなかった。自分が午前中を全部使って作戦を練ったことに、彼は五分で気づいたのだ。「シドニー・ウィンズロウが、事件当夜のアンドルーのアリバイなんです。陪審は彼女の証言を聞きたがるでしょうね」

ブラッドリーは椅子の背にもたれ、両手の指を尖塔《せんとう》のように組み合わせた。「ミズ・ウィンズロウが証言台に立つなら、配偶者特権を放棄することになる、つまりダンテは彼女から崩すことができるわけだ。その結果どうなるか、きみにも見えるな？」

リーは顎に力がこもるのを感じた。リー自身、弁護人の責任を問われないように、シドニーをトロイの木馬にしてアンドルーの人生を焼きつくすつもりだったのだ。「ダンテはペリー・メイスンではありませんが、別に有能でなくてもいい。シドニーが癇癪を起こしてばかなことを言うか、アンドルーを助けるつもりでばかなことを言うか、どちらかでしょう」

「わたしが若いころは、宣誓のもとで〝ばかなことを言う〟のは偽証罪と呼ばれていた」

ブラッドリーは励ましているのだろうか、それとも釘を刺しているのだろうかと、リーは思った。法律家にとって、嘘をつくとわかっている人物を証言台に呼ぶことは厳禁だ。買収して偽証させるのは犯罪であり、一年から十年の禁固刑と高額の罰金を科せられる。ブラッドリーはリーの反応を待っている。ボスが法律家らしく意見を述べたので、リーも法律家らしく返すことにした。「シドニーにも、いつも証人にアドバイスしていることを伝えます。真実だけを話すこと、被告人を助けようとはしないこと、訊かれたことだけに答えること、美しく脚色しないこと」

ブラッドリーはうなずいたので、ひとまず満足したようだ。「ほかに、わたしに話しておくべきことは?」

「アンドルーの足首のモニターが何度か故障しました。誤作動でしたが、保護観察官が駆けつけるまでどのくらい時間がかかるのか試したのではないかと指摘される恐れがあります」

「指摘されないようにしてくれ」リーにはどうしようもないのに、ブラッドリーはそう言った。「本件の副弁護人は――」

「ジェイコブ・ガディです。彼とは以前組んだことがあります。証拠の分析に長けていますし、証人の扱いも上手です」

ブラッドリーがうなずいたのは、女性弁護人を男性弁護人と組ませるのは一般的に正しい戦略とされているからだ。「判事は?」

「アルヴァレスでしたが――」

「感染か」ブラッドリーの口調は重かった。アルヴァレスは同期なのだ。「後任がだれか、いつわかる?」

「いまローテーションを組みなおしているようです。裁判所もしっちゃかめっちゃかなんですよね。木曜日からおそらく金曜日に陪審選任手続き、月曜日から審理開始の予定ですが、早まるかもしれませんし、延期になるかもしれません。感染の状況によりますし、また拘置所がロックダウンされる可能性もあります。どっちに転んでもいいように準備はしておきます」

「彼は有罪か?」

その質問に、リーはひるんだ。「無罪判決への道は見えます」

「端的に、イエスかノーかで答えろ」

端的な返事をするつもりはなかった。弁護を担当する裁判に、個人的な理由で負けようと目論でいるのだ。犯罪者が犯しがちな重大ミスは、自信過剰に振る舞うことだ。「たぶんイエスです」

「余罪についてはどうだ?」

「三件の被害者たちに対する暴行は、タミー・カールセンに対する暴行と共通点があります」リーはわざと要点をはぐらかした。アンドルーの無罪を勝ち取るために全力を尽くしていると、ブラッドリーに信じさせなければならない。「アンドルーはほかの三名の女性をレイプしたのか？　たぶんイエス。ダンテ・カーマイケルはそのことを証明できるか？　なんとも言えませんが、タミー・カールセンの件が有罪になれば、〝たぶん〟は〝確実に〟に変わるでしょう。その場合、争点は量刑が同時執行か逐次執行かということになりますね」

ブラッドリーは両手を尖塔のように組んで、しばらく考えこんだ。リーは次の質問を待っていたが、彼は言った。「わたしは七〇年代にストッキング絞殺魔の事件に関わったことがある。きみが生まれる前の話だ。聞いたことはあるだろう」

ジョージア州屈指の悪名高き連続殺人犯、カールトン・ゲイリーのことはリーも知っていた。三名の老女をレイプして絞殺したとして死刑に処されたが、被害者は数えきれないほどいると考えられている。

「ゲイリーは当初、被害者を殺してはいなかった。最後には殺人犯になったが、生き延びた被害者は何人も、それこそ大勢いた」ブラッドリーは言葉を切り、リーが話についてきているのを確かめた。「ＦＢＩのプロファイラーが一連の事件を調べた。事件が起きたのは、プロファイリングが一般的になってから数年後だった。プロファイラーは、多くの殺人犯は犯行がエスカレートするというパターンがあると言っていた。最初は空想するだけだったのが、それでは物足りなくなる。覗き魔はレイプ犯になる。レイプ犯は殺人鬼になる」

ネットフリックスのアカウントがあればだれでも知っている知識だが、リーはあえて黙っていた。リー自身、タミー・カールセンのレイプキットの写真を見たときに同じことを考えた。アンドルーの手口はきわめて凶悪で、被害者を殺害する一歩手前だった。いつかは、いや、次回こそ、ナイフが大腿動脈を切り裂き、被害者は自身の血溜まりのなかで死ぬことになるかもしれない、と言っても誇張ではない。

リーはブラッドリーに言った。「三件の余罪ですが。アンドルーの犯行だと断定するまでに、だれかが苦労して捜査していたわけですよね。裏ではまだなにか進行しているような気がします」

「たとえば？」

「初期の事件を捜査した捜査官あるいは刑事。彼女はアンドルーを逮捕するつもりだったのに、検察か上司の命令で手を引いた」

「彼女？」

「女性に手を引けと命じたことがないんですか？」リーは、ブラッドリーが耳をぴくつかせて彼なりにほほえむのを見た。「わざわざ男の大事な時間を費やしてこの三件の関連を調べるのを許可するボスなんていません。このご時世で、パトカーにガソリンを入れておくのも大変なくらいですし」

ブラッドリーはじっと耳を傾けていた。「きみの仮説を聞こう」

「クレジットカードの領収書とか防犯カメラの映像とか、それ以外のまだわたしたちが気づいていないものとか、とにかくなんらかの根拠があって、アンドルーはすでに容疑者リストに入っていたのかもしれない。ただ、相当な理由がないので逮捕できなかった。彼の経済的な資源を考慮すれば、チャンスは一度しかないことはわかります」

ブラッドリーは一足飛びにわかりきった結論を言った。「われわれがまだ知らない余罪があるかもしれない、つまりなにがなんでもカールセンの裁判に勝利しなければならないというわけだ」

リーはチアリーダーのふりをつづけた。「わたしは陪審員をひとりでもうなずかせることができれば勝てます。その点、ダンテは十二人を味方につけなければならない」

ブラッドリーは椅子の上でさらに上体を引いた。頭の後ろで両手を組んだ。「アンドルーの父親には会ったことがある。グレゴリー・シニアが手切れ金を払ったんだが、もちろんあのワレスキーが約束を守るはずがない。とんでもない男だった。リンダはあの男と結婚したとき、まだ子どもと言ってもいいくらいだったんだ。ワレスキーが失踪したのは彼女にとって最高のできごとだったよ」

リーは、バディ・ワレスキーの失踪はだれにとってもよいことだったと言いたかった。

ブラッドリーは尋ねた。「アンドルーを証言台に立たせるのか？」

「そんなことをしたら、わたしがこの手で彼の胸を撃つことになって、陪審は評決を出す手間がなくなります」リーは、相手はボスなのだからふざけすぎてはいけないと自分を戒めた。「アンドルー本人が証言したがれば止められませんが、証言すれば負けるとアドバイスします」

「ひとつ訊いてもいいか」ブラッドリーは、いまはじめて質問するかのように言った。「アンドルーが四件とも有罪だったとして、きみの弁護で無罪になり、自由になった彼がまた同じことをしたら、きみはどう思うだろうか？　あるいは、次はもっと悪質なことをしでかしたら？」

ブラッドリーが求めている答えは、リーにはわかっていた。その答えこそが理由となり、人々は刑事弁護士を憎む――弁護士が必要でないうちは。「アンドルーの嫌疑が晴れれば、ダンテ・カーマイケルが仕事をしなかったのだと思いますね。有罪を証明する責任は州にありますから」

「なるほど」ブラッドリーはうなずいた。「レジー・パルッ。彼についてはどう思う？」

リーはためらった。リズと話をしたあと、レジーのことは頭から消去していた。「仕事はできます。アンドルーに関する調査は完璧だったと思います。公判で、検察が掘り起こしてきたことに驚かされることはなさそうです。わたしが担当している離婚訴訟に関して調査を依頼しました」

「それは延期してくれ」ブラッドリーは言った。「ミスター・パルツは裁判が終わるまで本件専属だ。いまアンドルーと一緒に会議室で待っている。わたしは同席しないが、きみにとっても興味深い話を持ってきているようだ」

8

リーは心の準備をしながら会議室へ歩いていった。レジー・パルツの興味深い話とはなんだろうと考える代わりに、頭のなかで例のアンドルー仮説を繰り返した。アンドルーは子どものころにバーカウンターに隠されたビデオカメラを見つけた。父親が失踪したあと、キャリーが教科書の人体図で大腿動脈を何度もなぞっているのを見た。どこかの時点で、なんらかの理由で、そのふたつの記憶が結びつき、現在は父親の殺され方を彼独自のねじくれた見方で解釈し、模倣《もほう》している。

うなじを汗の粒が伝い落ちた。五メートル先にいるアンドルーの存在にくらべて、なんと現実味の薄い仮説だろう。アンドルーを買いかぶりすぎている。天才的犯罪者などいない。自分はなにかを見落としている。AとCをつなぐBを。

ブラッドリーのUGA版侍女が咳払いをした。

リーは会議室の閉じたドアの前で彫像のように突っ立っていた。ブラッドリーの助手にうなずき、会議室に入った。

室内は前回と変わりないように見えたが、重たそうなガラスの花瓶に生けた花はしおれかけていた。アンドルーは会議用テーブルの奥の席に座っていた。前に分厚いファイルが置いてある。事務所で使っているものとは違う水色のファイルだ。二席離れて、レジー・パルッが座っていた。配置は前回の打ち合わせと似ている。レジーはノートパソコンで作業をしている。アンドルーは眉をひそめて携帯電話を眺めている。ふたりともマスクはしていなかった。

リーがドアを閉めると、アンドルーが先に目をあげた。リーは、彼の表情が変化するのを目の当たりにした。苛立ちをあらわにしていたのが、次の瞬間には完全に無表情になった。

「遅くなってごめんなさい」リーはぎくしゃくと歩いた。前回と同じく、体が〝闘うか逃げるか〟モードに入って元に戻れなくなったような気がした。五感が過敏になった。筋肉がこわばった。ここを逃げ出したい衝動が体じゅうの分子のひとつひとつにまで広がった。

時間稼ぎに、棚からペンを取った。一昨日の夜と同じ席に着いた。二台の携帯電話をテーブルに置いた。これからの一時間を切り抜ける唯一の方法は、仕事の話しかしないことだ。「レジー、わたしに話したいことってなに？」

アンドルーが答えた。「バーでタミーが言ったことを思い出したんだ」

リーは背すじにぴりっとした緊張感が伝いのぼるのを感じた。「なんて言われたの？」

アンドルーはリーの質問を放置し、水色のファイルの端を爪ではじいていた。沈黙のなか、プチッ、プチッ、プチッという音だけがつづいた。リーの見たところ、ファイルには百枚ほどの書類が挟まれている。なんとなく、知りたくないことが書いてあるような気がした。同時に、アンドルーがそれについて尋ねてほしがっているのはわかっていた。

キャリーの説教が聞こえた。**ユニフォームを着る気がない相手とはプレーできないでしょ。**

リーはユニフォームに着替えるのとは正反対のことをした。片方の眉をあげてたたみかけたのだ。「アンドルー、バーでタミーがなにを言ったの？」

アンドルーはまだしばらく黙っていたが、ようやく答えた。「タミーは十六歳のときにレイプされて堕胎したそうだよ」

リーは衝撃を顔に出さないようにこらえようとしたが、鼻孔が広がるのがわかった。

アンドルーは言った。「二〇〇六年の夏だって。相手の男は、ディベート部のチームメイトだった。ハイアワシーのキャンプでのことだ。子どもを愛せるとは思えなかったから、産むなんて考えられなかったと言っていた」

リーは唇を引き結んだ。防犯カメラの九十八分間の映像は最初から最後まで見た。タミー・カールセンはそのあいだずっと楽しそうにしゃべっていただけで、深刻な話をしている様子は一瞬たりとも見られなかった。

「この情報の価値はわかるよね？」アンドルーはリーをじっと見つめていた。プチッ、プチッという音は一定のリズムを刻みつづけている。「タミー・カールセンは男性にレイプされたと嘘をついたことがある。おなかのなかの子どもを殺したことがある。そんな女がなにを言おうが、陪審はまさか信じないだろう？」

リーはアンドルーの顔を見ようとしたが、あからさまに悪意をこめた目に勇気をくじかれた。彼に調子を合わせるほかに、どうすればいいのかわからなかった。「レジー、いまの話を補強するものはある？」

プチッ、プチッという音がやんだ。アンドルーは待っている。

「ええまあ、ええと――」レジーは狡《ずる》い人間の見本だから、狡い手段で情報を手に入れたのだろうと、リーにも察しはついた。「そう、アンドルーから聞きまして――いまの話を思い出したと聞きましてね。カールセンのハイスクール時代の友人を捜してみたんです。堕胎は事実だと確認が取れました。カールセンはレイプされたと言いふらしていたそうです」

「友人たちの名前や発言の記録はある？」リーは試した。「証言台に立ってくれるのかしら？」

レジーはリーの背後のどこかを見ながらかぶりを振った。「自分の名前は出したくないそうです」

リーは納得したかのようにうなずいた。「残念ね」

「ええ」レジーはちらりとアンドルーを見やった。「でも、カールセンが証言台に立ったときに本人に訊けますよね。たとえば、あなたは堕胎したことがありますか、とか。以前にもレイプされたと思ったことはありますか、とか」

リーはその弁護士気取りの提案をぴしゃりとはねつけた。「証人尋問をするには根拠が必要なの。タミーの友人がだれも宣誓証言してくれないのなら、あなたに証言台に立ってもらわないとね、レジー」

レジーは山羊髭をぽりぽりと掻いた。またそわそわとアンドルーの様子をうかがった。

「おれじゃなくてもいいでしょう。たとえば――」

「いいえ、あなたならやれる」リーは言った。「調査の報告をして。何人の友人から話を聞いたの？　どうやって友人を見つけたの？　キャンプの指導員からも話を聞いたの？　タミーはキャンプの責任者に訴えたの？　警察には通報した？　相手の少年の名前は？　タミーは何カ月で堕胎したの？　どこの病院で？　だれが連れていったの？　両親は知ってるの？」

レジーは腕の外側でひたいを拭った。「それは、あの――そういうことは――」

「どうしてもってことになったら、レジーはそれまでに準備してくれるよ」アンドルーは、リーが部屋に入ってきたときからじっと見ていたが、いまも目を離さないようにしていた。

「そうだろう、レジー?」

　プチッ、プチッ、プチッがまたはじまった。

　リーは、テーブルのむこうでレジーの喉が上下するのを見ていた。彼が黙っているのは、違法行為をしたのはまずかったのではないかと、急に不安になったからだろう。調査員が違法な手段で情報を集めるのは許されない。弁護士が不法に入手した情報を法廷で利用するのを禁じられているのと同じだ。レジーが証言台に立つなら、偽証罪に問われるのを覚悟のうえでそうすることになる。リーも、彼が偽証するのを知っていて証言台に呼ぶなら、同じ覚悟が必要になる。

　アンドルーはあからさまにふたりをいたぶろうとしている。

「レジー?」彼は繰り返した。

「ああ」レジーが唾を呑みこんだと同時に、ふたたび喉が動いた。「もちろんだ。準備しておくよ」

「よし。では次に行こう」

　プチッ、プチッ、プチッ、プチッ。

「ちょっと待って――」リーは空白のノートを指さした。ペンをカチリと鳴らした。弁護士資格をなげうって刑務所に行こうと本気で考えているかのように見せかけるため、適当に落書きをはじめた。

少なくとも、コール・ブラッドリーがこの打ち合わせに同席しなかった理由だけはわかった。あの狡賢い古狐は、告発される危険にみずからを晒《さら》そうとはしないが、リーにその危ない橋を渡らせることにはなんのためらいもない。先ほどの打ち合わせの狙いは、シドニーを証言台に立たせて偽証させることに抵抗はないか確かめることだったのだ。リーはいまやアンドルーを有罪にするために陰で動きつつ、実際の弁護もしなければならず、おまけにコール・ブラッドリーが期待している見世物ショーまで催すはめになってしまった。

「では」リーは気力を奮い立たせてアンドルーと目を合わせた。「法廷に出るときのために、いくつかアドバイスをします。まず、見た目について。服装とか、態度とか。予備尋問のあいだずっと、陪審の候補者はあなたの一挙一動を見てるということを忘れないで。なにか質問はある?」

ふたたびプチッ、プチッという音がやんだ。どことなく、アンドルーは不穏な感じを漂わせていた。しばらくして、彼は尋ねた。「予備尋問って?」

リーは弁護士モードに戻り、いつもどおりに説明した。「予備尋問とは、陪審員を選ぶ手続きで、検察側と被告人弁護側の双方から候補者に尋問するの。普通はランダムに選ばれた五十人程度が候補者として呼ばれる。わたしたちは、そのひとりひとりに質問できる。先入観の有無、経歴なんかを訊いて、適性を確認するの。だれがわたしたちの味方になりそうか――あるいは敵になりそうか」

「そんなのその場でわかるの？」アンドルーはリーのリズムを崩した。わざとそうしたのだ。「候補者が嘘をつくかもしれないだろ？」

「いい質問ね」唾を呑みこむのをいいかげんにやめなければ。アンドルーの声が変わっていた。タミーが話していたとおりに、口調はやわらかくなったが、声そのものは低いままだ。「すべての候補者はアンケートに答えなければならないの。アンケートの回答は事前に見せてもらえる」

「候補者がどんなやつか調べることはできない？」アンドルーは尋ねた。「レジーが――」

「いいえ、その時間はないし、逆効果よ」レジーにちょっと目をやっただけで、彼は完全にアンドルーの言いなりだとわかった。これ以上、ふたりが共謀して不正を働くのをなんとか防がなければならない。「候補者は宣誓して証言台に立つの。嘘をつくのは許されないし、判事はあなたに不利にならない陪審員を選ぶ自由を与えてくれる」

レジーは言った。「陪審コンサルタントを呼ぶべきだよ」

「その話はもうしたよ」アンドルーはリーから目を離さなかった。「どんな質問をするの？」

頭のなかの警報器が鳴りだしたが、リーは考えられる質問をいくつかあげた。「まず、判事が一般的な質問をするの。たとえば、候補者本人か家族のだれかが暴力的な犯罪の被害者になったことはあるか？　公平な立場を貫けると思うか？　そのあと、わたしたちがほかのことを訊く。受けた教育とか経験した職業とか、属しているクラブや団体、信仰している宗教はあるか、事件の関係者と個人的なつながりはないか、性的暴行の生々しい描写を聞く覚悟はあるか、自身は性的暴行を受けたことがないか」

「そうなんだ」アンドルーは言った。「そういう質問にも答えるんだね？　性的暴行を受けたことがあると思ってるかどうか、とか？」

リーはかぶりを振った。この話がどう展開するのか、まったく読めなかった。「場合によってはね」

「それで、僕らとしては、受けたことがあると答えた人を選ぶべきなのか、避けるべきなのか、どっちなんだ？」

「それは――」また喉がからからになった。「わたしたちには忌避《きひ》権があって――」

「僕は、いちばんいい戦略は詳しく話をさせることだと思うんだ。たとえば、暴行を受けたのは何歳のときだったのか、児童虐待だったのか、それとも――」アンドルーは言葉を切った。「ごめん、ちょっと訊きたいんだけど、違いってあるのかな？　相手が、たとえばそう、ティーンエイジャーの場合と、成人の場合では？」

リーは声も出なかった。アンドルーの口元を見つめるのが精一杯だった。タミー・カールセンは、スキーマスクから覗いた唇が嘲笑うように歪んでいたと話していた。いま、彼は明らかにリーをいたぶって楽しんでいる。

アンドルーはつづけた。「なんでかって言うと、ティーンエイジャーのころに性体験があった人は、成人してからちょっとばかり興奮しすぎた性体験をしても、それが悪いことだとはかならずしも考えないんじゃないかって思うんだ」

リーは下唇を噛み、アンドルーに反論したいのをこらえた。あれはちょっとばかり興奮しすぎたなどというものではない。タミーはめちゃくちゃにされた。アンドルーは、自分がなにをしているか承知のうえでやったのだ。

「まあ、考えてみてよ」アンドルーは肩をすくめたが、その動きすら計算ずくだった。

「きみは専門家だ。まかせるよ」

リーは立ちあがった。棚へ歩いていく。扉のなかに小型冷蔵庫があった。ミネラルウォーターを取り出し、アンドルーに尋ねた。「飲む？」

そのとき、はじめてアンドルーの目に光がともった。新しい獲物に忍び寄る肉食獣のように、彼は見るからに興奮していた。リーが不快になっているのを楽しみ、不安を覚えているのをよろこんでいる。

リーはアンドルーに背を向けた、手がひどく震え、ボトルの蓋をひねるのも一苦労だった。水をがぶ飲みして、ふたたび着席した。いつもどおりの説明を再開すると、安全圏に戻れたような気がした。

「話を戻すと、わたしたちは一定の人数の候補者をはずすことができる。理由を述べてそうする場合もあるし、とくに理由なしにはずしてもいい。検察も同人数をはずすの。手続きが終わると、あなたの公判の陪審員十二名と、二名の補欠が決まる」

言い終わるころには息が切れていた。リーはびくついているのを隠すために咳払いした。

「失礼」

アンドルーの暗いまなざしに、ベールのように顔を覆われながら、リーはまた水を飲んだ。

「うちのアソシエイトのジェイコブ・ガディが副弁護人を務めます。書類仕事や手続き上の細かいことは彼が担当することになる。予備尋問も何人かは彼にまかせます。席順は、わたしはあなたの右側に、ジェイコブは左側に座る。彼もあなたの弁護人だから、わたしが尋問しているときに質問や意見があれば、ジェイコブに伝えて」

アンドルーは黙っていた。

リーはつづけた。「予備尋問中は、陪審員候補者はひとり残らずあなたを見てる。裁判の勝敗はそこで決まると言ってもいい。だから、できるだけ行儀よくしてね。髪をととのえて、爪も切って、髭も剃ってくること。少なくとも四着はきれいなスーツを用意しておいて。審理は三日間で終わると思うけど、念のため一着余分にね。マスクは毎日同じ種類のものを着けて。昨日着けていた会社のものがいい」

レジーが椅子の上でそわそわしはじめた。

リーは彼に口を挟むなと念を送り、アンドルーに言った。「審理がはじまったら、マスクをはずしたければはずしてもいいと判事の許可が出るかもしれない。その場合はルールを思い出して。できるだけ表情を変えないこと。女性に敬意をもって接しているところを陪審に見せること。つまり、わたしが話しているときは最後まで聞く。わたしの椅子を引く。わたしの荷物を運ぶ――」

「それはよくないんじゃないかな?」レジーはチャンスだと言わんばかりに、アンドルーの守りに貢献しようとした。「いいえ、陪審にアンディが一芝居打ってると思われるかもしれませんよね? それに、洒落たスーツと素敵な髪型って話も、それでいいんですかね。陪審に反感を持たれるだけかもしれませんよ」

「そうかしら」リーは肩をすくめたが、レジーがそんなことを言いだした動機を考えている自分に気づいた。どう見てもレジーが脅されているわけではない。もしそうだったら、レジーは口をつぐみ、リーがこれから放とうとしている火のなかでアンドルーが焼け死ぬのを傍観していたはずだ。残るは金だ。レジーは証言台で偽証することに同意した。調査員のライセンスから自由まで失う恐れがあるのを承知のうえでそうしたのだ。そんな危険を冒すのは、見返りがよほど大きいからだ。

リーはアンドルーに言った。「あなたの裁判だから。あなた次第よ。わたしはアドバイスをするだけ」

レジーはまた抜き打ちテストをした。「アンドルーに証言させるんですか?」

「決めるのは彼よ」リーは言った。「わたしの意見はノーだけど。いい印象を持たれそうにないから。女性の陪審員には嫌われる」

レジーは大笑いした。「こいつはどこのバーに行っても、そこにいる女全員から電話番号をもらうんですよ」

リーはレジーをまっすぐに見据えた。「バーにいる女性が求めているのは、清潔感とそこそこの収入があって、間抜けに見えない程度にしゃべりすぎない男よ。陪審席にいる女性が求めるものは、そんなものじゃない」

レジーはついにあからさまに反発した。「なにを求めるんです?」

「人に対する思いやり」

レジーはなんの反応も見せなかった。

アンドルーも黙っていた。

長引く沈黙にリーの神経はくちゃくちゃと嚙み砕かれた。リーはアンドルーのほうを向いたが、顔がぼやけるように目の焦点を合わせなかった。彼は背すじをのばして座り、ファイルに手を置いていたが、いまにも飛びかかってきそうな雰囲気を漂わせていた。リーは、彼の手が水色のファイルの角をそっとなで、端をくすぐるのを見ていた。父親の手と同じくらい大きな手。手首にゆるく巻きついている金色の腕時計は、バディがつけていたものをリーに思い出させた。
「うん」アンドルーが言った。「予備尋問がどういうものかはわかったよ。審理はどう進
むの？」
　リーは彼の手から目をそらした。自分がなにをしているのか、必死に思い出そうとした。
「検察はまず、事件の経緯を説明する。検事が話しているときは、あなたは黙ってること。
かぶりを振ったり、驚いたり否定したりするような声をあげてはいけない。わたしに訊き
たいことや言いたいことがあれば、ノートに書いて渡して。でもそれも最小限にして」
アンドルーは一度だけうなずいたが、リーは少しも安心できなかった。彼はリーをもて
あそび、ファイルの端をいじるようにリーの神経をいじっている。「検察はどんなふうに
経緯を説明するんだ？」
　リーは咳払いをした。「事件の夜、バーでなにがあったか陪審の前で再現するの。バー
テンダーや駐車係、それから公園で被害者を発見した犬連れの人に話をさせる。次に、最
初に現場に到着した警察官、救急医療士、レイプ検査をした看護師に医師、警察の――」
「タミーは？」アンドルーは尋ねた。「レジーからは、きみの仕事はタミーを負かすこと
だと聞いてる。その準備はできてるのか？」
　なにかが変わってしまった。いてもたってもいられないこの感覚は昨日と同じものだ。
逃げ出したいという衝動がまた激しくなっている。リーは精一杯、ばかげた質問だと思っ

ているふりをした。「自分の仕事はちゃんとやるわ」

「よかった」アンドルーは手を握りしめたりゆるめたりしはじめた。「手はじめに、タミーがバーで積極的だったことをはっきりさせてくれ。防犯カメラの映像を見せて、タミーが僕の脚や手にやたらとさわっているのを指摘するといい。僕の頬にもさわってるし」

リーは待ったが、アンドルーはなんらかの反応を待っているようだった。リーはペンを取った。「つづけて」

「タミーは二時間で三杯飲んでる。ダブルのジンマティーニだ。明らかに、どんどん隙だらけになっていった」

彼の言葉をすべて書きとめながら、うなずいて先を促した。裁判で負けるために何時間もかけてひそかに策を練ったのに。アンドルーみずからその難題を引き受けてくれるらしい。

「それから？」

「駐車係を待ってるときに、タミーは僕の襟をつかんで三十二秒間キスをした」アンドルーは、リーにメモする時間をやるかのように言葉を切った。「もちろん、名刺もくれた。まだ持ってるよ。僕が電話番号を訊いたからじゃない。むこうから名刺をくれたんだ」

リーはふたたびうなずいた。「反対尋問で言及するわ」

「よし」アンドルーの口調がまた変わった。「あの晩、僕はセックスをしたけりゃその機会はいくらでもあったってことを陪審に理解させないとね。レジーは大げさに言いすぎたかもしれないけど、でも事実だ。あのバーにいた女性はみんな、誘えば僕の家までついてきたよ」

アンドルーを自由に泳がせすぎてもいけない。レジーは同胞ではないのだ。コール・ブラッドリーは、もっと説得力のある弁護を期待するはずだ。「検察がレイプは性欲とは関係ない、支配欲だと反撃してきたら？」

「僕は自分の人生を思いどおりに支配してるって反論すればいい。僕はやりたいことをなんでもやれる。三百万ドルの家に住んでる。どんな高級車も買える。自家用ジェットも自由に使える。女性を追いまわす必要はない。女性が僕を追いまわしてくれる」

リーはアンドルーを励ますようにうなずいた。彼の傲慢さは最大の利点だ。アンドルーが犯行に及んだのは、よりによってアトランタでもまずい場所だった。陪審員候補者は、ディカーブ郡の登録有権者から選ばれる。政治に積極的な非白人が圧倒的に多い郡だ。概して彼らは、アンドルー・テナントのようないけすかない金持ち白人に疑わしきは罰せずの原則を適用しようとは思わない。リーとしても、彼らに考えを変えてもらおうとは思わない。

「ほかには？」

アンドルーの目がすっと細くなった。肉食獣の例に漏れず、彼も勘が鋭い。「なによりもタミーの過去の汚点をみんなに話すことが肝心だって、きみも思ってるんじゃないの？」

答えずにすんだのは、レジーのおかげだ。「〝彼はこう言ってる／彼女はこう言ってる〟って水掛け論になりますよね？　とにかく、陪審が彼女を嫌うように仕向けないと」

ツイッター大学法学部の卒業生を相手に、まともに異議を唱えるのもばからしい。「この話のニュアンスがわからないのかしら」

「ニュアンス？」レジーは報酬分の仕事をしなければと焦っているらしい。「どういう意味です？」

「微妙な差異のこと」嫌みを言うのはここまでにした。「平たく言えば、慎重に動かないといけないという意味。タミーは陪審の目にはひどく痛々しく映るはずよ」

「ハイスクールのころに、ひとりの少年の人生を台無しにしたと言ってやれば、見え方が変わりますよ。その少年の子を殺したと言ってやればね」

リーはくその山をレジーの膝に押し戻した。「正直に言うけど、レジー、すべてはあなたの証言次第なの。証言台で突っこまれないようにしてね」

レジーは口をあけたが、アンドルーが片手をあげて制した。

アンドルーは腰巾着《こしぎんちゃく》に命じた。「コーヒーが飲みたい。砂糖あり、クリームなしで」

レジーは立ちあがった。ノートパソコンと携帯電話はテーブルに置いていった。まっすぐ前を向いたまま、リーのそばを通り過ぎた。リーはカチッという音を聞いたが、ドアの閉まった音か、アンドルーの指がファイルの隅をはじいた音か、はっきりしなかった。アンドルーはなにかがおかしいことに気づいている。どういうわけか、いつのまにか、自分が優位ではなくなっていたことに。

一方、リーはアンドルーとふたりきりになるのは駐車場で話をしたとき以来だと考えていた。目の前に置いたペンを見た。頭のなかで、室内の物品をひとつひとつチェックした。棚のトロフィー。しおれかけた花を生けた重たいガラスの花瓶。携帯電話ケースの硬い角。いざというとき、それらが武器になる。

リーはふたたび安全圏、つまり裁判の話に戻った。「では、次に――」

アンドルーが拳でファイルを強く叩いた。

平然としていなければと思ったときには、リーの体はビクッとしていた。勝手に両腕があがった。アンドルーが癇癪を起こして、テーブルのむこうから襲いかかってくるのを覚悟した。

だが、アンドルーはいつものように冷ややかな無表情のまま、ファイルを押してよこした。

なめらかな板の上をすべってきたファイルがノートの数センチ手前で止まるのを、リーは見ていた。身構えていた体から力が抜けた。金色のステッカーは、ジョージア工科大学のものだ。学生精神保健サービスと黒い文字で書いてある。ラベルの氏名は〝カールセン、タミー・ルネイ〟と読めた。

脳内警報器がけたたましく鳴りはじめ、リーは自分の頭のなかの声も聞こえなくなった。医療に関する個人情報の保護を定めたＨＩＰＡＡ法は、合衆国保健福祉省の所管する法律だ。公民権局が違反を捜査し、違法行為を認めれば司法省へ送致する。

連邦法。連邦検事。連邦刑務所。

リーは時間を稼ぐために尋ねた。「これはなに？」

「内部情報だ。最初から最後まで熟読してくれ。時期が来たらこのなかの情報を駆使して、証言台のタミーをずたずたにしてほしいんだ」

警報がますますうるさくなった。医療カルテはオリジナルのものらしい。つまり、レジーは政府の資金で運営されている機関であるジョージア工科大学の機密情報保管庫に侵入したか、あるいは職員を買収してファイルを盗ませたか、そのどちらかだ。窃盗にせよ、盗ませた物品を受領したにせよ、情報を手に入れるまでに数えきれないほどの罪を犯しているはずだ。

そしてリー自身も、不法に得た情報を利用すれば共犯者になってしまう。

リーはペンをノートの端にまっすぐ立てた。『ア・フュー・グッドメン』じゃないのよ。あなたとレジーは証言台のジャック・ニコルソンを想像してるみたいだけど、わたしは完全に陪審を敵にまわすことになる。みんなわたしを最低最悪のクソ女だと思うでしょうね」

「で？」

「で」リーは言った。「あなたが理解しておく必要があるのは、法廷ではわたしはあなただということよ。わたしの口から出た言葉、わたしの態度、わたしの口調、それらを参考にして、陪審はあなたがほんとうはどんな人間なのか判断するの」

「だから、きみがタミーを追い詰めて、僕は立ちあがってきみをいさめる」アンドルーは言った。「そうすれば、きみはタミーが信頼できない人間だとみんなに知らしめることができて、僕は立派な男に見える」

アンドルーが考えている以上に、リーもその展開を望んでいた。彼の言うとおりにできれば、おそらく判事は審理無効を宣言し、自分は弁護人を解任される。

「いい戦略だろう？」

アンドルーはまたリーを試している。彼がコール・ブラッドリーに加勢を頼めば、リーは興奮した異常者と渡り合うだけではすまなくなる。新しい仕事を探さなければならなくなる。

リーは言った。「戦略のひとつ、ではあるわ」

アンドルーはほほえんだが、目は笑っていなかった。リーの思惑はわかっているが気にもとめていないと、言外に伝えようとしている。

リーは心臓が跳ねるのを感じた。

なぜアンドルーは平然としているのだろう？　タミー・カールセンの秘密の最たるものである治療記録を盗むよりもっと恐ろしいことを隠しているのだろうか？　リーには予想もできない戦略があるのだろうか？　コール・ブラッドリーがネットフリックスで仕入れた警句が思い出された。

覗き魔はレイプ犯に。レイプ犯は殺人鬼に。

アンドルーの笑みが本物に変わった。再会して以来はじめて、彼はほんとうに楽しんでいるように見えた。

リーは逃走反応に駆り立てられてビルから走って逃げ出してしまう前に、アンドルーから目をそらした。ノートを見おろす。新しいページをめくる。咳払いをしなければ、声が出なかった。「では——」

タイミングを見計らったかのように、レジーが戻ってきた。足を引きずってテーブルまで来ると、アンドルーの前に湯気の立つカップを置いた。どさりと椅子に腰をおろした。

「いまなんの話をしてたんだ？」

「ニュアンスについて」アンドルーはカップに口をつけた。顔をしかめる。「熱いな」

「コーヒーだからな」レジーはいいかげんに答え、携帯電話をチェックした。

「僕は口を火傷《やけど》するのが大嫌いなんだ」アンドルーはまたリーをまっすぐ見据え、だれに話しかけているのかはっきりさせた。「それに、マスクを着けるのもね。息が詰まるような感じがするからな」

「いやだよな」レジーは上の空だが、リーは違った。

リーは架空のビームに照らされているような気がしていた。アンドルーは昨日と同じことをしている。リーを自分の領域に誘いこみ、弱点をじわじわと圧迫して、ついには完全に壊してしまう。

「どんな感じか教えてあげようか」アンドルーが言った。「たとえば――あのキッチンで使うやつがあるよね。ぴっちりくっつくビニールのやつ。ラップフィルム?」

リーの呼吸が不意に止まった。

「どういう感じかわかる?」アンドルーは尋ねた。「たとえば、だれかがキッチンの抽斗からラップフィルムを取り出して、きみの顔に六回巻きつけたとしたら?」

胃の中身が逆流してきた。リーは歯を食いしばった。ランチの残りの苦い味がする。気がついたら、手で口を押さえていた。

「おいおい」レジーが言った。「なんだか気味の悪いたとえだな」

「ぞっとするよね」アンドルーの暗く冷たい瞳に光がちらついた。

リーはこみあげてきたものを呑みくだした。心臓の鼓動と同期して胃袋がむかついた。耐えられない。処理しきれない。ここから離れなければ、逃げて隠れなければ。

「では——」声が詰まった。「今日はこのくらいにしておきましょう」

アンドルーが尋ねた。「もう終わり?」

またあの嘲笑。やわらかいけれど低い声。タミー・カールセンの恐怖と同様に、リーの恐怖を貪り食っている。

部屋がかしいだ。頭がくらくらする。リーはまばたきした。幽体離脱したように精神が体を離れ、もうひとりの自分がアンドルーの鉤爪から逃れるための雑用をこなした。左手でノートを閉じ、右手の親指でペンの頭をカチリと押し、二台の携帯電話をまとめ、震える脚で立ちあがってドアのほうを向く。

「ハーリー」アンドルーが呼びかけた。

リーはかろうじて振り返った。

彼の嘲笑は満足そうな笑みに変わっていた。「ファイルを忘れてるよ」

9

キャリーは『ナショナルジオグラフィック』のウェブサイトで、アフリカのタテガミネズミの記事を読んでいた。有毒なポイズンアローツリーの樹皮をヤマアラシのような背中の毛にこすりつけて、致命的な毒を溜めこむらしい。クリニックを閉めて現金を数えていたときに、ドクター・ジェリーからその生き物の話を聞いたのだ。ドクターは皺くちゃの二十ドル札がいつもより多いと気づいていたかもしれないが、なにも言わなかった。それよりも、とげとげの齧歯類《げっし》にディナーパーティーに招待されてもかならず辞退しろとキャリーに忠告するほうに気を取られていた。

キャリーは膝に携帯電話を置き、バスの窓の外に目をやった。この体の痛み方は、一日に二度のメサドンの維持投与では足りないと脳が告げているときのものだ。欲求に気づかないふりをして、通り過ぎる木々の梢《こずえ》からちらちらと見える夕陽《ゆうひ》に意識を集中させた。空気中に雨の気配が漂っている。ビンクスがぴったりと体をくっつけて眠りたがるだろう。ドクター・ジェリーは、ボーナスに二十ドル札を一枚持っていけと言ってくれた。キャリーはそれをフィルに渡して、来週の家賃と、できれば夕食代にするつもりだった。いや、次のバス停で降りてスチュアート・アヴェニューへ引き返し、ジャニス・ジョプリンもびっくりな量のヘロインを買おうか。

赤信号で、バスがのろのろと止まった。キャリーは座席の上で体の向きを変え、後部ウィンドウのむこうを見やった。それから、バスの後ろに並んでいる車を見た。

白人の運転手が何人か見えたが、どれもいい車ではない。

今朝、フィルの家をこっそり抜け出したあと、バスを二度乗り継いで出勤した。最寄りより少し前のバス停で降り、尾行されていればすぐに気づけるように、長い直線道路をクリニックまで歩いた。そこまでしても、振り返れば自分の一挙手一投足をまばたきもせずに追っているカメラのレンズがそこにあるような気がしてならなかった。

いま、キャリーは今日一日を支えてくれたおまじないを唱えていた。だれも見ていない。クリニックの前のガラス張りの窓から写真を撮っている人なんかいない。フィルの家の前の空き家でカメラを首からぶらさげてあたしの帰宅を待っている男なんかいない。

レジー。

アンドルーの調査員の名前を、せめて自分の頭のなかでは使うべきだろう。調査員が来たことをリーに伝えるべきだろう。フィルが野球のバットを構えてむかいの家に突進していき、彼を死ぬほど怖がらせたと、おもしろおかしな話に仕立ててもいいけれど、リーにメッセージを送ればまた連絡してくるきっかけをあげることになり、どうにも気が進まなかった。

　リーと再会したのはうれしいものの、姉の目を通して自分のみじめさが見えるのはつらかった。ちゃんと食べてるの？　薬はやりすぎてない？　どうしてそんなに痩せてるの？　なぜそんなに苦しそうに息をするの？　またトラブルに巻きこまれたの？　お金に困ってる？　これじゃ渡しすぎ？　一日なにをしてたの？

ええとね、ストーカーに母さんをけしかけて、その隙に裏庭を抜けてバスに乗って、スチュアート・アヴェニューでジャンキーに薬を売って、それからドクター・ジェリーのクリニックへ行って、日焼けサロンに行って窓のない狭苦しい部屋で注射したの、だってあの気の滅入る実家の子ども部屋だと、また脚に針を突き刺しているところを望遠レンズで撮られるかもしれないし。

　キャリーは太腿をさすった。痛みのある瘤が指を押し返してきた。大腿静脈の内側に巣くっている膿瘍《のうよう》の熱が感じられた。

　厳密には、メサドンは消化器系統から吸収されるように設計されている。クリニックから自宅用に渡す注射器に針がないのは、ペットが健康的な体重を維持する手助けができない飼い主に注射ができるわけがないからだ。愛するもふもふに針を突き立てることができる飼い主などそうはいない。

経口投与は効き目が現れるまでに時間がかかるので、いつもの多幸感の爆発が訪れるのも遅くなる。とはいえ、じかに血管に注射するのは、とんでもない愚行だ。経口投与用の水薬には、グリセリンや香味料や着色料や甘味料が含まれていて、それらは胃に入ればたやすく分解する。だが、血管に注入すれば、粒子は肺や心臓へ直行したり、注射した部分にこびりついたりして、そのこびりついたもののなれの果てが、キャリーがまさにいま指先に感じているいやな膿瘍だ。

ばかなジャンキー。

キャリーにできるのは、吸引できるほど膿瘍が大きくなるのを待ち、薬品庫から抗生物質を盗むことくらいだ。それから、またメサドンを盗み、またメサドンを注射し、また膿瘍をこしらえ、また吸引する。どこまでも最悪の選択を繰り返すのが自分の人生なのだから。

多くの静注ドラッグユーザーの問題は、薬物そのものへの依存だけではない。彼らは薬物を注射するプロセスにも依存している。注射針への執着《ニードル・フィクセイション》と呼ばれる症状で、キャリーもいままさにひどい感染症を引き起こしかねない膿瘍に触れているのに、それでも注射針のことばかり、ふたたび針が膿瘍を貫いて静脈のなかへ入っていく心地よい感覚ばかりを思い浮かべている。

そんなことを考えていたら、またリーを思い出したのはなぜか、それはキャリーの自伝作家が解かねばならない謎だ。キャリーは携帯電話をきつく握りしめた。　姉に電話をかけなければ。無事だと知らせなければ。

でも、ほんとうに無事なのだろうか？

日焼けサロンで裸の全身を鏡に映して眺めたのは失敗だった。紫外線電球の青い光のなかで、コルセットの鯨骨のように肋骨が浮き出て見えた。肘関節も、橈骨《とうこつ》と尺骨が上腕骨につながっている部分を目視できた。腰は、ズボン用ハンガーに脚をクリップでとめたようだった。腕や腹や脚には、赤や紫や青の注射痕が残っていた。折れた針の先端を切開して取り出した痕。古い膿瘍。脚にできたものは新しい。自分がつけた傷痕、自分につけた傷痕。首のピンク色の瘤は、グレイディ病院の医師がコロナウイルス感染の治療薬を投与するために頸静脈にカテーテルを挿入した痕だ。

キャリーは手をのばして小さな傷痕にそっと触れた。リーがERに連れていってくれたときには、重い脱水症状を起こしていた。腎臓と肝臓は機能しなくなっていた。血管は二十年近い濫用によって使い物にならなくなっていた。もともと不快なできごとのほとんどを頭から締め出すのは得意だったが、病院のベッドでがたがたと震えながら喉に突っこまれた管を通して呼吸していたことも、宇宙服のような防護服で身を固めてシーツの交換に来た看護師に、体の惨状にびっくりされた瞬間も、はっきりと思い出せる。

インターネット上のコロナウイルス関連の掲示板は、ＩＣＵに隔離され、挿管され、孤独でいなければならないのはどんな気持ちか訴える投稿にあふれ、その一方で現実の世界は混沌を極め、だれも病人の苦しみなど気にもとめず、あまつさえコロナウイルスなど存在しないなどと主張する輩《やから》もいる。感染者の多くは、ずいぶん前に死んだ親族の亡霊が訪ねてきたとか、頭のなかでワム！の《ウキウキ・ウェイク・ミー・アップ》がリピート再生されて止まらなかったと語るが、キャリーの場合、あの二週間のほとんどをともにしたのは、ある記憶だった――。

コツコツ、コツ、コツ。

トレヴァーの小さな汚れた指が、神経質な魚たちを脅かしている。

トレヴ、やめてって言ったのに水槽を叩いてない？ 叩いてないよ。

バスがふたたび低くうなり、バス停の前にすべりこんだ。キャリーは乗り降りする客を見ていた。つかのま、トレヴァー・ワレスキーがどんな男に成長したのか考えてみた。レイプ魔にはいやというほど会った。それどころか、ミドルスクールも卒業していない子どものときにレイプ魔を好きになった。リーによれば、アンドルーは父親のような鬱陶しい大男ではないらしい。それはウェブサイトの写真からもわかった。バディのひとり息子には、短気でしつこくつきまとってくるゴリラの面影はなかった。それよりも、砂のなかに隠れて無防備な獲物を待ち受けるオコゼを思わせた。ドクター・ジェリーがいつも言っているように、オコゼが忌み嫌われるのはしかたがない。オコゼは有毒な棘《とげ》で獲物を麻痺させる。電球のように光る奇妙な目で、海底でのんびりしている無脊椎動物を怯えさせることもある。

たしかに、ゆうべのリーは怯えていた。レジー・パルツと三人で面談したあいだに、アンドルーはリーを震えあがらせた。彼の目が死人のように冷たかったというリーの言葉の意味は、キャリーにもよくわかった。キャリー自身、子どものころのアンドルーが異常性の萌芽《ほうが》を覗かせるのを何度も目の当たりにしたが、もちろん当時はせいぜいおやつをくすねるとか、夕食の準備をしているキャリーの腕をつねるくらいのもので、女性を残虐にレイプして、キャリーがバディの脚を切り裂いたように被害者の脚を切り裂いたわけではなかった。

また低いエンジン音を鳴らして停留所へ近づいていくバスのなかで、キャリーは身震いした。現在のアンドルーが犯した罪から意識を引き離し、リーのことだけを考えようとした。

じたばたとあがく姉は見ていて痛々しかった。リーがなにより苦手なのは、ぐちゃぐちゃの状態でなすすべもないような感覚だ。リーの人生はなにもかもきちんと仕分けされている。マディとウォルターとキャリー。仕事。クライアント。仕事仲間。たまに寝る相手。境界がぼやけると、リーはうろたえる。無力感を覚えると、いつもの〝クソ野郎は焼きつくせ〟的な本能は弱まってしまう。崖っ縁から引き返すようリーを説得できるのは、キャリーを除けばウォルターしかいない。

気の毒なウォルター。

キャリーも姉と同じくらい姉の夫を愛している。ウォルターは見た目よりずっとタフだ。結婚生活を終わらせたのも、リーではなくウォルターだった。大切な存在が自身に火を放つ姿を何度も見せつけられたら、相手から離れるしかない。キャリーが思うに、両親とも飲んだくれだったという生い立ちが、ウォルターに負け戦を避けることを学ばせたのだろう。だから、彼はキャリーの状況をわかりすぎるほどわかる。リーの状況はもっとわかる。

キャリーは注射針に執着しているのだが、リーは自滅行為に執着している。ウォルターとマディと穏やかに平凡に暮らすのを求めているくせに、凪《なぎ》のような状態が一定期間つづくと爆発を起こす。

長年のあいだに、キャリーはそのパターンが展開されるのを何十回も見てきた。最初はリーが小学校のときで、設備や教育課程がととのった公立校に進学できそうだったのに、キャリーの髪をからかった女児に仕返しをしたせいでその話は立ち消えになった。ハイスクールでは、大学で特別コースを受講するのを許可されたのに、アルバイト先のいやらしい上司の車のタイヤを切り裂いているところを捕まり、少年院で二カ月過ごすはめになった。それから、シカゴへ発つまで一カ月もないのに、バディにカッとして爆発した。もっとも、あの爆発の火薬をまいたのはキャリーではあるが。

大人になってもリーがあのパターンを踏襲しつづける理由は、キャリーには解けない謎だ。姉は妻であり母である幸せを存分に楽しみ、マディと友人たちの送迎をほかの親たちと輪番で引き受け、ウォルターとディナーパーティーへ出かけ、小難しい報告書だかなんだかを書き、法律家のカンファレンスで講演するのだが、そのうちささいなことを口実に自己破壊行動に突っ走る。マディにひどいことは絶対にしないが、ウォルターには口論を吹っかけたり、PTA役員に声を荒らげたり、法廷で勝手な発言をして判事に制裁を科されたり、あるいはそのようないつもの手ではうまくいかない場合は、一時的な苦境へ追い返されるのが確実にわかっているような、あきれるほどの愚行をしでかす。

リーがせっかくの素敵な生活でやっていることと、キャリーが注射針でやっていることには、たいした違いはない。

バスがくたびれたヤマアラシのように縁石に車体をかすめて止まった。キャリーは座席から重い腰をあげた。とたんに脚がずきずきと痛みはじめた。階段をおりるためだけに、尋常ではない集中力が必要だった。ただでさえ膝が悪い。そのうえ、痛むところリストにできかけの膿瘍がくわわってしまった。リュックを肩にかけた瞬間、にわかに首と背中がリストの第一位と第二位に上昇した。痛みは腕を伝って手から感覚がなくなり、実家のある通りに入ったときには、今夜少しでも眠りたいのならまたメサドンを一発キメなくちゃと考えていた。

はじまりはいつもそうだ。減薬していたのが、体を機能させるために薬の量がじわじわと増えていき、体はまたじわじわと機能しなくなる。ジャンキーはいつも、どんなときでも、注射針の先端であらゆる問題を解決しようとする。

フィルがビンクスの面倒を見てくれるだろう。本は読み聞かせてくれないだろうが、ブラシをかけて、小鳥について教育してくれるだろうし、ひまさえあれば独立市民権について読み漁《あさ》っているのだから、脱税のアドバイスもしてくれるかもしれない。キャリーは、ポケットに手を入れた。日焼けサロンで買った蛍光グリーンのゴーグルが指先に当たった。ビンクスに見せてやろうと思ったのだ。彼は室内で日焼けすることについて、なにひとつ知らない。

キャリーは涙を拭い、フィルの家まで最後の数メートルをとぼとぼと歩いた。路上の糞は、不運な靴に踏まれて地面にべったりとこすりつけられていた。キャリーの視線は空き家へ移った。表からは、明滅する光もなんらかの動きも認められなかった。カメラをぶらさげた男がこじあけたベニヤ板は、また閉じていた。男が逃げたときに踏みつけたイバラや雑草はつぶれたままになっていて、メサドンによる妄想の産物だったのかもしれないという一縷《いちる》の望みは砕かれた。

空き家に背を向けたキャリーは、ふたたび三百六十度向きを変えた。

白人の男はいない。いい車もない。ただし、実家のドライブウェイには、いかにも貧困白人《レッドネック》らしいフィルのシボレーのトラックだけではなく、リーのアウディが鎮座していた。

これが凶兆であることに疑いの余地はない。以前から連絡不精と悪名高い妹からメッセージも電話もないくらいで、リーはいまさらうろたえたりしない。なにかよくないことが起きたからうろたえたのであり、シカゴへ発って以来はじめて実家のなかに入ったのは、ほんとうにほんとうに恐ろしいことが起きて、帰ってこないわけにはいかなかったからだ。

キャリーは、自分も家に入るべきだとわかっていたが、背中を後ろに傾けて、梢越しにウィンクしてくる夕陽を眺めた。もうすぐ街灯がともる。気温はぐっとさがるだろう。さっきから空気は雨の味がしていたが、そろそろ降りはじめそうだ。

ここから逃げ出しかねないもうひとりの自分がいる。以前も行方をくらませたことがある。いまだってリーがいなければ、さっさとビンクスを連れてバスに乗っていただろうし――フィルのもとに置いていけばいいなんて愚かな考えだった――安モーテルの特選リストのなかから、どこならドラッグの売人が泊まれるくらいにはいかがわしく、レイプされて殺されない程度にはいかがわしくないか、ビンクスと話し合っていただろう。

どうせ死ぬのなら、自分の手で死にたい。

いつまでも家の外でぐずぐずと空想にふけってはいられない。キャリーはきしむ階段をのぼり、玄関ポーチにのぼった。ドアをあけると、ビンクスがプラスチックのレイを引きずりまわしていた。ということは、彼は落ち着かない気分なのだ。キャリーも支えになるものがほしかったが、あとまわしにするしかない。ひざまずいてビンクスの背中を何度かなでたあと、見えないワイヤーに引っぱられるように家の奥へ進んだ。

明らかに様子がおかしかった。ロジャーとブロックは犬用ベッドでくつろがず、ソファの上で警戒体勢を取っている。水槽の水音は、珍しくドアが閉まっているせいでくぐもっていた。食堂の小鳥たちでさえ、ひそひそとさえずっている。

キッチンに入ると、リーとフィルがテーブルを挟んで向かい合って座っていた。フィルのゴスメイクは崩れかけている。黒々とした太いアイラインは完全にマリリン・マンソン仕様になっている。リーはリーで武装していた。ジーンズ、レザージャケット、バイカーブーツという出《い》で立《た》ちだ。にらみ合って間合いを取っているサソリ同士のように、緊張感をみなぎらせている。

キャリーは言った。「いつもの麗しき家族の時間だね」

フィルが鼻を鳴らした。「あんた、今度はどんな肥溜めに落ちたの？」

リーはなにも言わなかった。キャリーの顔を見あげた目は、苦悩、後悔、不安、怒り、恐怖、安堵が次々と浮かんでは変化する万華鏡のようだった。

キャリーは目をそらした。「ずっとスパイス・ガールズのことを考えてたんだよね。どうしてジンジャーだけがスパイスにちなんだ名前なのかな？」

フィルは言った。「いったいなんの話？」

「ポッシュってスパイスじゃないじゃん。サフランとかカルダモンとか、アニスにすりゃよかったのにね」

リーが咳払いした。「タイムを切らしてたんでしょ」

姉妹はたがいににやりと笑った。

「くだらない話ならあんたらふたりだけでやってな」フィルは自分が仲間はずれにされていることに気づいていた。椅子から立ちあがった。「あたしの食いもんに手をつけるんじゃないよ。なにかなくなったらわかるんだからね」

リーは裏口のほうへ顎をしゃくった。もうこの家にいるのが耐えられないのだ。

キャリーはリュックを背負って長い距離を歩いてきたせいで、首が痛くてたまらなかったが、母親に中身を盗まれてはいけないので、リュックを持ち、リーを追って外に出た。

リーはまた顎をしゃくったが、ドライブウェイのアウディを示したのではなかった。子どものころ、フィルのそばにいるより外にいるほうが安全だったので、ふたりはよく一緒に近所をうろついたが、いまもリーはそうしようとしていた。

ふたりは横に並んで通りを歩きだした。リーはキャリーに頼まれなくてもリュックを取った。ストラップを肩にかけた。リーのバッグは車のトランクにしまってあるのだろう。

そしていまごろフィルは、あの高級車を険しい目で見つめ、ガラスを割ってなかを荒らそうか、それとも分解して部品を売り飛ばそうかと考えているのだろう。

いまのキャリーには、リーの車や母親のことを心配する余裕がなかった。空を見あげた。ふたりはまっすぐ西へ、夕陽へ向かって歩いていた。どんよりとした雨の気配は消えかけているようだった。気温の低下に抵抗するように、かすかに昼間の温《ぬく》もりが残っていた。それでも、キャリーはぞくりと身震いした。突然の寒気はコロナウイルスの後遺症のせいだろうか、日差しが弱まったせいだろうか、それとも姉がこれからなにを話すか不安だからだろうか。

リーは実家から充分離れるまで待っていた。ふたりの上に爆弾を落とすかわりに、こう言った。「なにか悪いことが起きるって前触れに豹《ひょう》が歩道に糞をしたって、フィルが言ってたんだけど」

キャリーは慎重に返した。「今朝、いきなりバットを持ってむかいの空き家に突進して、ガンガン叩きだしたんだよね」

「やれやれ」リーはぼそりと言った。

キャリーは姉の横顔を眺め、カメラを持った男がいたとフィルに聞いたのかどうか探ろうとした。

リーは尋ねた。「あの人、あなたを叩いたりしてないでしょうね？」

「ううん」キャリーは嘘をついた。いや、嘘ではないのかもしれない。あのときフィルは本気で殴るつもりはなかったし、自分がよけられなかったせいで拳が当たったのだから。

「昔にくらべれば落ち着いたよ」

「よかった」リーはそう言ってうなずいたが、それはキャリーの言葉を信じたいからだ。

キャリーは両手をポケットに突っこんでいたが、なぜか子どものころのようにリーと手をつなぎたかった。代わりにゴーグルを握りしめた。リーに白人の男／いい車の話をしなくちゃ。あの男のカメラに望遠レンズがついていたことを知らせなくちゃ。日焼けサロンでメサドンを注射するのをやめなくちゃ。

歩いているうちに、空気がひんやりしてきた。ゆうべと同じ光景が見られた。庭で遊ぶ子どもたち、カーポートでビールを飲んでいる男たち、例によって例のごとくマッチョな車を洗っている男。この光景を見てリーもなにか感じるところがあるだろうが、口にはしなかった。キャリーがリーのアウディを見つけたときと同じことをしている。この偽物の平穏をできるだけ長引かせたいのだ。

キャリーもリーの邪魔をするつもりはなかった。カメラを持った男の話はあとでいい。いや、あの男も、ほかのしつこくて怖くていやなものたちと一緒に頭の奥にしまいこんでしまえばいい。心安らぐ散歩を楽しみたい。夕方、暗くなるころに外を出歩くなんて久しぶりだ。夜は心細い。敏捷に動けた日々は二度と戻ってこない。背後にいる見知らぬ男が携帯電話を眺めているのか、それとも銃を手に追いかけてくるのか、振り向いて確かめることすらできない。

冷たい空気を寄せつけないように、両腕をウエストに巻きつけた。また木々の梢を見あげた。葉がソフトキャンディのスキットルズをばらまいたように見えた。薄れゆく日の光が太い枝の隙間から差しこんでいた。ひんやりとしたアスファルトを叩く静かな足音と同期して、自分の鼓動が落ち着いていくのを感じた。姉がそばにいて、この穏やかな時間が死ぬまでつづくなら、幸せかもしれない。

けれど、人生とはそんなものではない。

そんなものだとしても、ふたりともそんな人生を送りたいと思っていない。リーは左へ曲がり、さらに荒廃した通りへ入った。はびこる雑草。ドアや窓を板でふさいだ家々、さらにひどい貧困と絶望。キャリーは深呼吸をしてみた。鼻からヒューッと入ってきた空気は肺でバターのようにどろりとなった。コロナウイルス感染症にかかってからというもの、キャリーは長い距離を歩くと、そのたびに胸のなかに肺があること、そしてその肺は以前とは別物になってしまったことを思い知らされた。自身のぜいぜいという呼吸音に、あのＩＣＵの二週間へ押し戻されそうになる。看護師や医師の恐怖に満ちた顔つき。耳元にあてがわれた携帯電話から遠いこだまのように聞こえたリーの声。何度もしつこくよみがえってきた、水槽のそばに立っているトレヴァーの姿。バンと音をたてて裏口をあけたバディ。

おれにも一杯くれ、お人形さん。

キャリーはもう一度深く息を吸い、しばらく肺にためてから吐き出した。とたんに、リーが自分をどこに連れてきたのか気づいたが、体のどこにも酸素は残っていなかった。

かつてワレスキー家が住んでいたキャニオン・ロード。

「大丈夫よ」リーは言った。「歩きつづけて」

キャリーはウエストを抱いた腕に力をこめた。リーがそばにいるのだから大丈夫。こんなの簡単だ。足を交互に前に出す。決して踵を返さない。逃げ出さない。右側に平屋のランチハウス、長年放置されてたわんだ屋根。キャリーの知るかぎり、トレヴァーとリンダが出ていったあと、この家に住む人はいなかった。家の前に売家の看板が出ていた記憶もない。フィルも、スリーベッドルームの犯罪現場を借りるような切羽詰まった人間を探す仕事を請け負わされなかった。キャリーが思うに、界隈に山ほどいる悪徳家主のだれかが貸し出していたが、そのうち雨漏りする建物だけが残ったのだろう。

近づくにつれて、キャリーは肌が粟立つのを感じた。ワレスキー家が住んでいたころからたいして変わっていなかった。以前より庭の雑草が生い茂っているが、樹脂の下見張りはマスタード色のペンキが日に晒されて焼きついていた。すべての窓とドアは板でふさがれている。建物の下半分は落書きだらけだ。ギャングのシンボルはないが、ありがちな射精するペニスの列のほかに、学友の悪口や女性に対する侮辱が書き連ねてあった。

リーはどんどん歩いていきながら、キャリーに言った。「ねえ、売り出されてる」

キャリーは体の向きを変えて庭の奥を覗いた。〝所有者直売〟の看板がヤマゴボウに半ば埋もれていた。まだ落書きはされていない。

リーも同じことに気づいたようだ。「最近売り出されたみたいね」

キャリーは尋ねた。「知ってる電話番号？」

「ううん、でも不動産の譲渡証書を調べれば所有者がわかる」

「あたしにやらせて」キャリーは言った。「フィルのパソコンを使えばいいから」

リーはつかのまためらってから答えた。「フィルにばれないようにね」

キャリーはもう一度体の向きを変えた。視野から家がはずれたが、壊れた郵便箱のそばを通り過ぎる自分たちを家がじっと見ているのを感じた。また長い道のりをフィルの家まで歩き、自分は過去という果てのない地獄の大穴に閉じこめられるのだろう。うなじをさすったが、手から肩まで、腕の感覚がなかった。指先はたくさんのアフリカタテガミネズミの針に刺されたような感じがした。

脊椎固定術の問題点は、もともと首は動くように設計されていることだ。一カ所を固定すれば、そこから下にストレスがかかり、時間の経過とともに椎間板がつぶれて靱帯が変形し、固定されていない椎骨がずれ、多くの場合ななめになって上下の椎骨に触れたり、神経を圧迫したりして、耐えがたい痛みを引き起こす。これは変性脊椎すべり症と呼ばれ、最善の治療法は関節を固定することだ。そしてさらに時間が経過すると、また同じ変性が起き、次の椎間関節を固定する。それからまた次の関節を。

キャリーは二度と固定術を受けるつもりはなかった。こればかりは、ヘロインとは関係ない。コロナウイルスでICUに入院したときのように、医療者の管理のもとで薬を抜けばいい。それ以前に、どの神経科医もキャリーの生気のないカサカサした肺の音を聞くなり、これでは麻酔に耐えられないと告げるだろう。

「こっちよ」リーが言った。

右へ曲がって実家へ向かうはずが、リーはまっすぐ進んでいった。キャリーはどこへ行くのか尋ねなかった。とにかくリーと並んで歩いた。ふたたび心地よい沈黙のなかに戻って歩きつづけるうちに、子どもの遊び場に着いた。ここもあのころからさほど変わっていない。遊具の多くは壊れているが、ブランコは使えそうだった。リーはリュックを背負い、ひび割れた革のシートに腰をおろした。

キャリーはブランコのむこうへまわり、リーとは反対の向きに座ろうとした。とたんに脚がずきんと痛み、顔をしかめた。思わず膝へ手をやった。ジーンズの生地越しに、あいかわらず熱をもった膿瘍がずきずきしているのが伝わってきた。指の関節を瘤にぐりぐりと押しつけると、ヘリウムが風船をふくらませるように痛みが膨張した。

リーがその様子をじっと見ていたが、なにをしているのかと尋ねはしなかった。ブランコの鎖を握りしめ、二歩あとずさると、足を前に蹴り出した。一瞬リーの姿が視野から消え、ビュンと戻ってきた。その顔に笑みはなかった。思い詰めた表情だった。

キャリーもブランコを漕ぎはじめた。思いどおりに動かせない体でバランスを取るのは、驚くほど難しかった。鎖につかまりながらやっとのことでコツをつかみ、ブランコの上昇に合わせて上体を後ろに傾けた。隣のリーは、一漕ぎごとに速度を増していった。ふたりはまるで二頭の酔っ払った象の鼻のようだったが、もちろん象は悪名高き絶対禁酒主義者だ。

ふたりは黙ったまま、ブランコを漕ぎつづけた——いい年の女たちがひたすらブランコを漕いでいるだけだが、一定のリズムで流れるように行ったり来たりしていると、ふたりのあいだでもやもやと鬱積していたものが軽くなっていった。

リーが口を開いた。「マディが小さかったころ、よく公園に連れていったの」

キャリーの目に、暗くなった空がぼんやりかすんで見えた。太陽はいつのまにか沈んでいた。あちこちで街灯がともりはじめた。

「あの子がブランコに乗っているのを見守っていたら、どれだけ漕いだらバーより高いところまでいけるか挑戦したのを思い出した」両脚を勢いよく蹴り出したリーが、キャリーとすれちがった。「あなたは何度か成功しかけたよね」

「で、お尻から落ちかけた」

「マディはすばらしい子よ、キャル」リーはキャリーの顔が見えなくなると黙り、戻ってきてから先をつづけた。「どうして自分の人生にこんな完璧なことがあるのかわからないけど、毎日感謝してるの。心から感謝してる」

キャリーは目を閉じ、顔に当たる風の冷たさを感じ、リーがそばを通り過ぎるたびに聞こえるサーッという音に耳を傾けた。

「あの子はスポーツが好きなの」リーは言った。「テニスとかバレーボールとかサッカーとか、子どもたちが普通にやってるやつ」

キャリーは、それが普通であることに驚いた。子どものころのキャリーには、体を動かして楽しむ場所がこの遊び場しかなかった。十歳で放課後に働かされるようになった。十四歳になるころには、いつまでもバディと一緒にいたくて彼のことばかり考え、その後は彼の死から逃れることばかり考えていた。あのころ、ボールを蹴ってフィールドを駆けまわれたらどんなによかっただろう。

リーはつづけた。「あの子は競い合うことに興味はないの。あなたとは違うよね。あの子にとってスポーツはただ楽しむものなの。あの世代は――みんな、信じられないくらい、退屈なくらい、勝負にこだわらないのよね」

キャリーは目を開いた。この話にはこれ以上深入りできない。「フィルの育児方法が関係してるかもね。あたしたちふたりとも、勝ち負けにこだわるもん」

リーはブランコの速度を落とし、キャリーのほうを向いた。話をつづけるつもりらしい。

「ウォルターはサッカーが嫌いなんだけど、練習にも試合にも毎回つきあうの」

いかにもウォルターらしい。

「マディはハイキングが嫌いなの。でも、毎月最後の週末はウォルターとケネソー山へ出かけるの、お父さん子だから」

キャリーは革のシートの上で上体を後ろに傾け、もっと高く漕ごうとした。ルーニー・テューンズのエルマー・ファッドよろしく赤と茶色の帽子に茶色の狩猟服を着ているウォルターを思い浮かべるとおかしかったが、彼がウサギ《ワビット》を狩りにハイキングへ行くわけではないのはわかっている。

「あの子は本が好きなの。あなたが小さいころを思い出すな。あなたはよく本に夢中になって、フィルに怒られたよね。あなたにとって本がどんなに大事なものか、フィルはわかってなかった」

頂点で両脚をのばすと、白いスニーカーは夜空に嚙みつく牙になった。ずっと空中にとどまっていたかった。現実に落ちたくなかった。

「動物も好きなのよね。ウサギとかスナネズミとか猫とか犬とか」

キャリーはもう一度リーのそばを通り過ぎてから、地面に両足をつけた。ブランコはゆっくりと止まった。鎖をひねり、姉のほうを向いた。

「どうしたの、リー？　なにしに来たの？」

「それは――」リーは笑った。自分が口にしようとしている言葉のばかばかしさに気づいたかららしいが、それでも言った。「妹に会いに来たのよ」

キャリーは子どものころのように、鎖を一方向にひねり、地面から足を離してくるくる回転したくなった。何度もやると目がまわって、よろよろとシーソーまで行ってつかまらないと倒れてしまうのだ。

「シーソーってさ、乗ってる人があがったら見えて《シー》、さがったら見えて《ソー》たってなるからシーソーなんじゃ――」

「キャル」リーは言った。「アンドルーはわたしがバディをどうやって殺したか知ってる」

キャリーは冷たい鎖をきつく握った。

「会議室で裁判の打ち合わせをしていたの。アンドルーは、マスクをしていると息苦しいと言いだした。ラップフィルムを顔に六回巻きつけられたみたいだって」

キャリーは衝撃で体が凍りついていくような気がした。「それって、あのときの回数――」

「そうよ」

「でも――」バディが死んだ夜の断片的な記憶をたどった。「アンドルーは眠ってたよ、ハーリー。何度もあの子の部屋に行って確かめた。薬でぐっすり眠ってたでしょ」

「わたしがなにかを見落としてたのよ」リーはまた責めを負おうとした。「アンドルーがどうして知ったのか、ほかになにを知ってるのかわからないけど、とにかくそのせいでわたしの人生は丸ごとあいつに牛耳《ぎゅうじ》られてる。いまわたしにはなすすべがない。あいつはやりたい放題なの、わたしを思いどおりに動かせる」

キャリーは姉がなにに苦しんでいるのか察した。「あいつは姉さんになにをさせようとしてるの？」

リーは地面を見おろした。怒ったり苛立ったりしている姉ならキャリーも見慣れているが、疚《やま》しそうにしているところは見たことがなかった。

「ハーリー？」

「被害者はタミー・カールセン。レジーが工科大の学生精神保健サービスからタミーのカルテを盗んだの。タミーは二年近く、週に一度セラピーを受けていた。カルテにはあらゆる個人情報が含まれてる。他人には知られたくないようなことも」リーは苦しそうに長いため息をついた。「アンドルーがわたしにやらせようとしてるのは、その個人情報を利用して、証言台のタミーを叩きのめすこと」

キャリーは、自分のカルテがあちこちの更生施設や精神科病棟にばらまかれているのを思い浮かべた。レジーはそれも探したのだろうか？　バディ殺しについては医師にもカウンセラーにも話したことはないが、カルテには人に読まれたくないようなことも書いてある。

とりわけ、姉には読まれたくないようなことも。

リリーは言った。「アンドルーは映画のようにタミーが狼狽して――なんて言えばいいのか――屈服する？　その瞬間を楽しみにしてる。もう一度、被害を受けるタミーを見たがってるの」

キャリーは、それを実現することが姉さんにできるのかと尋ねはしなかった。姉の様子から、彼女の法律家脳はすでになんらかの計画を立てているのが見て取れた。「カルテにはなんて書いてあった？」

リリーは唇を引き結んだ。「タミーはハイスクールのころにレイプされたらしい。妊娠して、堕胎した。だれにも話していなかったのに、その後孤立してしまった。友人を失った。自傷行為がはじまった。それから、過度の飲酒。摂食障害も」

「ヘロインをすすめてくれた人はいなかったんだ」

リリーはかぶりを振った。ブラックユーモアに笑える気分ではないようだ。「ある教授がタミーの症状に気づいたの。教授はタミーを学生精神保健サービスへ相談に行かせた。タミーはセラピーを受けて、劇的に改善した。カルテを読めばわかる。受診前はひどい状態だったけど、少しずつ回復していった。また生活をコントロールできるようになったの。優秀な成績で卒業できた。そして充実した毎日を送っている——送っていた。自分の力で成功したのよ。暗い穴から這い出して、成功したのに」

キャリーは、なぜあなたも似たような境遇から這いあがれなかったのかと問われているような気がした。その疑問の裏には、たくさんの〝もしも〟がある——もしもソーシャルワーカーがフィルのもとから引き離してくれていたら。もしもリンダが母親だったら。もしもリーがバディは小児性犯罪者だと知っていたら。もしもキャリーが首の骨を折らずに、愚かなジャンキーにならずにすんでいたら。

「わたし——」リーは空を見あげた。いつのまにか泣きだしていた。「わたしのクライアントは善人ばかりではないけれど、たいていは嫌いになれないの。ばかなやつでもね。いいえ、ばかなやつだからこそよ。わたしにはわかる、だれだって選択を間違えることはある。カッとして悪いことをしてしまう。とんでもないことを」

そのとんでもないこととはどんなことか、はっきり教えてもらうまでもない。

「アンドルーは有罪になるのを恐れてはいない。あの子と再会したときから、一度も怯えたところを見ていないの。つまり、逃げられると思ってるってことよ」

キャリーは、タミーが間違いなく逃げられる方法なら知っていた。自身もその方法を実行しようかと考えたことは何度もある。

リーは言った。「わたしひとりが面倒なことになるならまだいいの。わたしは悪いことをした。刑務所に入れられてもしかたがなかった。それがフェアでしょ。でも、タミーはなにひとつ悪いことをしていない」

キャリーは、リーが土を蹴るのを見ていた。打ちのめされているこの女性は、ともに育った姉ではない。リーなら絶対にあきらめない。ナイフで襲いかかられたら、バズーカ砲でやり返す。「それで、どうするの？」

「どうするもなにも、ここから先は危険すぎる。あなたは荷物をまとめて猫をケースに入れて。安全な場所へ車で送るから」リーはキャリーと目を合わせた。「わたしはもうアンドルーにがっちり捕まってる。遅かれ早かれ、あいつはあなたを捜しに来る」

いまこそ空き家の男についてリーに話すチャンスだが、キャリーは、姉には妄想の渦に巻きこまれることなく自身の問題に集中してほしかった。

「山の高さを測るときに大変なのは、頂上を見つけることじゃなくて、どこから山か底辺を見極めることなんだよ」

リーはぽかんとした。「それ、フォーチュンクッキーから出てきたの？」

キャリーの記憶では、たしかウナギの歴史研究者からの受け売りだ。「アンドルーについて、底辺にある疑問ってなに？」

「ああ」リーは理解したようだった。「わたしはアンドルー仮説として考えてみたんだけど、AとCをつなげるBがわからないんだよね」

「いまから二時間かけて正しい専門用語を探してもかまわないんだけどさ」

リーはうなったが、話をつづけたいようだった。「疑問はふたつに分かれてる。ひとつ目は、アンドルーはなにを知っているのか？　ふたつ目は、どうしてそれを知ったのか？」

「じゃあ、手はじめになにをとどうしてを突き止めないとね」キャリーは感覚のない手をこすり、指に血液を送った。いままでずっと、バディのことをなんとか忘れようとしてきたけれど、もはや真っ向から見つめなおすしかない。「あたしは、バディと争ったあとにアンドルーの様子を確認したか？　姉さんを呼ぶ前にってことだけど」

「した」リーは言った。「わたしはあの家に着いて真っ先に、そのことを訊いたよ。だれかに見られてたらまずいって思ったから。あなたの答えは、バディをキッチンに残してアンドルーの部屋に行った、あの子の頭にキスをした、そのあと主寝室からわたしに電話をかけた。あの子はぐっすり眠ってた」

キャリーは薄汚れたワレスキー家を歩く自分を思い浮かべた。頭のなかの自分は、アンドルーの頭にキスをして、ほんとうに眠っているのを確かめ、主寝室まで廊下を歩き、ベッドのリンダ側に置いてあるピンク色の電話機の受話器を取った。

「キッチンの電話のコードは引き抜かれてたよね。どうして寝室から電話をかけられたんだろう？」

「受話器を元に戻してあったからでしょ。わたしが家に着いたとき、キッチンの電話機は受話器がかかってた」

リーの言うとおりだと見てもよさそうだ。「ほかにだれかいたのか？　たとえば、近所の人が見てたとか？」

「一部始終を見てた人？」リーはかぶりを振った。「そんなのいたら、とっくに噂になってたよ。なにしろ、あのあとすぐリンダはお金持ちの実家に帰ったでしょ。知ってるやつがいたら、リンダに情報を売ろうとしたはず」

たしかにそうだ。あの界隈には金蔓《かねづる》をみすみす逃したりするような者などひとりもいない。「あたしたちふたりが同時に外に出たことはあった？」

「最後にゴミ袋をわたしの車へ運んだときだけ。それまでは乱闘の片付けをしてた。四時間かかったけど、二十分ごとにアンドルーが眠っているか確かめた」

キャリーはうなずいた。アンドルーの寝室へたびたび様子を見に行ったのは自分だと、はっきり思い出した。いつ見ても彼は横腹を下にして丸くなっていて、ひらいた口から軽いいびきが聞こえていた。

「振り出しに戻ったね」リーは言った。「アンドルーがどこまで知っていて、どうして知ってるのか、わからないままだ」

そんなことは言われるまでもない。「この二日間、姉さんもいろいろ思い出してみたんでしょ」

「わたしたち、ほかにカメラがないか探したよね。ビデオカセットも探した」リーは指を立てて数えあげた。「本棚の本も全部確かめた。家具やマットレスの下も探して、瓶や花瓶も振ってみて、鉢植えのなかも見た。キッチンの棚の中身も全部出してみた。換気口のカバーもはずした。あなたは水槽のなかも手で探った」

指が足りなくなった。

キャリーは尋ねた。「アンドルーは眠ったふりをしてたとか？　部屋の外の廊下にあたしが来たことに気づいたかもしれない。床板のきしむ音で」

「あの子は十歳だったのよ。その年頃の子どもって、笑っちゃうくらい思ったことが顔に出るよ」

「あたしたちも子どもだったんだよ」

リーはすでにかぶりを振っていた。「想像してみてよ、隠すのはほんとうに大変だって。父親が殺されるところを見て見ぬふりをするのよ。朝が来て、リンダが仕事から帰ってきても、なにも知らないふりをつづける。それから、警察に嘘をつく。最後に父親の姿を見たのはいつだって訊かれても嘘をつく。そのあと一カ月間、ベビーシッターに来るあなたにも、知ってることを隠し通す。そして、いままで何年も隠しつづけてきたことになる」

「だって異常者だし」

「それでもほんの子どもだったんだもの。賢い十歳児でさえ、考えることはめちゃくちゃよ。大人のように振る舞おうとするけれど、やっぱり子どもらしい間違いを犯す。しょっちゅうものをなくす——上着や靴や本なんかを。ひとりで入浴もさせられない。すぐわかるような嘘をつく。異常な十歳児だろうが、そのレベルの嘘をつきつづけることはできないよ」

十歳のアンドルーがどんなにひどい嘘つきだったか知っている人間がいるとすれば、それは十四歳のキャリーだ。「アンドルーにはガールフレンドがいるんでしょ？」

「シドニー・ウィンズロウ。昨日、レジーのオフィスでアンドルーに、配偶者特権が認められない例について、ちょっとした講義をしてあげた。くそを漏らしそうな顔をしてたわ。アンドルーはシドニーを駐車場で待たせてたの。それでシドニーはカンカン。アンドルーも彼女を信用できないのはわかってる」

「ということは、たぶんアンドルーは父親のほんとうの死にざまを彼女には話していない。シドニーを利用してアンドルーをなんとかできないかな？」

「シドニーはたしかに弱点ではある」リーは言った。「レジー・パルツをまじえた第一回の打ち合わせから、アンドルーはわたしを手玉に取るつもりだったんだろうけど、シドニーのせいでいったん中断したくらいだし」

「シドニーについてわかってることは？」

「なにもない。去年の秋に、前任の弁護士がレジーに調べさせたクレジットカードの履歴くらい。大きな借金はない。怪しいところ、ヤバいところはないけど、報告書は通り一遍のものだった。関係者をもっと深掘りしたければ、いつもなら調査員に聴き取りをさせたり、尾行させたりするけど、今回に限ってはうちのボスがレジーを指名したの。別の調査員を雇えば、アンドルーかリンダかボスが経費を確認して説明を求めるでしょうね」

「自費で雇えないの？」

「クレジットカードか小切手で支払わなくちゃいけないし、そのどっちも痕跡が残る。それに、わたしの知っている調査員はひとり残らずうちの事務所の仕事を請け負ってるから、すぐボスに知られる。そうしたら、なぜ事務所を通さずにこそこそやってるのか説明しなくちゃいけなくなって、結局アンドルーにもばれる」リーはキャリーが調べると言いだすのを予測していた。「こういうことにはフィルのパソコンは使わないでよ。不動産の譲渡証書を調べるのとはわけが違うんだから」

「図書館の防犯カメラが去年ずっと壊れたままだったんだ。図書館のパソコンを使うよ」キャリーは肩をすくめた。「エアコンの効いた場所で時間をつぶしてるジャンキー仲間がいるだけだよ」

リーは咳払いした。キャリーがジャンキーと自称するのを、キャリーがジャンキーであるという事実と同じくらい疎んじているのだ。「カメラが壊れてるのを確認してね。絶対に危険は冒さないで」

キャリーはリーが涙を拭うのを見ていた。

リーは言った。「Bがなにかまだわかってないね」

「つまり底辺ね」キャリーは姉があきれたように目を上に向けるのを見た。ふたつの疑問を繰り返した。「アンドルーはなにを知っているのか？　どうして知ったのか？」

「そして、その情報をどうするつもりなのか？」と、リーはつけくわえた。「あの子はどこまでもタミーを追い詰める。それは間違いない。泳ぎつづけるサメみたいなものよ」

「それって買いかぶりすぎだよ」キャリーは言った。「姉さんはいつも言ってるじゃん、天才的犯罪者なんかいないって。ただ運がいいだけ。クッキージャーに手を突っこんでも現行犯で捕まらないとか。クッキーを盗んだのを吹聴《ふいちょう》しないとか。十歳のアンドルーがドローンの秘密戦隊を飛ばしてたわけじゃないんだからさ。どう考えても――」

突然、リーは立ちあがった。口をあけ、また閉じた。通りを眺め、キャリーに向きなおった。「行こう」

キャリーは行き先を尋ねなかった。姉の顔つきから、なにかを思いついたのはわかる。公園を出ていく姉に遅れないようついていくしかない。

急な早歩きに、肺は面食らっていた。フィルの家へ戻る通りにたどり着くころには、キャリーは息を切らしていた。ところが、リーは左に曲がらなかった。直進をつづければ、ふたたびマスタード色のワレスキー家の前を通ることになる。あと三分もかからない。何度も同じ道を歩いたから知っている。あのころは街灯が一本もなく、闇と静寂と、自宅のベッドに入る前にたったいままあったことの痕跡を洗い流さなければならないという焦りだけがあった。

「がんばって」リーが言った。

キャリーは必死にリーの決然とした足取りに合わせた。心臓が肋骨をドンドンと叩きはじめた。火打ち石がぶつかり合い、やがては火花が散って心臓が燃えはじめるのではないかと思ってしまうのは、ワレスキー家の前を通り過ぎようとしているからではない。リーは左に曲がってワレスキー家のドライブウェイに入った。バディが錆びた黄色いコルベットをとめていた痕の油染みの端で、キャリーの足はそれ以上進むのを拒否した。

「キャリオピー」リーは振り向き、早くも苛立った様子で腰に両手を当てた。「どうしてもやらなくちゃいけないの。しっかりして、ちゃんとついてきて」

その偉そうな口調は、ふたりでバディ・ワレスキーを切り刻んだ夜の彼女の口調とまったく同じだった。**あいつの道具箱を車から取ってきて。納屋で手斧を探してきて。ガソリンの缶を持ってきて。漂白剤はどこ？　ボロ布、どのくらいなら使ってもリンダにばれない？**

リーはキャリーに背中を向け、カーポートの真っ黒い穴のなかに消えた。

キャリーはしぶしぶ追いかけ、まばたきして暗闇に目を慣らした。暗がりのなか、キッチンに入るドアの前に立っている姉の輪郭が見えてきた。

リーは、ドアに釘で打ちつけてあるベニヤ板の上端を素手ではがした。古いドア板は裂けた。リーは手を止めなかった。ぎざぎざの端をつかんで引き裂き、手を突っこめるくらいの穴をあけてドアノブをまわした。

ドアがひらいた。

キャリーは、あの嗅ぎ慣れたかび臭いにおいに襲われるのを予想していたが、メタンフェタミンのにおいが充満していた。

「うわっ」リーはアンモニア臭に抗って鼻を手で覆った。「猫が入りこんだのね」

キャリーは正さなかった。両腕を自分のウエストに巻きつけた。リーがここへ来た理由はなんとなくわかっていたが、頭のなかでその理由を三角にたたみ、次には菱形《ひしがた》にして、最後には折り紙の白鳥にして、記憶の奥深くのだれにも近づけない川へ滑空させた。

「行こう」リーはあっさりとベニヤ板のハードルを越え、二十三年ぶりにワレスキー家のキッチンに入った。

リーはなにかを感じたかもしれないが、気持ちは口に出さなかった。キャリーに手を差しのべて待った。

キャリーはその手を取らなかった。膝がいまにも折れそうだった。涙がだらだらとこぼれた。暗い部屋のなかは見えないが、バディがドアをあけたときのバンという騒々しい音が聞こえた。それから、ゴホッという痰の絡んだ咳。カウンターにブリーフケースを置くバタンという音。テーブルの下に椅子を蹴りこむガタッという音。彼の口からクッキーの屑がこぼれるポロッという音。だって、どこだろうがバディがいるところでは騒音、騒音、騒音の連続だから。

キャリーはもう一度まばたきした。リーが顔の前でパチンと指を鳴らした。

「キャル。あなたはこの家にアンドルーと一カ月も一緒にいて、なにも知らないふりができた。あと十分くらい大丈夫よね」

あのときなにも知らないふりができたのは、バーカウンターの酒瓶から中身をちびちびやっていたからだ。

「キャリオピー、しっかりしなさい」

その声は厳しかったが、リーもくじけそうになっているのがキャリーにはわかった。この家に気持ちを乱されている。リーが罪を犯した現場に戻ってきたのは、これがはじめてだ。リーはキャリーに命令しているのではなく、頼むから力を貸してくれと懇願しているのだ。

いつもそうだった。ふたり一緒に冷静さを失うことは決してない。

キャリーはリーの手を取った。自分で脚をあげたが、割れたベニヤ板をまたいだと同時に、ぐいと引っぱりこまれた。キャリーはつんのめってリーにぶつかった。首がぽきりと鳴った。舌を噛んでしまい、血の味がした。

「大丈夫?」リーが尋ねた。

「うん」キャリーは答えた。いまどんな痛みがあっても、あとで注射針が追い払ってくれる。「なにをすればいい?」

リーはジーンズの後ろポケットから一台ずつ、合計二台のスマートフォンを取り出した。それぞれのライトをつけた。光線がすり減ったリノリウムのタイルを照らした。テーブルがあった場所に、四本の脚がつけたへこみが残っていた。そのへこみを見つめていると、テーブルに顔を押しつけている自分の後ろにバディが立っているような気がしてきた。

お人形さんもぞもぞ動くんじゃないじっとしてろおれはもう——。

「キャル?」リーが片方のスマートフォンを差し出した。

キャリーは受け取り、キッチンのあちこちを照らした。テーブルも椅子も、ミキサーもトースターもなかった。戸棚の扉ははずれかけていた。シンクの下の排水管もなくなっている。コンセントのプレートがはずれているのは、銅目当ての泥棒が電線を盗んでいったのだろう。

リーはポップコーン天井にライトを向けた。キャリーは古い雨漏りの染みを認めたが、石膏ボードから電線を引きちぎった痕は新しかった。ライトは戸棚の上部を照らした。天井の四辺は一段低くなっている。換気口のカバーはなくなっていた。穴のなかは真っ暗だが、ライトが空洞のなかを照らすと、奥の金属に光が反射した。

キャリーは折り紙の白鳥が首をもたげるのを感じた。白鳥は秘密を暴露しようとするかのように尖った嘴《くちばし》をあけたが、現れたときと同じく不意にうつむき、記憶の古井戸のなかに消えた。

「こっちを調べてみよう」リーはキッチンを出て、リビングルームに入った。

キャリーはのろのろと姉のあとを追い、リビングルームの中央で立ち止まった。くたびれたオレンジ色のソファも、アームに煙草の焼け焦げがある革の安楽椅子も、三角形の頂点に位置していたばかでかいテレビも、テレビからとぐろを巻いた蛇のように垂れていたケーブルも、いまはない。

バーカウンターはあいかわらず部屋の一角を占めている。

モザイクははがれ、陶器の破片が床に散らばっていた。いぶしガラスの鏡も割れていた。背後から重たい足音が聞こえてきた。部屋のなかをのしのしと歩いてくるバディが見えた。新しい仕事で大金を稼げると得意げに話し、シャツにクッキーの屑をぼろぼろこぼしているバディが。

おれにも一杯くれ、お人形さん。

キャリーはまばたきした。幻は消え、割れたクラックパイプや焼け焦げたアルミホイル、だれかが使った注射器、古びて固まった毛が靴の下でざくざくと音をたてるカーペット、その上にじかに置いた四台の染みだらけのマットレスが見えた。ここはジャンキーのたまり場だと気づいたとたん、キャリーの全身の毛穴は注射針を求めてざわつき、折り紙の白鳥を純白のヘロインの大波に引きずりこみたがった。

「キャリー」リーに呼ばれた。「手伝って」

キャリーは不承不承、聖域を離れた。リーは廊下の突き当たりに立っていた。バスルームのドアがなくなっていた。壊れたシンクと、やはり盗まれた排水管のあとが見えた。リーはライトで天井を照らしていた。

アンドルーの部屋の前を通ったとき、床板がきしんだ。天井を見あげることはできなかった。「そこになにがあるの?」

「天井裏にあがる入口」リーは言った。「前は気づかなかった。ここは調べてなかったね」

キャリーはあとずさり、上体を傾けて世界一狭い段差天井を見あげた。天井板は一辺が五十センチもない。屋根裏部屋に関する知識をことごとくホラー映画と『ジェーン・エア』から得たキャリーは尋ねた。「階段とかないの?」

「ないよ、ばかね。天井裏にあがるから、補助して」

キャリーはなにも考えずにしゃがみ、両手を組み合わせた。

リーはその両手に片足を置いた。ブーツの底が手のひらをざらざらと引っかいた。リーの手がキャリーの肩にのった。キャリーに体重をかけても大丈夫か確かめている。

キャリーの首と肩に炎が燃え広がった。リーはまだ全体重をかけていないのに、キャリーはすでにぶるぶる震えていた。

リーは言った。「無理？」

「大丈夫」

「いいえ、大丈夫じゃないね」リーは足を床におろした。「ずっと腕をさすってたから、感覚が麻痺してるんだろうと思ってた。首もほとんどまわらないよね。じゃあ、マットレスをここまで押してくるから手伝って。マットレスを積みあげて――」

「肝炎をもらうの？」キャリーはリーの代わりに言った。「リー、あんなマットレスにさわっちゃだめだよ。精液まみれで――」

「じゃあどうするの？」

キャリーには、その先がわかっていた。「あたしがあがる」

「そんなこと――」

「つべこべ言わずに補助して、いい？」

リーがさほど躊躇《ちゅうちょ》しなかったことに、キャリーは胸騒ぎを覚えた。以前の姉が容赦なかったのを、いまこの瞬間まで忘れていた。リーは膝を曲げて両手で踏み段を作った。なにかを決意したときのリーはこうだった。罪悪感すら、してはいけない恐ろしいことをしようとしている彼女を止められない。

そしてキャリーは、屋根裏でなにが見つかっても、それは見つかってはいけない恐ろしいものだと予感している。

その場にひざまずいてスマートフォンを置いた。ライトが天井の一部を照らした。十五歳の少年の手に足をかけてオルゴールのなかのバレリーナのように宙を舞った経験は数えきれないが、いまは思い出さないようにした。補助役を信頼していなければあんな技はできないが、その信頼は訓練で得たものが半分で、あとの半分はどうかしていたのだ。

あんなことをしていたのも、二十年以上前のことだ。いまのキャリーは片足をあげるだけでも壁に手をつき、リーの肩につかまってバランスを取らなければならない。スムーズなリフトにはほど遠かった。キャリーはもう片方の足を横に振りあげ、スニーカーの底を壁に押し当てて、なんとか踏ん張った。これではまるで蜘蛛の巣に捕らえられた蠅《はえ》だ。

仰向くことができないので、真上になにがあるかわからなかった。両手を頭上にのばして、手探りで出入口のパネルを見つけた。中央を手のひらで押したが、塗料が接着剤になっているのか、古びて枠とくっついてしまったのか、びくともしなかった。キャリーは拳で木のパネルを強く叩いたが、そのせいで背骨の隅々までがたがたと振動した。目をきつく閉じ、発火しそこなった神経の鋭い痛みに耐え、パネルを叩いているうちに、ついにまっぷたつに裂け、半分がはずれた。

埃《ほこり》や煤《すす》や、断熱材の固まりが顔に降りかかった。キャリーは目や鼻に入った細かいゴミを指で拭い取った。携帯電話の光線が屋根裏を照らした。

リーはキャリーをさらに高く持ちあげた。パネルは塗料で枠とくっついていたのではなかったのがわかった。釘の先端が突き出ていた。ライトに照らされて光っている。キャリーはリーに言った。「新しい釘みたい」

「おりて」リーはキャリーの全体重を支えていたのに、息切れひとつしていなかった。

「わたしがあがるから――」

キャリーはリーの肩にのぼった。ミーアキャットよろしく天井にあいた穴からその上を覗いた。鼻をつくにおいがしたが、覚醒剤ではない。リスかネズミか、その両方が狭い天井裏に巣を作っていた。いまも住んでいるのかどうかはわからない。

わかるのは、天井裏は高さがなくて、まっすぐ立てないことだ。天井板を張った根太《ねだ》から屋根を支えている垂木までは一メートル弱くらいだ。屋根が傾斜しているので、外壁の部分は高さが三十センチほどしかない。

「根太の上に乗りなさいよ」リーが言った。「そうじゃないと、天井を突き破って落っこちちゃう」

トム・ハンクスの『マネー・ピット』をそれこそ何十回も見ているキャリーにはいらぬお節介だ。

キャリーはもう半分のパネルを折りたたみ、釘の先端を曲げて平らにした。リーが下で補助してくれているが、天井裏に上半身を入れようとすると、両腕がぶるぶる震えた。リーに両脚を持ちあげてもらい、腹這いになって進み、下半身も天井裏にあげた。

「落ちないでよ」リーはそう言ったが、キャリーも落ちたくはない。

一瞬、ライトが天井裏を照らした。もう一度。そしてまたもう一度。音から察するに、リーは下でぴょんぴょん跳びはねているようだ。天井裏を覗こうとしているのか、ストロボ効果で幽霊のいる天井裏を演出しようとしているのかどちらかだ。

キャリーは尋ねた。「なにしてんの？」

「あなたが携帯を床に忘れていったから。どのへんに放りこめばいいんだろうと思って」

ふたたびキャリーは腹這いになって待つことを余儀なくされた。運のいいことに、根太と腰のあいだになにかがあり、支えになってくれた。弾力性からしてプラスチックらしい。それが剥き出しの腹に当たっているということは、ケアベア柄のTシャツを釘に引っかけて破いてしまったようだ。また服をだめにしてしまった。

「ほらっ」バタッ、バタッという騒々しい音が何度か繰り返されたあげく、携帯電話がキャリーのそばに着地した。「届いた？」

キャリーは腰のあたりを手で探った。リーの狙いはまずまずだったようだ。「あったよ」

「なにか見える？」

「まだなにも」ライトがあれば見えるというものではなかった。この体勢では前が見えない。鼻が天井裏を覆っている石膏ボードに当たりそうだ。断熱材が肺に吸いこまれていく。ひとまず携帯電話を尻ポケットに突っこみ、四つん這いになれるか試してみた。右手と右膝は根太の上にあった。左手と左膝も別の根太の上にのった。その下の天井板は、キャリーが板を突き破って転落し、また頸椎を粉々に砕くのを待っている。

それは実現しなかったが、四十センチの距離があいている左右の根太に両手両膝をついているせいで、筋肉が悲鳴をあげた。以前は平均台の上でスキップをしたり、段違い平行棒の棒から棒へ飛んだり、体育館のフロアを宙返りで横切ったりできたのに。そのころを記憶している筋肉はもうなくなってしまった。キャリーは、いつまでたっても脆《もろ》いままの自分が嫌いだった。

「キャル？」漫画の太陽よろしく、リーは不安を放射状に発散していた。「大丈夫？」

「大丈夫」キャリーは左手を前にのばし、左膝を前へずらし、右側も同じように動かして、じりじりと前進できるのを確かめてから答えた。「まだなにも見えない。あちこち見てみる」

リーは返事をしなかった。たぶん息を詰めているか、うろうろ歩きまわっているか、二十年以上前からこの家のなかに封じこめられていた罪を吸収しているのだろう。

キャリーは携帯電話を取り出して前方を照らした。そこに見えたものに、一瞬とまどった。「最近、だれかがここにあがってきたみたい。断熱材がはがされてる」リーはそのことを予測していたはずだ。だから、自分で天井裏にあがろうとしたのだ。底辺の疑問を解かなければならない。それは、AとCをつなげるBなどというばかげた言葉遊びではなく、この天井裏を実際に這いまわっていた人物の考えを解き明かすことだ。**アンドルーはなにを知っていたのか？　どうしてそれを知ったのか？**

キャリーは底辺を無視し、引きずりこまれそうな激流を悠然と泳いでいる折り紙の白鳥を思い浮かべた。それまでずっと、将来のことを考えないですむような生き方をわざと選んできた。けれどいま、その長年の行動様式に逆らい、紅海が割れて現れた海底のような断熱材の道を四つん這いで進んでいる。この海の底には灰色の細いケーブルが横たわっている。ネズミに嚙みちぎられてぼろぼろになっているのは、それがネズミに課された試練だからだ。ネズミの歯は一生のびつづけるので、赤ん坊のおしゃぶりのように電線を嚙んで削らなければならない。とはいえ、赤ん坊に嚙まれてもハンタウイルスに感染することはないけれど。

「キャル？」

「大丈夫だよ」キャリーは嘘をついた。「黙ってて」

キャリーは前進をやめ、気持ちを落ち着かせ、息をととのえ、目下やるべきことに集中しようとした。どれもうまくいかなかったが、太い根太の上からはずれないように気をつけて、ふたたび前進をはじめた。屋根が低くなっているあたりにたどり着くと、荒く削っただけの垂木が背中を引っかいた。キッチンの真上まできたことはわかっていた。全身の筋肉もわかっていた。手をあげようとしたが、根太から離れようとしなかった。脚もずらそうとしてみた。やはり動かない。

鼻から汗がしたたり落ち、石膏ボードに散った。こもった熱気がいつのまにか忍び寄ってきて、キャリーの首をじわじわと絞めていた。また汗の粒がぽたりと落ちた。キャリーは目を閉じた。真下のキッチンを思い浮かべた。照明がついている。蛇口から水が流れている。テーブルの下に押しこまれた椅子。カウンターに置いたバディのブリーフケース。床に転がった彼。

キャリーは首筋に熱い鼻息を感じた。

後ろにあのゴリラがいる。肩をつかまれた。耳に息がかかった。口が近づいてくる。安物のウィスキーと葉巻のにおいがして、**じっとしてろお人形さん、もう我慢できないんだすまんほんとうにすまんほら力を抜いて息をするんだ。**

キャリーは目をあけた。口から生暖かい空気を吸いこんだ。両腕がひどく震えて、これ以上体を支えてくれそうになかった。横腹を下にして、ソファの背もたれで寝そべる猫のように、細い根太と平行に体をのばした。屋根を見た。木の板を貫通している釘の先端は、こけら板を打ちつけたものだ。ふつふつと湧いてくる不穏な考えのような雨漏りの染みが、頭上に広がっていた。

美しい折り紙の白鳥は凶悪なゴリラに貪《むさぼ》り食われてしまったが、これ以上、事実を覆い隠したままにしておくことはできない。

キャリーはライトを前方ではなく横に向けた。肘をついて梁のむこう、出入口のパネルのほうを向いた。プラスチックのまな板が二本の根太に渡してあった。キャリーの手が腹部へ動いた。先ほどここへあがってきた直後、ざらざらしたプラスチックに引っかかれた感触がまだ残っていた。

リンダ・ワレスキーのキッチンに大きなまな板があったのを思い出した。いつもはカウンターに置いてあったのが、ある日突然なくなった。キャリーは、リンダはきれいに洗うより捨てて買い換えたほうが早いと考えたのだろうと思っていた。

だがいま、バディがこの天井裏の改造に使うために盗んだのだとわかった。

キャリーはネズミに嚙みちぎられたケーブルをライトで照らし、まな板までたどった。ほかに手がかりはなくても、かつてそのプラスチックのまな板にビデオデッキが設置されていたことがわかった。灰色の三つ叉《また》ケーブルがビデオカメラの前のジャックから垂れていたこともわかる。赤は右の音声チャンネル。白は左の音声。黄色は映像。三本のケーブルは一本の長いケーブルにまとまり、ぼろぼろになってキャリーのほうへのび、さらに左へ曲がっている。

ケーブルをたどって少しずつ匍匐《ほふく》し、体を根太と交差するように渡した。空間はますます狭くなった。ライトで石膏ボードの裏側を照らした。つややかな茶色い紙がきらりと光を反射しただけだった。携帯電話をポケットにしまい、天井裏を真っ暗にした。

それでも、キャリーはさらに目を閉じた。平らな表面に指を走らせた。ほとんどすぐに、浅いへこみに触れた。長年のあいだに、なにかがやわらかい石膏ボードに痕をつけていた。そのなにかとは、直径五センチほどの円形で、ちょうどカメラのレンズのフォーカスリングと同じくらいのサイズだ。いまはもうないビデオデッキと、嚙みちぎられたケーブルでかつてつながれていたカメラと同種の。

下から物音が聞こえた。リーがキッチンにいる。キャリーは姉の靴が砂粒だらけの床を踏む音に耳を澄ました。リーはテーブルと椅子があったあたりに立っている。あと数歩先にシンクがある。数歩さがれば、電話機がかかっていた壁だ。

「キャリー?」リーは携帯電話を天井に向けた。光線が天井板の隙間から差しこんできた。

「なにを見つけたの?」

キャリーは答えなかった。

見つけたものが、ふたつの底辺の疑問の回答だった。

アンドルーはなにもかも知っている。なにもかも見たから知ったのだ。

（下巻につづく）

訳者紹介　鈴木美朋

大分県出身。早稲田大学第一文学部卒業。英米文学翻訳家。主な訳書にスローター『血のペナルティ』『彼女のかけら』『ブラック＆ホワイト』『破滅のループ』『スクリーム』（以上ハーパー BOOKS）、ボイル『わたしたちに手を出すな』（文藝春秋）など。

ハーパーBOOKS

偽《いつわ》りの眼《め》 上

2022年6月20日発行　第1刷

著　者　カリン・スローター
訳　者　鈴木美朋《すずきみほう》
発行人　鈴木幸辰
発行所　株式会社ハーパーコリンズ・ジャパン
東京都千代田区大手町1-5-1
03-6269-2883（営業）
0570-008091（読者サービス係）
印刷・製本　中央精版印刷株式会社

Printed in Japan
ISBN978-4-596-70826-7